MORT AUX FEMMES NUES

GYPSY ROSE LEE

MORT AUX FEMMES NUES

Traduction révisée de Michel Le Houbie et Léo Malet

Titre original

THE G-STRING MURDERS
publié par Simon and Schuster, Inc. et en 2005
par the Feminist Press, New York.

Couverture et conception graphique : Louise Cand.

ISBN : 978-2-7024-4992-9

Gypsy Rose Lee (1911-1970) était une artiste de burlesque américaine, célèbre dans tout le pays pour son numéro de strip-tease. Également actrice, autrice et dramaturge, sa carrière est telle que ses mémoires, publiées en 1957, sont adaptées en comédie musicale à Broadway. *Mort aux femmes nues* est son premier roman. Il remporte le prix du Masque de l'année en 2021.

Préface

> « La stupéfiante aventure
> que fut son existence. »
> Joseph Kessel, « La Rose nue »

Gypsy Rose Lee : la seule évocation de son nom faisait rêver et jaillir les étincelles, dans l'Amérique des années 1930 et 1940. Elle était la reine incontestée du strip-tease tel qu'on le connaissait alors à Broadway, à savoir quelques minutes d'effeuillage entre deux sketchs ou deux mélodies, données dans les théâtres dit de burlesque, en plein essor durant la prohibition. Quelque chose entre les spectacles du Moulin Rouge, des Folies Bergère et la scène de l'Opéra Comique, revu et corrigé par la pudibonderie étouffante en vigueur outre-Atlantique. Du grivois sans être graveleux, de l'humour jamais obscène, et toujours en musique. Gypsy Rose Lee faisait alors la couverture des magazines et tenait le haut de l'affiche, multipliant les déclarations fracassantes et les provocations, avant de céder aux sirènes de Hollywood.

Son art, elle le résumait ainsi : « *More tease than strip.* » La déshabilleuse au sex-appeal sophistiqué devint la coqueluche de la gent masculine, et les grandes marques de lingerie fine, puis d'alcool, la débauchèrent pour des campagnes publicitaires tonitruantes. Elle déclarait que même sans talent, elle serait devenue une star[1].

On ne s'étonnera donc pas du succès remporté par son premier roman, en 1941, le thriller *The G-String Murders*, littéralement *Les Meurtres au cache-sexe*, traduit en français par *Mort aux femmes nues*. Ce coup d'essai et d'éclat, écrit à 30 ans, est une pochade gorgée d'humour, pleine de vie, jouant sur les codes du polar, où le lecteur est saisi dès la première page qui s'ouvre sur ces mots : « Trouver des cadavres éparpillés dans tous les coins d'un théâtre de burlesque, c'est un truc qu'on n'oublie pas. Du moins pas tout de suite. » Surtout quand les corps retrouvés gisent nus, un cache-sexe serré autour du cou. Dans l'original : « *Finding dead bodies scattered all over a burlesque theater isn't the sort of thing you're likely to forget. Not quickly, anyway.* »

Cet incipit frissonnant d'émotions promises suit le préambule qui annonce les personnages dans « l'ordre de leur entrée en scène », après Gypsy : Lolita La Verne, surnommée « la déesse à la voix d'or », Moss, le directeur de théâtre (en qui l'on reconnaît un des frères Minsky, les rois du music-hall populaire), la complice de Gypsy, Gee Gee Graham, et son meilleur ami, le comique Biff Brannigan (inspiré de l'acteur Rags Ragland qu'elle retrouvera comme partenaire dans le film *Du Barry Was a Lady* en 1943), le tenancier de bar Louie Grindero, dit « La Grimace », qui a purgé trois ans de prison pour trafic de stupéfiants et proxénétisme. Et dans les petits rôles : Siggy, le vendeur de

1. Voir *Stripping Gypsy. The Life of Gypsy Rose Lee* de Noralee Frankel, Oxford University Press, 2010.

lingerie fine, et la princesse Nirvena à la « voluptueuse poitrine », trouble-fête s'affichant nue sur scène, contrairement aux règles du théâtre, qui avait dansé devant le tsar et « qui n'eut que ce qu'elle méritait ». Et, pour finir, le sergent de police Harrigan, chargé de l'enquête, après le premier meurtre d'une des strip-teaseuses de la troupe.

Gypsy, dans le rôle principal, y narre à la première personne la vie dans les coulisses et les loges de l'Old Opera, un théâtre de burlesque sur la 42e Rue. Pour ce faire, la jeune femme a allègrement puisé dans ses expériences passées, y compris celles de la scène des prestigieuses Ziegfeld Follies, et nous offre un roman mené bride abattue, en forme de presque huis clos, avec des dialogues efficaces, des personnages hauts en couleur et bien croqués à la pointe sèche, de la dérision cocasse, des situations rocambolesques. Peu importent les quelques incohérences, l'intrigue policière réduite comme peau de chagrin et un dénouement en queue de poisson : *Mort aux femmes nues* est un superbe document sur ce monde interlope aujourd'hui disparu, vu par le petit bout de la lorgnette[1]. Le côté sombre, en somme, de la vie en rose, juste avant l'entrée en guerre des États-Unis après le désastre de Pearl Harbor.

Sur les radios passent en boucle *Chattanooga Choo Choo* de Glenn Miller et *God Bless the Child* de Billie Holiday, entre les nouveaux succès de Bing Crosby et de Frank Sinatra. New York compte alors un peu plus de 7 millions

1. Voir *Burlesque : A Living History* de Jane Briggeman, BearManor Media, 2015.

d'habitants. Nombre d'entre eux ont déjà la nostalgie de cet âge d'or du burlesque. En effet, à la fin des années 1930, le maire de New York, Fiorello La Guardia, engagé dans la lutte contre la corruption des mœurs, a fait fermer nombre de ces salles de spectacle, dont une bonne partie appartenait aux frères Minsky, sous la pression des ligues de vertu et de la Société new-yorkaise pour la suppression du vice (NYSSV). Une scène abracadabrante de *Mort aux femmes nues!* en témoigne, avec une descente de police au milieu d'une représentation, suivie d'un interrogatoire musclé.

Jean Cocteau, qui avait pu admirer sur scène le « spectacle inoubliable » des jeunes rivales de Gypsy dans un des théâtres Minsky en 1936, évoquait « une foule d'hommes assoiffés d'un idéal érotique, d'un érotisme abstrait dont le vertige leur suffit. Le désir s'exalte et se brise là[1] ».

1941 est également un bon millésime en littérature, avec la publication du *Colosse de Maroussi* de Henry Miller, des *Vacances d'Hercule Poirot* d'Agatha Christie, et du roman posthume *Le Dernier Nabab* de F. Scott Fitzgerald.

Mort aux femmes nues! a été co-traduit en 1950 par Léo Malet, qui venait de publier *Gros Plan du macchabée*, le sixième roman de sa série Nestor Burma. L'ouvrage a alors paru aux éditions S.E.P.E., et sera ensuite repris chez Fayard, avant d'être enfin accueilli au Masque en 1987, dans la collection « Les Reines du crime ». La langue y est fleurie, vivace, avec un lexique venu tout droit du Paris canaille de

1. Jean Cocteau, *Tour du monde en 80 jours*, « L'Imaginaire », Gallimard, 2009.

l'après-guerre, et que l'on a hélas oublié. Qui connaît encore les mots « jambonner », « renauder », ou même « loufiat » ? Un second roman policier suivra, en 1942, *Mother Finds a Body*, traduit également aux éditions S.E.P.E en 1950, sous le titre *Madame mère et le macchabée*, et qui fera son entrée au Masque en 1988.

Pour l'anecdote, sur l'édition de poche de *The G-String Murders* parue en 1954 et vendue 25 cents, on pouvait lire sur la couverture kitsch, digne des meilleurs pulps, cette accroche : « Elle n'avait rien à cacher, à part son passé » (« *She had nothing to hide but her past* »).

Rançon du succès : on accuse Gyspy de n'avoir pas écrit seule son *G-String Murders*, soupçonnant l'autrice de romans noirs, la jeune Craig Rice, d'en être le nègre. Il n'en est rien. C'est d'arrache-pied que la strip-teaseuse a composé son livre, précisément dans le quartier de Brooklyn Heights. Gypsy y vivait et y écrivait parmi une communauté d'artistes et d'écrivains dans une vaste maison de Middagh Street, surnommée la « February House ». Là, elle côtoyait les compositeurs Benjamin Britten et Aaron Copland, Jane et Paul Bowles, le poète W.H. Auden, Salvador Dali, et Carson McCullers, auréolée du succès de *Le cœur est un chasseur solitaire*, et qui deviendra sa confidente. À propos de la fantasque effeuilleuse, elle dira plus tard qu'elle était « douce, sensible, intelligente, d'une absolue franchise envers elle-même[1] ».

Depuis, la February House a acquis le statut de mythe, faisant l'objet de commentaires, d'essais, de gloses universitaires, et même

1. Carson McCullers, *Illuminations et nuits blanches*, traduit de l'anglais par Jacques Tournier, 10/18, 2001.

d'une brillante comédie musicale signée par Gilbert Kahane, représentée en 2012, et ayant fait l'objet d'un CD.

En 1943, alors que Gypsy vient de s'installer dans un appartement d'une vingtaine de pièces à deux pas de Central Park, son premier roman est adapté avec succès au cinéma par William Wellman, sous le titre *Lady of Burlesque (L'Étrangleur*, en français), avec Barbara Stanwyck dans le rôle principal.

Après avoir soutenu les Républicains espagnols, Gypsy participe à l'effort de guerre. Elle contribue au financement de la Croix-Rouge et rejoint les *war bond rallies* pour récolter des fonds. Les GI's, émoustillés, en ont fait leur mascotte, après son spectacle caritatif au Madison Square Garden. On peint son effigie de pin-up sur le cockpit des chasseurs et des bombardiers de l'US Air Force. Parallèlement, elle enrichit sa collection de tableaux, avec des œuvres de son ami Marx Ernst, de Chirico, Picasso, Miró, et Chagall. Elle ne compte plus les écrivains qui lui ont rendu hommage, après l'avoir vue sur scène, notamment Henry Miller ou le reporter du *Herald Tribune*, Joseph Mitchell[1].

Suit pour Gypsy une période de vaches plus ou moins maigres, avec des prestations dans des films sans grand succès, des comédies légères, des shows de seconde catégorie. C'est seule, toujours à New York, qu'elle élève son fils Erik, né d'une relation clandestine avec le réalisateur Otto Preminger en 1944 à Hollywood. Elle attendra la fin des années 1950 pour goûter

1. Voir *Gypsy. The Art of the Tease* de Rachel Shteir, Yale University Press, 2009.

à sa revanche, après avoir raccroché le string et définitivement arrêté le strip-tease à 42 ans.

Gypsy : A Memoir, c'est le titre qu'elle a donné à son livre de souvenirs, paru en 1957, après son troisième divorce, et qui, au bout de quelques jours, entre dans la liste des best-sellers du *New York Times*. À la fois confession, roman d'aventures, autobiographie recomposée, elle y revient sur son enfance et sa jeunesse mouvementée, jusqu'à son arrivée à Broadway, au début des années 1930. Gypsy a lu Proust, Hemingway et le *Décaméron* ; elle sait raconter des histoires et séduire le lecteur. Des années de formation bien particulières donc, passées sur les routes, et entièrement consacrées au spectacle, sous la direction d'une mère passionnée de théâtre et de revues, intraitable et ambitieuse, Madame Rose, qui plus tard sera incarnée à l'écran par une Bette Midler tout feu tout flamme. Gypsy, née Rose Louise Hovick en 1911 (ou 1914, selon d'autres sources) sur la côte ouest, à Seattle, nous dit tout sur ses jeunes années.

Avant même l'adolescence, sa mère l'emmène sur les routes avec sa sœur cadette June. La petite troupe familiale joue un répertoire composé de chansons, de sketchs comiques, de numéros de danse et de claquettes, de scènes de vaudeville, de saynètes de boulevard, et représentés sur des tréteaux souvent improvisés dans les salles municipales ou sur les places de petites villes de l'Oregon, du Nebraska, de Floride, du Missouri ou de l'Ohio. Toute une invraisemblable ménagerie accompagne le trio, qui mène la vie de bohème : un singe que Gypsy a surnommé Gigolo, un goret répondant au nom de Porky, l'oie blanche

Gussie, Sam le cochon d'Inde, quelques chiens, des souris blanches en cage et des caméléons.

Le succès est au rendez-vous quand, à l'âge de 17 ans à peine, la petite Gypsy esquisse avec succès un premier strip-tease ingénu en public, aux côtés des Hollywood Blondes, petite troupe créée par sa mère, au Missouri Theatre de Kansas City ou, selon d'autres sources, à Toledo, dans l'Ohio. Peu soucieuse de la vérité, ayant une certaine inclination pour l'affabulation, Gypsy s'est toujours plu à donner plusieurs versions des faits ou des scènes qu'elle a vécus à la presse ou dans ses livres. Quoi qu'il en soit, elle a toujours su dorer sa légende avec panache. En rajoutant souvent, par provocation ou par dérision. Quand elle revient sur sa vie au début des années 1930, elle ne manque pas de rappeler que c'est l'un des plus puissants *bootleggers* de New York qui lui ouvre les portes de Broadway – la nouvelle Mecque du spectacle –, le mafieux Waxey Gordon, qui finira ses jours à Alcatraz.

John Steinbeck, enthousiaste à la lecture de l'ouvrage, rédigera le texte de la 4e de couverture, louant son évidente performance littéraire. Tennessee Williams y ajoutera les mots suivants : « *This is show business, this is America! And this is Gypsy Rose Lee!* » Comme un succès en appelle un autre, et qu'on est au pays du dollar-roi et du show-business, le livre se transforme en comédie musicale mise en scène par Jerome Robbins, puis, en 1962, en long-métrage, avec une Natalie Wood éclatante dans le rôle de Gypsy, après sa légendaire prestation dans *West Side Story*. Les cinéphiles connaissent bien cette scène où, lascive dans une robe en lamé, en jouant avec un long boa de plumes, la comédienne chante : « *Let me entertain you, / Let me make you smile, / Let me do a few tricks, / Some old and then new tricks. / I'm very versatile* »

Le « Gypsy Revival » bat son plein.

Entre-temps, Gypsy a enregistré un disque d'une douzaine de chansons, *That's Me All Over!*, où figurent son tube « I Can't Strip To Brahms », « I Haven't a Thing to Wear » et le désopilant « I Can Cook, Too », tiré de la comédie musicale *On the Town* de Leonard Bernstein.

En 1959, un inconnu vient lui rendre visite chez elle à New York. Voilà des semaines qu'il écume les bars, les salles de cinéma et les théâtres de Broadway, arpentant les rues, la nuit de préférence, stylo et carnet en main. Cet homme, c'est Joseph Kessel, ayant eu vent du succès des Mémoires de Gypsy. La rencontre fut brève, mais l'ancien résistant, futur académicien, auteur de *L'Équipage* et de *Belle de jour*, en a tiré de belles pages, où il a noté sous le titre « La Rose nue[1] » : « Elle avait un visage jeune, vif, des yeux nets et francs, un corps élancé, aisé, aux mouvements justes. » Et à propos de *Gypsy : A Memoir*, hélas toujours non traduit en français : « C'est *Le Capitaine Fracasse* du XXe siècle américain. La variété, la drôlerie, le picaresque des situations, des épisodes, des personnages, laissent le lecteur ravi, hilare… et incrédule. » Des mots qui auraient collé parfaitement à *Mort aux femmes nues !*, autre « stupéfiante aventure ».

Après un nouveau tour d'Europe et quelques apparitions à l'écran dans de petits rôles, Gypsy

---

1. Joseph Kessel, *Les Instants de vérité (Reportages 1956-1964)*, Tallandier, « Texto », 2020.

part vivre en Californie au début des années 1960, et achète une maison de dix-sept pièces à Beverly Hills. En l'absence de son fils resté à New York, elle s'entoure de sept chiens, notamment des Chinese Crested Dogs, ces chiens chinois à crête dont elle lancera la mode, des cacatoès, un toucan, et une volée de pinsons multicolores. Pour tromper l'ennui, elle complète et enrichit sa collection de tableaux et de photos, accueillant de jeunes artistes. Son passé est devenu un musée.

C'est à 51 ans qu'elle fait une apparition inattendue dans le magazine *Play Boy*, sur une pleine page. Mais ses fans vieillissants de la première heure sont déçus : elle y pose, habillée, pour vanter les bienfaits et les délices d'une marque de vodka, qui plus est, bon marché. Cette même année 1962, elle sort un disque 33-tours, *Gypsy Rose Lee Remembers Burlesque*, pot-pourri un peu canaille, mêlant propos décousus, interviews, refrains (« When the Nude is Prude »), sketchs comiques, extraits de shows, de revues et d'émissions de radio. Tout un univers qui ne reviendra plus, même si de nouvelles vedettes souffleront sur ses cendres en s'en inspirant, notamment Dita Von Teese, au début des années 2000, dans une tentative de réhabilitation moderne du burlesque, conforme à l'air du temps.

On retrouve Gypsy en 1965, comme animatrice d'un talk-show matinal qui lui fait regagner les faveurs du public, chaque matin sur la chaîne KGO-TV de San Francisco. Elle y invitera, au cours de ses sept cent cinquante émissions, des jeunes gens prometteurs, tels que Woody Allen ou Andy Warhol, et des vedettes ou des talents confirmés : Judy Garland, Ginger Rogers, John

Wayne, Groucho Marx (que Libby Holman avait bien connu à New York dans les années 1930). Elle était la première femme aux États-Unis à présenter ce genre d'émission. Elle tendra également le micro à Jayne Mansfield, une des premières playmates de *Playboy*.

Quatre ans plus tard, on lui diagnostique un cancer du poumon. Gypsy meurt le 26 avril 1970 dans sa soixantième année, à Los Angeles.

Depuis, c'est son fils Erik Lee Preminger, qui entretient la flamme du souvenir et veille sur l'héritage artistique et le patrimoine de sa « G-String Mother » pour reprendre son expression. Le titre de son livre de souvenirs, paru en 1984 : *Gypsy and Me*.

Thierry Clermont

LES PERSONNAGES
dans l'ordre de leur entrée en scène

Gypsy Rose LEE, *la vedette de l'Old Opera.*
Dolly BAXTER, *une strip-teaseuse qui n'est plus de la première jeunesse.*
Lolita LA VERNE, *la « déesse à la voix d'or ».*
H.-I. MOSS, *directeur de théâtres de burlesque.*
Gee Gee GRAHAM, *la meilleure amie de Gypsy.*
MOEY, *le marchand de bonbons dans le théâtre.*
Biff BRANNIGAN, *le grand camarade de Gypsy.*
Russell ROGERS, *un type qui avait de vastes projets.*
Louie GRINDERO, *dit « La Grimace », racketteur et tenancier de bar.*
MANDY, *le second comique.*
JOEY, *le partenaire de Mandy.*
PHIL, *le ténor.*
STACHI, *le concierge.*
Sandra SLADE, *une autre strip-teaseuse.*
L'ERMITE, *qui vit dans le cintre.*
Alice ANGEL, *la plus belle des show-girls.*
JANNINE, *secrétaire du Syndicat des acteurs de burlesque.*
SAMMY, *le régisseur de scène.*
Sam WING, *un Chinois, garçon de restaurant.*
La princesse NIRVENA, *qui n'eut que ce qu'elle méritait.*
Mme PULSIDSKI, *qui avait, elle aussi, ses ennuis.*
JAKE, *l'accessoiriste.*
SIGGY, *un marchand de cache-sexe.*

George, *l'électricien.*
Jiggers, *un flic.*
Le sergent Harrigan, *chargé de l'enquête.*
Mike Brannen, *le policier d'Alice.*

1

Trouver des cadavres éparpillés dans tous les coins d'un théâtre de burlesque, c'est un truc qu'on n'oublie pas. Du moins pas tout de suite. Ce qui nous échappe, ce sont les détails, les petites choses qui, sur le coup, semblent sans importance.

Tenez, moi, par exemple. Aussi longtemps que je vivrai, je me souviendrai de ce corps nu que j'ai vu, tordu et recroquevillé sur lui-même, le visage enflé et tout bleu, et aussi de ce lacet scintillant autour du cou gonflé qui pendait sous l'oreille à la manière d'une boucle. Maintenant encore, il m'arrive de m'éveiller brusquement, en nage, avec dans les oreilles le sale bruit d'un corps qui s'écrase sur le plateau et les hurlements de Dolly Baxter.

Par contre, ce que j'ai plus de peine à me rappeler, ce sont les petits faits qui ont précédé les crimes. La descente de police, par exemple. Comment aurais-je pu savoir qu'il ne s'agissait pas d'une descente ordinaire ?

Et puis Dolly Baxter, Lolita La Verne et leur prise de bec ? Elles se crêpaient le chignon à tout bout de champ. Comment aurais-je pu deviner qu'elles n'étaient pas en train de se chamailler comme d'habitude ?

Bien sûr, le jour où la princesse Nirvena a fait ses débuts à l'Old Opera, j'aurais dû me douter de quelque chose. Elle avait forcément vu les écriteaux placardés dans les coulisses. Il y en avait partout. *Ne retirez pas tout ! Pas de déhanchement, pas de danse suggestive ! Ne découvrez pas votre nombril !* Vous ne pouviez pas les louper. N'empêche. Elle avait quand même enlevé tout ce qu'elle avait encore sur elle au moment de son numéro. C'est pour ça que j'étais bien résolue à quitter la boîte. Je ne l'ai pas fait, non, mais...

Je ferais peut-être mieux de commencer par le commencement, c'est-à-dire lorsque j'ai reçu, à Columbus (Ohio), le télégramme qui a décidé de tout. Adressé à Gypsy Rose Lee, Gaiety Theater, Columbus (Ohio), il disait :

Vous débutez le 12 février à l'Old Opera, New York City. Salaire : 125$ net. Théâtre idéal pour débuts Broadway. Envoyez acceptation par dépêche et photos d'urgence. H.I. Moss

Un télégramme comme ça, c'était Moss tout craché. H.-I. Moss, propriétaire de six théâtres de burlesque et roi incontesté des impresarios spécialisés dans ledit burlesque, ne vous aurait pas télégraphié : « *Pouvez-vous* débuter ? » Ce n'était pas son genre. Il n'entrait pas non plus dans sa manière de terminer avec « Amitiés » ou de signer « Herbert » ou « Isadore Moss ». J'avais pourtant travaillé pour lui pendant deux ans.

Il disait volontiers : « Les burlesques sont les *Follies* du fauché. » Je suis convaincue qu'il n'en pensait rien. Il était persuadé non seulement qu'une production H.-I. Moss était « un merveilleux spectacle de famille », mais aussi qu'elle représentait ce que Broadway pouvait offrir de mieux. S'il pensait qu'Eugène O'Neill aurait été en mesure d'écrire un bon sketch de burlesque, alors O'Neill était son homme. S'il ne pouvait lui proposer que *Dynamo* ou *Strange Interlude*, Moss aurait haussé les épaules en disant :

— Des mélos pareils, ça n'intéresse personne. Des filles ! Voilà ce que le public demande.

Il n'avait peut-être pas tort.

De tous ses théâtres, l'Old Opera était celui qu'il aimait le plus. L'établissement avait survécu à pas mal de crises et sa politique n'avait pas changé. Sur l'affiche, on lisait : *DES FILLES ! DES FILLES ! DES FILLES !* et en plus petit : *Du rire ! Du rire ! Du rire !* Venait ensuite : *Boxe les jeudis soir.*

Moss insistait beaucoup sur le côté « spectacle propre ». Il ne cessa de me le répéter le soir où je fis sa connaissance et qui fut aussi celui où il changea mon nom de Rose Louise en Gypsy Rose Lee.

— Louise, me dit-il, c'est trop distingué pour une strip-teaseuse. Dans le burlesque, il faut de la distinction, mais pas trop.

Cela se passait deux ans plus tôt, à Toledo, où j'étais en tournée et où H.-I. Moss est propriétaire d'une boîte.

À vrai dire, je n'avais aucune envie d'intégrer une troupe de burlesque. Cette ambition-là ne viendra jamais à une artiste de music-hall. Quand vous en voyez une dans un burlesque, vous pouvez vous dire qu'elle n'est là que parce qu'elle crevait de faim. Ce n'était pas tout à fait mon cas, mais presque. Ma carte de restaurant n'était plus valable que pour une fois. Ajoutez à ça que j'avais été virée en beauté d'un hôtel de dixième ordre dans ce patelin de Toledo…

H.-I. Moss, lui, se souciait comme d'une guigne de savoir si je désirais ou non devenir une strip-teaseuse. Il se prenait pour un faiseur d'étoiles. Moitié David Belasco, moitié Ziegfeld, avec un peu de Napoléon pour agrémenter le tout.

Je le connaissais depuis une demi-minute qu'il me disait :

— H.-I. Moss veillera personnellement à ce que ton nom brille dans Broadway en lettres de feu.

C'était mon dernier soir dans une boîte sinistre que son défunt propriétaire appelait malicieusement un « night-club ». Sous les lumières tamisées, un orchestre de cinq musiciens enchaînait les airs, cependant que mon nouveau patron m'entretenait de mon avenir. À l'écouter, on aurait dit que je me préparais pour le ballet, ou au moins pour les Jeux olympiques.

— Ce qui te manque, c'est du métier.

Fermant à demi les yeux pour mieux m'examiner à travers ses verres à double foyer, il ajoutait :

— ... Et puis des costumes. Une robe de velours... des plumes, et des diamants dans les cheveux...

La lumière, bleue et rouge, se reflétait sur son crâne chauve et sa voix dominait celle du chanteur de l'orchestre. Il ne commença à m'intéresser que lorsqu'il se mit à parler contrat. Les diamants dans les cheveux, c'est bien joli, mais dans l'immédiat j'avais surtout faim.

— D'abord, tu fais mon circuit. Ensuite, tu restes un an, ici, à Toledo, dans ma troupe. Après ça, H.-I. Moss considère que tu es prête pour Broadway et tu débutes à l'Old Opera.

À ce moment-là, il s'attendait sans doute à ce que je m'exclame en écarquillant les yeux : « L'Old Opera ? Sans blague ! » Malheureusement, je n'avais jamais entendu parler de l'établissement en question, de sorte que je dis seulement :

— Qu'est-ce que je gagnerai ?

— Étant donné que tu es engagée ferme pour vingt semaines et que H.-I. Moss s'occupera personnellement de faire de toi une vedette, nous n'allons pas nous mettre à parler gros sous.

Avec un grand geste du bras, il me présenta le contrat. C'était une copie au carbone, à peu près illisible, surtout au paragraphe « salaire », mais je signai. L'occasion me paraissait excellente d'aller récupérer le linge que j'avais mis en gage.

Tout ça s'était déroulé deux ans avant le fameux télégramme. Depuis, j'avais signé de nouveaux contrats, aussi indéchiffrables que le premier. Ils se ressemblaient tous, exception faite d'une augmentation de salaire tous les six mois.

Cent vingt-cinq dollars ! Ça, c'était de l'argent ! De plus, à ce moment-là, j'avais appris à accorder à l'Old Opera toute la considération que l'on attendait de moi. Ma main tremblait un peu quand je relus le télégramme. Je pensais que c'était parce que j'avais l'impression d'atteindre enfin un but. Je sais aujourd'hui qu'il s'agissait d'un pressentiment.

Je ne dis pas ça pour justifier mon nom de Gypsy, bien qu'il m'arrive parfois de lire l'avenir dans les feuilles de thé, que j'aie l'anneau de Vénus dans ma paume droite et que je sois venue au monde avec une double coiffe. Seulement, ce matin-là, j'avais vu un poignard dans mes feuilles de thé.

— Une mort violente ! avais-je dit à Gee Gee Graham, ma meilleure amie, avec qui je partageais ma chambre.

Comme toujours, elle s'était moquée de moi.

— Et un voyage ! avais-je ajouté.

Là, elle n'avait pas ri. Elle avait vivement avalé ce qui lui restait de thé et m'avait tendu sa tasse.

— Dis-moi ce que tu vois pour moi, Gypsy. Le poignard, je n'y tiens pas ! Mais si tu trouves un voyage pour moi aussi...

— Que je le voie ou non dans tes feuilles, avais-je répondu, tu sais bien que si je voyage, tu voyages !

Gee Gee et moi nous travaillions ensemble depuis l'année... Passons ! Reste que nous étions toutes les deux des gamines quand nous avons débuté ensemble dans la Seattle Kiddies Revue, avec un numéro de « garçon et fille ». Parce qu'elle était petite, blonde et jolie, Gee Gee faisait la fille. Moi, je n'étais pas aussi gracieuse et l'appareil que je portais sur les dents, pour les redresser, n'arrangeait rien. Alors, j'étais le garçon.

Depuis, Gee Gee avait beaucoup changé, et souvent. À l'époque, elle était rouquine, avec le caractère – pas commode – qui allait avec. Seulement, pour moi, elle était toujours ma meilleure amie, la Gee Gee avec qui j'avais promené en tournée quatre cochons d'Inde, une souris blanche et un caméléon.

Il n'y avait dans sa tasse ni poignard ni voyage. Mais les feuilles de thé ne disent pas toujours la vérité. Nous envoyâmes à H.-I. Moss un télégramme qui décrivait les multiples talents de Gee Gee. Naturellement, il l'engagea. Une strip-teaseuse qui chante, danse et joue de la guitare, à soixante-quinze dollars par semaine, c'est une affaire pour n'importe quel théâtre.

Sur quoi, toutes joyeuses, nous fîmes nos valises pour aller débuter à Broadway.

L'Old Opera n'était pas tout à fait le superbe établissement dont Moss parlait si volontiers, mais c'était un théâtre de choix. Vers 1900, quand on y chantait de l'opéra, il devait passer pour très élégant.

La façade était de marbre gris, le hall long et spacieux. À droite, un large escalier menait au balcon et aux loges. Le tapis rouge était élimé, les feuilles d'or s'écaillaient symboliquement sur les angelots qui décoraient le plafond, et, par endroits, le marbre des murs laissait voir des craquelures qu'on avait maladroitement comblées avec du plâtre. Grandeur nature et peintes à la main, des images de filles, diversement déshabillées, souriaient aux clients. Mon portrait était le troisième à gauche, en entrant. J'avais pour tout vêtement un chapeau de soleil et je tenais à la main un bouquet de fleurs juste assez grand pour inciter les gens à pénétrer dans l'établissement et ne pas donner aux flics l'idée d'en faire autant.

Le marchand de bonbons était installé exactement en face de l'escalier, avec son comptoir sur lequel s'empilaient des monceaux de sucreries, des coffrets de cigares et des boîtes de cigarettes. Le distributeur automatique de Coca-Cola était tout à côté.

Le gars qui régnait sur ce commerce s'appelait Moey. C'était un ancien truand, fripouille de seconde zone, mais cousin d'un gangster qui avait trouvé plus économique de le mettre au boulot que de l'entretenir. Pendant le travail, il portait un veston blanc, qu'il remplaçait, la représentation terminée, par un veston à carreaux qui faisait mal aux yeux. Un matou dans toute sa splendeur, mais, comme il nous faisait dix pour cent de remise sur nos Coca-Cola, il n'était pas trop mal vu dans les coulisses.

On avait fait mine d'entretenir la façade du théâtre, mais, hormis un coup de balai de temps en temps dans les coulisses, personne ne s'était vraiment soucié des acteurs. Toutes les filles qui dansaient dans les ensembles s'habillaient dans la même loge, juste à côté du plateau. Celles qui avaient leur nom à l'affiche et les show-girls occupaient une vaste pièce au premier étage. Les hommes étaient logés au-dessus. Partant d'un réduit humide et obscur qui se trouvait au sous-sol, un tuyau de ventilation traversait les trois loges pour aller finir sur le toit du théâtre. Il nous servait de téléphone quand nous avions quelque chose à nous communiquer d'un étage à l'autre, mais, quand nous parlions entre nous, nous fourrions une serviette de toilette dans l'ouverture. Si nous ne l'avions pas fait, nos voix auraient porté partout dans le théâtre.

Ce jour-là, un vendredi, ça faisait vingt-huit semaines que j'étais à l'Old Opera. Nous discutions des moyens à employer pour amadouer Moss et le décider à nous changer les toilettes. C'était un sujet de conversation qui revenait de temps à autre, mais maintenant, ça devenait urgent. Nous en parlions librement sans avoir jugé nécessaire d'obturer le tuyau-ventilateur-téléphone. Aucune d'entre nous n'avait eu de brillante idée, quand, de l'étage supérieur, une voix nous parvint, celle de Biff Brannigan, le premier comique :

— Fermez-la un peu, les mômes. Vous nous écorchez les oreilles. On a décidé de se fendre chacun d'un dollar pour acheter une nouvelle cuvette. Qu'est-ce que vous dites de ça ?

Biff n'aurait pas été de la troupe et j'aurais été autre chose qu'une strip-teaseuse, nous aurions probablement couché ensemble, ou il aurait été mon homme. Dans le burlesque, c'est différent, les idylles ne se passent pas comme ailleurs ; on dîne ensemble tous les soirs. Malgré ça, Biff ne m'était pas indifférent. Seulement, à ce moment-là, ça me faisait plutôt bizarre. Le faire parler d'un siège ! Même s'il fallait bien évoquer le sujet.

L'ancien siège était incontestablement une pièce de musée. Il dut être un des premiers trucs installés à l'intérieur du théâtre. Il aurait, je n'en doute pas, intéressé un amateur, mais nous n'étions pas des collectionneurs, de sorte que la proposition de Biff fut accueillie avec enthousiasme. Nous fûmes quatorze à nous rassembler près du tuyau pour crier nos remerciements à Biff et aux garçons. La quinzième, Lolita La Verne, baptisée la « déesse à la voix d'or » sur l'affiche, commença immédiatement à inscrire les noms pour ouvrir la souscription.

— Je m'occupe d'abord des hommes ! dit-elle.

De sa part, on trouva ça tout naturel. Moey, le vendeur de bonbons, était bien, dans tout le théâtre, le seul type à qui elle n'avait pas fait de l'œil. Un oubli, sans doute, encore que difficilement explicable. Moey était certainement mieux que Louie Grindero, un propriétaire de bar qui était son béguin du moment.

Je ne vois pas de mal à ce qu'une fille prenne sa vie sentimentale au sérieux, mais, à mon avis, La Verne y allait fort. Ça se défendait quand elle était jeune, mais aujourd'hui, elle avait beau se bichonner et être toujours sur le pied de guerre, elle avait des valises sous les yeux et le cou qui pendouillait comme un vieux sac. Ses mains, elles aussi, la lâchaient. Elles étaient osseuses et laides. Des mains d'avare.

Ses doigts se crispaient sur son crayon, comme s'il avait été enrichi de diamants.

— Russell Rogers, dit-elle, tout en écrivant.

C'était notre nouveau jeune premier, un roucouleur de romances, du genre « rendez-vous au clair de lune », assez beau gosse, qui s'estimait trop bon pour le burlesque. Il traînait au Sardi plutôt qu'au Peerless ou au Baron, où nous allions tous. Il transportait toujours une serviette bourrée de manuscrits, « une pièce sensationnelle qui doit être créée à Woodstock cet été » ou « l'adaptation d'une comédie anglaise qui a fait un malheur à Londres, l'hiver dernier ».

Ces manuscrits, je ne les ai jamais vus et j'ai toujours pensé que ce qui gonflait sa serviette, c'était un vieil annuaire des téléphones. Mais je suis d'un naturel sceptique.

— Russell Rogers, répéta La Verne, avec un petit pli ironique de la bouche.

Gee Gee, qui travaillait à un ouvrage au crochet, leva la tête.

— Tu l'as déjà dit, chérie. On a entendu !

— Ensuite, Mandy ! reprit vivement La Verne.

C'était le second comique. Blessé de guerre – un choc traumatique –, c'était un brave type, au visage tout rond et réjoui, marié et père de trois enfants. La Verne gribouilla son nom en vitesse.

— Puis, Joey, Phil... et Biff, que j'allais oublier !

Elle me regarda du coin de d'œil, comme si nous partagions, elle et moi, quelque secret, et, avec un sourire sournois, elle ajouta :

— Biff devrait payer double : il est tout le temps ici !

— Si c'est comme ça que tu calcules, n'oublie pas Louie, bien qu'il ne travaille pas ici ! Et, pendant que tu y es, tu ferais aussi bien d'inscrire Russell pour tout ce qu'il gagne dans la boîte ! On le voit si peu au-dessus que les gars ne savent plus à quoi il ressemble !

— Vraiment ? riposta-t-elle, ironique. Eh bien ! il y en a d'autres qui feraient mieux d'oublier à quoi il ressemble. Il y a des greluches qui ne se rendent jamais compte qu'un type en a marre.

Si j'avais su que Dolly Baxter était à la porte, je l'aurais bouclée, au sujet de Russell. Entre eux, c'était pour ainsi dire fini, mais elle était encore jalouse de lui. La semaine même de son arrivée au théâtre, La Verne avait décidé que Russell serait son prochain amant. Par la suite, elle avait à plusieurs reprises laissé entendre qu'ils partageaient la même chambre. Jusqu'à présent, Dolly avait feint de les ignorer, mais, ce soir, un certain pli de sa bouche et la roseur de ses joues me donnaient des inquiétudes.

— J'étais, lui expliquai-je, en train de plaisanter avec La Verne, à propos du fric que nous récoltons pour...

Elle ne me laissa pas achever.

— Je sais. J'ai entendu la fin...

À part ces deux plaques rouges aux pommettes, son visage était couleur de cendre. Elle sortait de scène et avait jeté sa jupe sur ses épaules. Ses boucles rosâtres tombaient devant ses yeux gonflés et des coulées de sueur zébraient son corps maquillé. On l'appelait « Dynamic Dolly », parce qu'elle travaillait à toute allure, avec des déhanchements lascifs qui affolaient les galeries.

De la minuscule poche intérieure de son cache-sexe, elle tira un billet de cinq dollars dans un geste un peu pathétique.

— Je paie pour Russ. J'ai l'habitude.

— Une bonne habitude que tu as là, ma fille ! gouailla La Verne. Je ne vois pas comment tu garderais un type si tu ne les allongeais pas à sa place.

Le mouvement de Dolly fut rapide. Tout ce que je vis, ce fut un bras nu fendant l'air, l'éclat d'une lime à ongles, puis un filet de sang sur l'épaule de La Verne.

— Sale petite putain ! Je vais te réduire en bouillie !

Avec Gee Gee, je me précipitai sur Dolly et nous l'entraînâmes vers le couloir.

La Verne restait penchée au-dessus de la table à maquillage. Son sang gouttait dans une boîte de poudre. Une photographie lui souriait : celle d'une femme qui avait posé dans l'attitude de sainte Cécile, voile et roses compris. C'est à elle que La Verne s'adressa, tout en pleurnichant.

— Elle a essayé de me défigurer ! Elle a toujours été jalouse de ma beauté. Oh ! ma figure ! Ma pauvre figure !

Avec une autre que La Verne, le tableau aurait peut-être été touchant. Nous savions toutes que ce portrait était celui de sa mère, morte en lui donnant le jour. La Verne ne se séparait jamais de cette photo et, le soir, en quittant le théâtre, elle l'emportait pour revenir avec le lendemain.

D'ailleurs, ce portrait n'était pas le seul souvenir qu'elle promenait. Sans parler de son carnet de chèques, qui représentait pour elle la Bible et le Coran tout ensemble, il y avait les calculs biliaires de sa mère, conservés dans l'alcool et placés, eux aussi, sur la tablette, juste devant elle, au-dessus de la table à maquillage. Au début, ces calculs m'écœuraient un peu. Par la suite, je m'étais dit qu'après tout, je n'avais qu'à penser que c'étaient des billes et ils ne m'avaient plus gênée.

Ce n'était pas la première fois non plus que La Verne parlait à la photo. Chaque fois qu'elle avait un coup dans le nez, elle se lançait dans de longues conversations intimes avec elle. Non qu'elle soit du genre sentimental, mais peut-être que là, elle était sincère. Je ne sais pas. Ce que je sais, c'est que par moments ça devenait fatigant, et, à présent, ça l'était.

Dolly se débattait pour se libérer, avec de tels hurlements que Stachi lui-même – le concierge –, vint se joindre au petit groupe qui, maintenant, se pressait à la porte. Il y avait là l'équipe presque complète des machinos et je demandai à l'un d'eux de m'aider à tenir Dolly, Gee Gee étant obligée de descendre en scène pour faire son numéro.

— Jalouse de sa beauté ! s'écriait Dolly. Qui pourrait être jalouse d'une langue de vipère d'enfant de pute ?

Deux hommes immobilisaient Dolly, mais, maintenant c'était La Verne qu'il fallait retenir.

— Reste tranquille ! lui répétais-je. Elle dit ça, mais ça ne veut pas dire que ta mère était...

Une expression de douleur passa sur son visage quand je lui touchai l'épaule. Elle se laissa tomber sur une chaise. Sandra, une des strip-teaseuses, me passa la bouteille de gin de Gee Gee.

— Tiens ! Nettoie-lui ça à l'alcool.

Je versai un peu de gin sur la longue estafilade. La Verne hurla, parce que ça cuisait, mais surtout parce qu'elle ne voulait pas se laisser oublier.

Dolly ne se taisait pas.

— Sale hypocrite ! Avec le portrait de sa mère, qu'elle trimbale partout... Et quand est-ce qu'on entend parler du père, hein ?

Un des hommes lui mit la main sur la bouche. Après quoi, ils l'emmenèrent à l'étage supérieur avec la recommandation de boire un verre et d'oublier tout ça. Dolly continuait de crier des injures et sa voix, rauque de colère, nous parvenait par le tuyau de ventilation.

J'enfonçai vivement une serviette dans l'orifice du tuyau. L'instant d'après, les choses s'apaisaient. Les machinistes redescendaient pour planter le décor du ballet sous-marin.

La Verne cessa de pleurnicher, mais seulement pour entamer un autre numéro : Marie Stuart, la malheureuse reine d'Écosse, avec un peu de

Jeanne d'Arc en supplément, pour faire bonne mesure.

— Dieu merci, maman, il me reste ma voix !

— Oui, lui lançai-je. Et aussi ta beauté fatale.

Il y avait trop longtemps qu'elle m'exaspérait. Je ne voulais pas la ménager. D'un ton posé, j'ajoutai :

— Ce n'est qu'une égratignure et cela devait t'arriver. Si tu continues à faire enrager Dolly, un de ces quatre matins elle finira par t'assaisonner pour de bon.

— Et si elle ne le fait pas, ce sera moi !

C'était Gee Gee qui revenait, furieuse. Les petits pompons de sa toque espagnole s'agitaient comme des ailes de moulin. Elle passa près de moi en coup de vent.

— Donne-moi ça !

Elle s'empara de la bouteille de gin et se débarrassa de la guitare suspendue à son cou par un ruban rouge et or.

— C'est déjà assez moche d'aller seriner la *Paloma* aux connards des fauteuils d'orchestre sans que vous veniez en plus vous envoyer vos quatre vérités à la figure. Vous avez pourri mon numéro pour une histoire de toilettes !

La Verne s'installa devant sa glace pour refaire son maquillage. Brusquement, Gee Gee éclata de rire.

— Gypsy, tu aurais été morte de rire si tu avais vu l'Ermite dégringoler des cintres pendant que ces dames s'engueulaient. Il avait tellement peur de rater quelque chose de la bagarre que c'est tout juste s'il ne s'est pas cassé la margoulette en descendant de son échelle.

Gee Gee s'affala sur une chaise, posa les pieds sur la table à maquillage et poursuivit :

— Après ça, quand la « déesse à la voix d'or » s'est fait traiter de...

D'un coup d'œil sévère, je fis comprendre à Gee Gee que les précisions étaient inutiles. La Verne tendait l'oreille et il aurait suffi d'un rien pour rallumer l'incendie. Gee Gee avait saisi. Elle reprit :

— Bref, quand les noms d'oiseaux ont commencé à voltiger, il était déjà sur le plateau. Il a filé vers les loges comme une flèche. Lui ! Tu te rends compte ? Mais ce n'est pas tout ! Dans qui crois-tu qu'il s'est cogné ? Dans Stachi ! Alors, autant te dire, Gyp, qu'on a été servies ! Bien sûr, ça les embêtait un peu, tous les deux, de se rencontrer à la porte de notre loge, mais ils n'ont pas insisté là-dessus et, comme deux bons copains, ils sont allés ensemble dans le coin de Stachi, à l'entrée de scène, et ils ont commencé à dégoiser. Qu'est-ce qu'ils ont pu raconter sur nous !

Rien que de penser à ce qu'avait pu être cette conversation, Gee Gee se tordait. Moi, je ne trouvais rien de drôle à *ça.* Je me souvenais de la façon dont Stachi m'avait dévisagée, quand il était sur le palier de la loge. Il y avait dans ses yeux un tel dégoût que je m'étais sentie, eh bien, toute nue.

Stachi et l'Ermite étaient les deux « ancêtres » du théâtre. On disait qu'ils faisaient partie du matériel, et c'était assez vrai. Stachi était déjà dans la maison au temps glorieux où l'on y chantait de l'opéra. Il était ténor. Puis, il s'était cassé la voix, il avait dû accepter des rôles de plus en plus insignifiants et avait fini par être concierge.

L'Ermite – de son nom Hermie –, était là depuis presque aussi longtemps. Il avait toujours été machiniste, mais, devenu trop vieux pour les besognes pénibles, il ne travaillait plus que dans le cintre. Certains de nos rideaux descendaient et remontaient automatiquement, mais d'autres fonctionnaient encore avec des contrepoids. C'était lui qui s'en occupait. Il vivait là-haut, au-dessus du plateau, en solitaire. Généralement, il montait « chez lui » en arrivant au théâtre et y restait jusqu'à la fin de la représentation du soir.

Stachi et l'Ermite n'aimaient guère les acteurs de burlesque. Quand ils étaient ensemble, ils parlaient de la gloire passée de l'établissement et j'ai idée qu'ils nous considéraient comme des usurpateurs. À notre arrivée, nous devions ressembler à une bande d'Indiens sauvages, aussi, je n'arrivais pas vraiment à leur en vouloir.

Gee Gee continuait :

— Ils secouaient tristement la tête et on entendait claquer leurs dentiers...

Elle se leva pour imiter l'Ermite. Pliant les genoux, le dos rond, bouche crispée, elle fit le tour de la pièce.

— Ah ! heureusement que Lili n'est plus là pour voir le genre de créatures qui occupe son ancienne loge.

La parodie était si comique que La Verne elle-même ne put s'empêcher de pouffer.

— Ils étaient là à branler la tête, tous les deux, devant le portrait de la nana à la lance... Tu sais, la bonne femme qui est accrochée au mur, derrière le fauteuil de Stachi. L'Ermite jouait les La Verne et lui parlait comme à une vraie personne.

— Bon Dieu !

La Verne, posant sa houppette, se tourna vers Gee Gee. Tout d'abord, je crus qu'elle allait piquer une nouvelle crise, mais je m'aperçus vite qu'elle voulait seulement nous en remontrer.

— Il se trouve, dit-elle, que cette *nana* n'est autre que Lili Lehmann dans le rôle de Brunehilde !

Brunehilde elle-même n'aurait pu paraître plus indignée que La Verne. Gee Gee ricana.

— Et après ? Elle ne m'impressionne pas, et ce qu'il y a de sûr, c'est que je ne me vois pas faisant un numéro de strip-teaseuse avec le fourbi qu'elle a sur le dos !

— Elle ne se déshabillait pas en scène, elle. C'était une chanteuse. Il n'y a pas que le burlesque...

Gee Gee était imperméable à l'ironie.

— Je sais, dit-elle. Il y a le cinéma, il y a la radio, il y a...

— Il y a l'opéra. Lili Lehmann était une cantatrice.

— Alors, qu'est-ce qu'elle fichait dans un théâtre de burlesque ?

— Mais ce n'était pas un théâtre de burlesque, crétine ! Ici, on chantait de l'opéra.

Gee Gee essayait de se représenter la chose quand les show-girls revinrent, jacassant comme à l'ordinaire. Elles sortaient de scène habillées en « algues ». Elles étaient huit et, à l'exception d'Alice, se ressemblaient comme des sœurs. Elles étaient toutes blondes et mesuraient toutes un mètre quatre-vingts. H.-I. Moss était fier d'elles et elles le savaient, de sorte qu'elles étaient presque aussi capricieuses et difficiles à manier que les strip-teaseuses.

— Tu as repéré le vieux beau à qui je dois le flacon de parfum ? fit l'une d'elles, en commençant à se déshabiller.

Alice Angel, la plus jolie des huit, fit la moue. C'était son genre. Et quand elle ne faisait pas la tête, elle pleurait. Cette fois, elle avait quelques raisons d'être de mauvaise humeur. Il y avait des semaines que le vieux beau en question s'intéressait tout spécialement à elle et même si elle n'aimait pas le parfum Djer Kiss, elle aimait l'attention.

— Il s'est rendu compte qu'avec moi il pouvait toujours courir, dit-elle.

Ayant retiré son costume, elle le disposa avec soin sur le dossier de sa chaise. Elle était la « Reine des Perles », un des rôles enviés du spectacle.

— D'ailleurs, poursuivit-elle, je suis trop prise par mes répétitions pour me laisser distraire. Moss m'a dit que dès que je serai prête, je pourrai faire mon numéro. Qu'est-ce que tu en dis, Jean ?

Jean ne releva pas.

— Au fait, demanda-t-elle, qu'est-ce que c'est que cette histoire de toilettes ?

Nous lui fîmes part de nos plans.

Gee Gee, un petit miroir dans une main et sa pince à épiler dans l'autre, éclata de rire.

— Dis donc, Gyp ! La fameuse Lili, tu l'imagines, avec son armure, essayant de s'asseoir sur le trône en question ?

Elle s'étouffa avant de reprendre :

— Quand le nouveau siège sera installé, faudra empaqueter l'ancien et en faire cadeau aux deux vieux schnocks.

Alice se retourna vers Gee Gee :

— De qui tu parles ?

Gee Gee prit le temps de respirer, puis, dans un nouvel éclat de rire :

— De Stachi et de l'Ermite. Ça leur ferait un beau chapitre à ajouter à leurs mémoires, s'ils les écrivent un jour…

2

En soirée, Biff et moi étions en train de nous donner à fond dans notre petit sketch du second acte, intitulé *L'Elixir d'Amour*, lorsque je m'aperçus que, de derrière un portant, le régisseur me faisait des signes. Il avait l'air chamboulé, je savais donc qu'il y avait un problème. Je jetai un coup d'œil vers la rampe, pensant voir la lampe rouge s'allumer. C'était le signal qui nous invitait à nous couvrir ou à gazer notre dialogue. Quand un flic qu'on ne connaissait pas ou un type ressemblant plus ou moins à une punaise de la censure se pointait, le contrôle alertait par trembleur l'électricien du plateau qui, à son tour, allumait une lampe rouge dans la rampe pour prévenir les acteurs.

Comme le rouge ne se montrait pas, je me demandais ce qu'il se passait.

Russell, notre partenaire, regardait droit devant lui. Mes yeux suivirent les siens. Au fond du théâtre, des boutons dorés et des insignes brillaient dans la pénombre. Il y avait bien là, au bas mot, une vingtaine de flics. Un vrai congrès.

En même temps, j'aperçus H.-I. Moss qui filait dans l'allée des fauteuils, côté cour. Pas d'erreur. L'affaire était sérieuse.

D'une voix qui tremblait un peu, Russell continuait à donner ses répliques :

— Passez-lui ce petit flacon sous le nez et elle vous accordera tout ce que vous lui demanderez !

— Tout ?

La police étant dans la salle, Biff coupa la lourde plaisanterie qui suivait et enchaîna :

— Vous me le vendriez ?

— C'est un article qui coûte très cher, répondit Russell, mais vous avez une bonne tête et vous me plaisez ! Je vous le laisserai pour cent dollars.

Biff glissa des billets dans la main de Russell qui se dirigea vers les coulisses, se retournant au moment de sortir de scène pour lancer sa dernière réplique :

— Souvenez-vous bien ! Passez-le-lui sous le nez !

Biff, le flacon à la main, venait vers moi.

— Tout ce que je lui demanderai, disait-il à mi-voix. Tout ce que je lui demanderai !

Tout près de moi, il murmura entre ses dents :

— Quand le noir se fera, tâche de filer par la descente de charbon ! C'est une rafle !

Je le dévisageai, ahurie. Il poursuivit, à haute voix :

— Donnez-moi votre argent !

Je me baissai pour prendre mes billets dans la poche de mon jupon, cependant que Biff lorgnait mes mollets.

— Je ne sais pas où est la descente de charbon, lui soufflai-je.

Il empocha mes billets.

— Maintenant, embrassez-moi !

J'avançai mes lèvres. Sa figure contre la mienne, il me dit dans un murmure :

— À la cave, près de la grande loge vide…

Machinalement, il continuait de me parler à l'oreille. Sans conviction, je lui administrai alors la gifle qui mettait fin au sketch. Le noir se fit et je sortis de scène, tandis que l'orchestre jouait *Happy Days Are Here Again*, ce qui signifiait, étant donné les circonstances, que le spectacle était terminé et que le public se retirait.

« À la cave, me répétais-je, près de la grande loge vide... »

Dans les coulisses, on n'y voyait rien. Quelqu'un, probablement l'électricien, avait éteint toutes les lumières. Je me disais bien que c'était sans doute pour faciliter la fuite des artistes, mais ça ne me rassurait pas : je ne savais plus où je me trouvais, je n'avais plus aucun sens de l'orientation.

J'entendais, tout près de moi, toute sorte de bruits confus. Quelqu'un passa et me frôla. Je ne me demandai même pas qui ce pouvait être et je me mis à courir. J'étais fichue d'aller me jeter dans les bras d'un flic, mais ça ne me retenait pas.

Mes mains rencontrèrent quelque chose de froid et de bombé : le réservoir d'eau glacée. Du coup, je me repérai. L'escalier de la cave était à gauche. À tâtons, je cherchai de la main la rampe de fer.

Mon pied se posait sur la première marche quand je sentis soudain une main sur mon épaule, puis une autre sur ma gorge. Deux pouces, bientôt, pressèrent sur ma trachée. J'enfonçai mes ongles dans ces deux mains qui m'étranglaient, mais elles ne me serrèrent que plus fort. Je compris que j'allais m'évanouir. Puis l'étreinte se relâcha et je repris mes esprits. Sans m'en rendre compte, je criai...

Brusquement, la lumière revint et une voix tonna à mes oreilles.

— Où est-ce que vous allez par là ?

Des doigts de fer s'enfonçaient dans mon bras. Je me retournai à demi et mordis dans une main velue. J'aperçus deux pieds lourdement chaussés, des chevilles épaisses et *une jupe !* J'avais affaire à une policière. Elle hurla :

— Tu as fini de me mordre, saleté ?

— Vous n'avez qu'à ne pas m'étrangler !

J'essayai de tourner le cou pour voir s'il fonctionnait toujours. Il n'était pas cassé, mais il aurait besoin de ménagements. Histoire de me soulager, j'envoyai un solide coup de pied dans les grosses jambes de la dame.

Elle m'empoigna l'autre bras et se mit à me secouer. J'ai vu un cyclone dans le Kansas et un tremblement de terre en Californie, mais tout ça c'était de la rigolade à côté de ma bonne femme. Je n'étais d'ailleurs pas la seule à me faire malmener. Un flic se battait avec Sandra, à moitié nue. Un autre faisait le coup de poing contre Russell. Un troisième recevait une volée de Gee Gee. Pour un peu, je l'aurais plaint.

— Inutile d'essayer de vous enfuir ! criait-il entre deux gnons. Toutes les issues sont gardées.

Il y eut un coup de sifflet strident. D'autres uniformes bleus surgirent d'un peu partout.

— Vous rebiffez pas, les enfants. Du calme ! J'arrangerai ça.

C'était Moss qui rappliquait.

La bataille cessa. Les flics rajustèrent leur tunique, les filles ramenèrent leur kimono sur leur poitrine. Quelques-unes riaient. Les hommes entouraient le patron et mâchonnaient des injures. Ma policière aux mains velues me poussa.

— Va te coller là-bas, avec le reste de la racaille.

Avec son mouchoir, Moss épongeait la sueur qui ruisselait sur son front dégarni. Derrière ses lunettes à double foyer, ses yeux ressemblaient à deux pastilles pour la toux.

— Écoutez. H.-I. Moss n'a jamais laissé tomber ses artistes depuis toutes ces années où il est dans le métier…

On l'applaudit. Ça valait ça.

— ... Vous serez dehors dans une heure. Vous avez ma parole. Et vous ne monterez pas dans le panier à salade. H.-I. Moss paie de sa poche les Cadillac qui vous emmèneront au poste.

Un triple hourrah pour le patron !

Les acclamations firent un barouf du tonnerre. Moss sourit et esquissa du buste l'amorce d'un salut.

— Jamais, dit-il avec simplicité, jamais un artiste travaillant sous la bannière de Moss ne montera dans un fourgon de la police.

Le départ eut lieu dans la joie. On crânait tout en échangeant des plaisanteries éculées.

— Je me félicite d'être arrivée tôt. La dernière fois, j'ai dû rester debout tout le temps...

— C'est comme ça que je comprends les voyages : à l'œil et tous frais payés...

Dans la voiture devant nous, les flics avaient ma sympathie. La Verne et Russell étaient déjà montés dedans avec Gee Gee quand Dolly s'était frayé un passage à coups de coude pour se ruer à côté d'eux. Par la fenêtre, je voyais un enchevêtrement de bras. Si Dolly était en forme, Russell devait en profiter au maximum. Ça me rendait plutôt heureuse.

Biff était dans notre voiture. Il avait emporté une bouteille et, entre deux rasades d'alcool, il chantait.

— *Si, comme un ange, j'avais des ailes...*

Sandra Slade et Jannine, à qui il passait la bouteille de temps en temps, continuaient avec lui :

— *Par-dessus les murs de la prison, je m'envolerais...*

Alors que nous approchions du poste de police, Biff se pencha vers les sièges avant et tapota un des flics sur l'épaule.

— Vous êtes là pour servir le pays, n'est-ce pas ?

Le flic le regarda froidement avant de répondre par l'affirmative. Biff nous fit un grand clin d'œil et dit :

— Eh bien, dans ce cas, apportez-moi un verre d'eau.

— Ce qu'il faut à la vermine comme vous, c'est une cellule capitonnée, siffla notre escorte en uniforme.

Ma joie tomba quand j'aperçus les murs grisâtres du poste de police.

Les reporters-photos étaient nombreux et la foule des curieux bloquait presque le perron. La rumeur de notre expédition avait dû filtrer. Un des flics nous ordonna de descendre et de le suivre. Jannine et Sandra bondirent sur le trottoir, souriant aux photographes. Sandra, dès la première marche, leva sa jupe très haut.

— Ce cliché-là, dit-elle à Jannine, ils ne se priveront pas de l'utiliser.

Je me sentais sans force. Tout s'était passé si vite, je n'avais pas réalisé que nous étions en route pour la prison... Biff me prit par le bras.

— Du nerf, Gypper. C'est des choses qui arrivent tous les jours.

Il en avait de bonnes. Je dus faire appel à toute mon énergie pour avancer à travers la foule. Une mégère me cracha des insultes.

— Moi aussi, j'aurais un manteau de fourrure si je faisais le métier que tu fais !

— Ne t'approche pas d'elle ! C'est une fille perdue ! criait une mère de famille, tirant sur le bras de son fils à le lui désarticuler.

Un homme aux cheveux gris me jeta un bouquet de fleurs aux pieds.

— « Elle marche tout en beauté, comme la nuit », cita-t-il, avant d'être grossièrement écarté.

Biff murmura :

— Ton public, Punkin.

J'essayai de sourire, sans grand succès. Je me faisais l'effet d'être Marie-Antoinette montant à l'échafaud.

À la porte, on dit à Biff d'attendre et on me fit entrer dans un vaste hall, à l'extrémité duquel il y avait une énorme porte en chêne. Le flic qui l'ouvrit m'ordonna d'avancer.

La porte franchie, je me trouvai devant un public de théâtre, à cela près que la scène était remplacée par le bureau du juge. Je reconnus même des clients à nous : le matelot qui arrivait avec son casse-croûte et restait là pendant les quatre représentations ; le vieux beau d'Alice et le type qui avait envoyé des fleurs à Dolly le jour de la fête des Mères. À mon entrée, ils m'adressèrent de petits sourires d'encouragement et il y eut même quelques applaudissements discrets.

Le bruit d'un maillet heurtant un bureau m'obligea à me retourner. Le juge était une femme. Elle n'avait pas l'air commode. Elle ressemblait un peu au flic en jupon qui m'avait arrêtée, mais, en plus, elle avait sur la joue une grosse verrue, agrémentée d'une touffe de poils. Dolly étouffa un cri en l'apercevant. La femme promena sur l'assistance un regard réprobateur, puis, le silence rétabli, elle fit signe à un flic qui empoigna Sandra par le bras pour la conduire au pied du bureau. Je sentis mes jambes se dérober, et gardai les yeux fixés sur le grain de beauté de la juge.

— Nom ?... Âge ?... Citoyenne américaine ?...

Elle notait les réponses sur une fiche de carton. Tout à coup, je compris que c'était à mon tour de répondre à ses questions. Je le fis mécaniquement. Elle avait à sa droite une petite corbeille en fil de cuivre où s'entassaient les fiches qu'elle avait remplies. Celle de Sandra était sur le dessus. Machinalement, je la lus et je vis qu'il y avait une case marquée *Inculpation*, dans laquelle était écrit, en gros, le mot : *Prostitution*.

Je ne pigeai pas tout de suite. Je restais là, incrédule, les yeux posés sur ma fiche que la juge était en train de remplir. Aux premières lettres du fameux mot, je m'entendis hurler :

— Qu'est-ce que vous écrivez là ?

— Je vous inculpe de prostitution, et je vous prie de vous taire quand on ne vous demande rien.

— De me taire ? Mais je ne suis pas...

— Très bien, reprit-elle, d'un ton glacé. Pourquoi, alors, vous a-t-on amenée ici ?

— Je suis une actrice. Une strip-teaseuse.

— Justement. Où est la différence ?

Sa plume grinça : ...*itution*.

La Verne, qui, derrière moi, attendait son tour, se mit à renauder, et, à nous deux, nous fîmes un joli concert. La Verne demanda l'autorisation de passer un coup de téléphone. Un flic lui dit que c'était faisable : la cabine était au fond de la salle.

— Louie va s'arranger avec ces flics de pacotille, me dit-elle. L'essentiel, c'est de savoir ce qu'ils veulent. Quand il le saura, il trouvera bien le moyen de les mater !

Triomphante, elle suivit l'agent. Tandis qu'elle téléphonait, mes griefs personnels me revinrent en mémoire et je parlai à la juge de la policière qui avait failli m'étrangler.

— Si je n'avais pas hurlé, j'y restais.

La chose ne paraissait pas l'intéresser.

— Circulez, dit-elle simplement. Suivante !

À ce moment-là, un agent vint lui dire quelque chose à l'oreille. Elle fronça le sourcil, puis, reprenant toutes ses fiches, elle raya une des mentions qu'elle avait portées sur chacune pour la remplacer par une autre. Quand elle en arriva à la mienne, je constatai qu'elle biffait le mot « prostitution » et que nous étions inculpées d'avoir « participé à un spectacle obscène ». Sur ce point-là, j'avais donc gain de cause.

La Verne, cependant, avait réussi à joindre Louie au téléphone. Comme elle avait laissé ouverte la porte de la cabine, je l'entendis qui disait :

— Mais, chéri, je croyais que tu pouvais arranger ça !

Il me suffisait de voir sa physionomie pour deviner ce que Louie était en train de lui expliquer : il n'était pas question pour lui d'arranger quoi que ce soit. S'il s'était agi d'un assassinat bien répugnant, Louie et ses avocats auraient sans doute pu être de quelque utilité, mais ils n'allaient pas s'abaisser à s'occuper d'une affaire aussi insignifiante que la nôtre.

— Mais chéri, ils ont été si méchants avec nous !

La voix enjôleuse de La Verne ne me trompait pas et j'aurais parié qu'elle n'avait pas plus d'effet sur Louie.

Je l'imaginais à l'autre bout du fil, celui-là. Probablement dans son bureau, derrière la salle du café, ses pieds chaussés de souliers à bout pointu posés sur la table, un cigare entre les dents jaunes de sa gueule de traviole.

Louie n'était certainement pas un beau garçon. Son seul sourire le rendait hideux ; ajoutez à cela des yeux bigleux et des cheveux noirs et gras sur le haut du visage, vous obtenez quelque chose que vous ne voudriez pas rencontrer dans une ruelle, surtout en plein jour.

Je crois qu'on l'appelait « La Grimace » depuis une bagarre dont il était sorti la mâchoire en morceaux. Le toubib qui l'avait réparé avait dû faire vite, probablement parce qu'un truand lui appuyait un flingue dans les reins tandis qu'il opérait. Quoi qu'il en soit, il avait reçousu la bouche de Louie en la relevant aux deux extrémités. Peut-être pensait-il qu'un sourire à perpète lui arrondirait le caractère. Deux fines cicatrices partaient des lèvres de Louie pour monter vers ses pommettes. Quand il piquait un coup de sang, elles devenaient rouges. Elles devaient l'être en ce moment. Personne n'aime se faire traiter de « babouin à tête de clown », la dernière trouvaille que La Verne venait de lui balancer.

— Si je passe la nuit en taule, tu l'emporteras pas au paradis !

Et là-dessus, elle raccrocha, furibonde.

Le public de l'audience de nuit ne devait pas regretter son déplacement : avec le numéro de La Verne au téléphone et le spectacle que lui offrait Dolly, occupée à tirer sur sa gaine et à remonter ses bas dans un joli jeu de jambes, il n'avait pas à se plaindre. Quand Dolly fut devant le juge, La Verne, qui était venue me rejoindre, me souffla :

— Regarde le maquillage de la Dolly !

Jusqu'alors, Dolly n'avait pas attiré mon attention. Au premier coup d'œil, je compris la stupeur de La Verne. Non seulement Dolly portait des lunettes à monture d'écaille, mais elle s'était barbouillée de rouge à lèvres d'une oreille à l'autre, elle avait repoussé tous ses cheveux sous son chapeau et un de ses yeux clignait sans cesse, comme si elle avait eu un tic.

Sa voix même était changée. Quand on lui demanda son nom, elle répondit :

— Margaret Morgan.

La Verne me donna un coup de coude.

— Elle y va fort ! Ils ne lui pardonneront pas ça. Un mensonge pareil, ça peut aller chercher dix ans ! (Avec un sourire satisfait, elle ajouta :) Dix ans, avec les quarante et quelques qu'elle a déjà, ça la fera jolie quand elle sortira !

Un agent annonça à Biff que les hommes pouvaient s'en aller. Biff en fut plus surpris qu'heureux. Prenant le flic à part, il lui dit :

— Si vous avez un peu d'influence dans la baraque, arrangez-vous pour qu'on ne colle pas les petites en cellule avec des droguées, je vous promets que vous n'y perdrez pas !

Nous mettre en cellule ! Dolly, du coup, cessa de m'intéresser. Je n'avais pas réfléchi à ce qui devait venir *ensuite*. Il me semblait déjà assez pénible d'être dans la salle d'audience, avec tous ces gens qui me regardaient en petite tenue. Je n'avais pas pensé à la cellule.

Pourtant, ce fut bien en cellule qu'on nous mit. Des cellules, il y en avait peut-être de pires dans la prison, mais la nôtre n'était certainement pas aménagée pour une nuit de noces. Les cinq femmes qui nous avaient précédées occupaient les lits, si l'on peut donner ce nom à des couchettes en planche. La pièce, petite, baignait dans une odeur écœurante qui semblait s'épaissir d'instant en instant. Une des femmes vint vers moi en tanguant. Si je ne l'avais vue bouger, j'aurais juré qu'elle était morte depuis des années.

— Pourquoi que vous êtes là ? nous demanda-t-elle.

Je n'étais pas d'humeur à faire des confidences, mais Gee Gee répondit :

— Vagabondage.

La sorcière eut un sourire de femme soûle.

— Ils ne peuvent pas vous embarquer pour ça ! Voyez moi, par exemple…

Gee Gee avait déjà compris : il avait suffi pour cela que l'ivrognesse lui souffle son haleine au visage. Elle prit du champ en vitesse.

Deux femmes, dont une Noire aux traits émaciés, jouaient aux cartes sur une couchette. Cette dernière interpella Gee Gee :

— Viens jouer ! Avec une de tes copines, on fera une partie à quatre.

Tout en parlant, elle se grattait la figure avec ses cartes. Elle avait des plaies sanguinolentes sur les joues.

— Qu'est-ce que t'en penses, la gamine ?

La question s'adressait à moi. J'essayai de parler, mais je dus me contenter de secouer la tête. La puanteur et le manque d'air me faisaient vaciller.

J'allai à la porte, j'appliquai mon visage contre les barreaux et je pris une profonde inspiration. Dolly était à côté de moi, les mains accrochées aux barreaux. J'espérais qu'il y avait quelque part une fenêtre ouverte et je tenais, si elle existait, à respirer l'air pur avant qu'il arrive dans la cellule.

— Ça cogne, hein ?

Dolly parlait posément, mais je remarquai qu'elle serrait les barreaux si fort que ses mains tremblaient.

— Tu nous vois dix jours là-dedans ?

— Pas question ! répondis-je avec une assurance pourtant peu justifiée. Moss a dit qu'il nous ferait libérer en moins d'une heure et, généralement, c'est un homme de parole.

Dolly se taisait. Nous n'étions éclairées que par une lumière verte qui arrivait du bout du couloir. L'ombre des barreaux s'allongeait sur la figure de Dolly. Une mèche de cheveux rosés était tombée de sous son chapeau. Je repris :

— Je n'ai qu'un regret. C'est d'avoir été assez bête pour ne pas donner un faux nom, moi aussi !

Dolly me regarda dans les yeux.

— Tu blagues ?

— Non. Si j'avais donné un faux nom, les journaux...

— Tu débloques ! Tu ferais mieux de la fermer !

Je fis un pas pour m'éloigner, mais elle me retint par le bras.

— Reste, Gyp ! Je ne voulais pas te vexer... J'ai tellement peur !

Je n'en doutais pas, mais, comme excuse, je trouvais ça assez insuffisant. Elle poursuivit, très bas :

— Je crois que la bonne femme qui nous a interrogées m'a reconnue.

Elle jeta un coup d'œil rapide vers La Verne pour voir si elle écoutait. La prima donna parlait à Gee Gee. Dolly continua :

— C'est elle qui m'a condamnée, il y a deux ans. Dix jours de travail forcé. Si jamais elle découvre qui je suis, pour moi, c'est la fin ! Ce serait ma troisième condamnation et, la dernière fois, ils m'avaient ordonné de quitter New York et de ne jamais y remettre les pieds. Quitter New York ! Il faut que je vive ! Où est-ce que j'irais ? J'ai toujours travaillé sur le circuit de Moss.

— Je n'ai pas eu l'impression qu'elle te reconnaissait, dis-je.

— Tu ne la connais pas ! Elle est assez vache pour ne pas m'épingler tout de suite ! Et il a fallu que je tombe sur elle.

Elle resta un instant silencieuse. J'aurais voulu lui dire quelque chose, mais les mots ne me venaient pas. Dolly m'avait toujours fait un peu pitié.

— Ce qui me tracasse, reprit-elle, ce n'est pas tellement ces dix jours. C'est Moss. Si la police obtient une condamnation, sa licence saute, ça ne fait pas un pli.

— Comment ça ? On ne peut pas le tenir, lui, pour responsable de ce que tu as pu faire, toi !

— D'ordinaire, sans doute que non. Seulement, le nouveau commissaire des théâtres n'a pas fait autre chose, depuis son entrée en fonction, que de guetter l'Old Opera pour le coincer. Une condamnation dans la boîte, il ne lui en faut pas plus pour retirer à Moss sa licence d'exploitation. Pourquoi tu crois que Moss allonge autant de blé pour être prévenu dès qu'un censeur approche de la maison ? Est-ce que tu te figures qu'il arrose les flics du secteur uniquement pour leur faire la vie belle ?

— Alors, dis-je, il aura oublié un versement. Parce que, cette fois, le système n'a pas fonctionné...

Dolly ne m'écoutait pas. Elle regardait fixement devant elle, à travers les barreaux.

— Quand ils parlent de travail forcé, dit-elle, ils ne plaisantent pas. Ils m'ont mise à la buanderie. Pendant dix jours, j'ai été là, debout devant un bac, à laver des draps qui pesaient cent kilos et les nippes les plus crasseuses que j'aie jamais vues. Ils m'avaient donné un savon si acide qu'il m'a rongé la peau des mains. Elles saignaient, mais on n'a jamais rien voulu me donner pour mettre dessus. Bon Dieu ! ce qu'elles me faisaient mal ! J'étais courbée si longtemps que je me suis à moitié cassé le dos, et, si mes reins m'embêtent de temps en temps, c'est parce que, de 6 heures du matin à 6 heures du soir, j'étais là, debout, dans une mare d'eau puante.

Elle rit, d'un rire lamentable.

— Bac 8, savon American Family !

Elle venait à peine de se taire, que j'entendis, comme si la scène avait été réglée, le bruit d'un robinet qui coulait, puis, presque aussitôt la voix de Sandra qui s'écriait :

— Dites qu'ils ne sont pas chics ! Nous avons même un lavabo et tout ce qu'il faut !

Me retournant, je distinguai confusément sa silhouette dans un coin de la cellule. Elle était en train de se déshabiller. Sa combinaison enlevée, elle retira son soutien-gorge et se mit à le laver à grande eau. Les joueuses de cartes la regardaient, les yeux ronds et la bouche ouverte.

— Qu'est-ce que tu fabriques ? demanda l'une d'elles.

Sandra remettait son soutien-gorge trempé. L'eau devait être très froide, car elle avait la chair de poule et claquait des dents.

— Il n'y a rien de tel, déclara-t-elle, pour empêcher les seins de tomber. Je fais ça tous les soirs !

Un tas de chiffons se détacha du coin le plus éloigné de la cellule et marcha vers Sandra. Il était surmonté d'une tête minuscule, assez semblable à celles que préparent les Indiens Jivaros, ces têtes ratatinées dont les os ont été retirés et qui présentent des visages grimaçants, avec une peau qui ressemble à du cuir tanné.

— Tu as des démons dans le corps !

Sandra poussa un cri et courut vers la porte. La femme reprit :

— Ces démons, je les chasserai de ton corps ! Je t'arracherai à ta vie de péché !

Une policière lança un coup d'œil à travers les barreaux.

— C'est fini, ce potin ?

Le tas de chiffons s'écroula dans son coin et se tint tranquille. La policière ricana :

— Demain matin, elle ira mieux !

Puis, elle s'éloigna. Son pas pesant résonnait encore dans le couloir tandis que j'entraînais Sandra vers une couchette sur laquelle Gee Gee et Jannine s'étaient assises. Je jetai mon manteau sur les épaules de Sandra qui frissonnait. La Verne et Dolly vinrent nous rejoindre et nous restâmes là, toutes les six, silencieuses et misérables.

Une des femmes parla. Une grosse blonde prise dans un chandail rouge qui soulignait ses formes épaisses.

— Cette fois, pour moi, ça bardera dur ! J'avais la marchandise sur moi quand ils m'ont serrée et j'ai déjà été condamnée deux fois ! Et vous, pourquoi que vous êtes ici ?

Ce fut La Verne qui répondit.

— Ils prétendent que nous sommes des prostituées, mais...

La grosse blonde l'interrompit. Montrant la Noire du pouce, elle dit :

— C'est pour ça qu'ils ont ramassé Flossie !

La Verne suivait son idée.

— Heureusement, je connais mes droits. Ils ont modifié l'inculpation. Ils ont bien fait. Sinon, ils auraient eu une drôle d'affaire sur les bras ! Je les aurais poursuivis pour arrestation arbitraire...

— Sans blague ? dit la grosse blonde. Et qui que t'aurais poursuivi ? La municipalité ? Ça t'aurait fait une belle jambe ! En fin de compte, *pourquoi* que t'es ici ?

— La police a fait une descente dans un théâtre où je travaille, un théâtre de burlesque.

— Tu officies dans les burlesques ?

La voix de la grosse blonde était devenue hostile.

— Et tes copines aussi ?

Dolly répondit d'un signe de tête. La fille s'éloigna.

— Il y a deux choses qui me dégoûtent, dit-elle. Les mecs qui assassinent des enfants, d'abord, et puis les femmes qui se foutent à poil sur une scène pour une collection d'imbéciles !

Par bonheur, la policière ouvrit la porte.

— Les six qui sont arrivées les dernières, sortez ! Une par une !

Nous nous en allâmes sans nous retourner, poursuivies dans le couloir par la voix furieuse de la grosse blonde qui nous lançait des injures. Dans l'antichambre, Moss attendait. Il avait son sourire de toujours et ses manières étaient aussi courtoises qu'à l'habitude.

— J'avais dit une heure, n'est-ce pas ?

Gravement, il consulta sa grosse montre en or.

— En fait, il m'a fallu exactement une heure dix ! Pour fêter ça, H.-I. Moss vous invite à souper chez Moore. Steaks et champagne !

À la porte, quelqu'un me saisit le bras. J'eus un mouvement de panique. C'était la policière dont j'avais mordu la main toute poilue. Elle me jeta un regard pénétrant.

— Je suis navrée qu'on se soit rencontrées dans de telles circonstances, dit-elle. Si les choses avaient été différentes, on aurait pu bien s'amuser ensemble.

H.-I. Moss avait retenu, pour sa petite fête, tout le premier étage du restaurant. Une longue table était déjà dressée quand nous arrivâmes. Elle était très heureusement décorée de roses rouges et de fougères, des seaux à champagne étincelants séparaient une chaise sur deux. Les serveurs se tenaient au garde-à-vous tandis que nous faisions une entrée tapageuse. Nous avions ramassé les hommes en bas, au bar, où ils nous attendaient. Il était incontestable qu'ils avaient bien employé leur temps.

— Ce que je voudrais bien savoir, dit Dolly à Russell Rogers, c'est ce que vous pouviez bien fêter, et *toi* particulièrement.

— Qu'est-ce que ça peut te faire ? grogna-t-il.

Il s'agrippait vaillamment à une chaise, elle seule l'empêchait de tomber à plat, tête la première.

Dolly n'eut pas le temps de répondre : La Verne, survenant, s'était placée entre eux et souriait à Russell qui la contemplait d'un œil vitreux.

— Allons nous asseoir là-bas, dit-elle. Viens, chéri !

Elle l'entraîna vers le bout de la table, cependant qu'il se penchait vers elle pour lui poser un baiser sur l'oreille.

Dolly tourna la tête pour ne pas les voir et se laissa tomber dans un fauteuil. Moss, à la place d'honneur, pressait ses invités de prendre un siège.

— Ensuite, j'aurai une petite communication à vous faire !

Tout le monde installé, je découvris que j'étais assise entre Biff et Gee Gee. Mandy, le second comique, et Joey, son partenaire, étaient un peu plus loin, puis Phil, le ténor, qui aidait Jannine à se débarrasser de son manteau. Sandra avait remis sa blouse à l'envers, mais elle était encore trop bouleversée pour s'en apercevoir. Son Rimmel avait coulé et elle se frottait la joue avec le coin mouillé de sa serviette.

Moss leva la main. Tous les yeux se tournèrent vers lui.

— M'excuser auprès de vous de ce qui s'est passé, dit-il, ce serait comme si on s'excusait d'un mouvement de montagne ayant provoqué une avalanche...

Notre attention paraissait lui faire plaisir. Il se permit un léger sourire et poursuivit :

— De même, je n'attends d'excuses d'aucun d'entre vous ! J'étais dans la salle et je regardais le spectacle : aucun artiste n'a fait quoi que ce soit qui justifie un acte aussi... odieux que cette descente. Vous pouvez me croire, vos noms restent purs et sans tache !

Il y eut des applaudissements discrets. Moss fit un signe au maître d'hôtel et le champagne commença à couler dans les verres. Moss, resté debout, attendit que le dernier soit empli pour parler de nouveau.

— Je bois à ma troupe !

Il vida son verre. Personne ne parlait ni ne buvait, c'était comme si nous attendions un ordre du roi. Moss lança un regard de connaisseur à son verre avant de le poser pour prendre dans sa poche un cigare. Puis, ayant fait des yeux le tour de la table, il reprit, d'une voix calme :

— Il y a des gens qui pensent que je suis une poire et que l'Old Opera est dirigé par un pauvre imbécile qui ne sait pas ce qui se passe chez lui. Or, je le dis ici, avec ces quatre murs pour témoins, dans tous mes théâtres, il ne se passe rien que je ne sache ! Je pourrais presque vous dire ce que chacun de vous prend le matin pour son petit déjeuner. Je sais tout ! Exemple numéro 1 !

Il brandit le bras droit, le pouce levé sur son poing fermé.

— Je sais qu'il y a, dans la maison même, des gens qui voudraient bien voir fermer l'Old Opera. Exemple numéro 2 !

L'index se dressa à côté du pouce.

— Je sais pourquoi. C'est parce qu'il n'y a de place que pour un derrière dans le fauteuil directorial et que ce derrière, c'est le *mien* ! Il y a des gens à qui ça ne plaît pas. Ils ont des projets, de grands projets. Ils voudraient m'écarter pour s'installer à ma place. Ils n'y parviendront pas, parce que je m'appelle H.-I. Moss et que je ne suis pas un imbécile. Je possède la majorité des actions du théâtre et c'est moi qui fais la loi !

Il abattit son poing sur la table avec une telle force que ses lunettes descendirent sur son nez. Il les remit en place, promena de nouveau son regard sur son silencieux auditoire, puis reprit :

— Le responsable de la descente de ce soir, c'est quelqu'un de *mon* théâtre ! C'est quelqu'un de *mon* théâtre qui a empoigné le téléphone pour alerter la Ligue de la moralité publique. La ligue a mis la police en mouvement et toutes les précautions ont été prises pour que je ne sois averti de rien. Je le répète, il y a quelqu'un dans *mon* théâtre qui se croit plus malin que H.-I. Moss. Comment je le sais ? Parce que j'ai des amis. J'ai des amis qui me mettent en garde contre de tels imbéciles. Maintenant, voilà ma réponse à ce chien.

Il fit signe à un serveur.

— Va me chercher le portefeuille que j'ai laissé à la caisse !

Le garçon revint bientôt porteur d'une grande serviette en maroquin noir dont Moss vida le contenu sur la table. Il avait devant lui un petit tas de papiers oblongs, pliés en trois, chacun d'eux fermé par une paire d'agrafes. Il en prit un et le tendit à La Verne.

— Tu connais ça ?

— Mais c'est…

— Parfaitement ! C'est une action de l'Old Opera Theater. Toutes ces actions que vous voyez m'appartiennent et j'en offre une, sans frais et entièrement libérée, à chacun de mes artistes !

II appela Mandy, qui vint à lui. Moss administra quelques tapes amicales sur l'épaule du comédien et lui mit dans la main une des actions.

— Voici ma réponse à l'ordure qui se figure qu'elle pourra faire fermer le plus solide bastion de l'industrie du burlesque !

Mandy, ahuri, balbutia des remerciements et regagna sa place. Ce fut seulement quand il eut déplié son action que nous crûmes vraiment à la réalité du geste de Moss.

— Mais, s'écria Phil, tout joyeux, ces actions, ce sont exactement les mêmes que celles que nous avons *achetées !*

Moss rayonnait.

— Et pourquoi pas ? J'estime que les artistes sont comme tout le monde : ils travaillent mieux quand ils travaillent pour eux !

La Verne, à mi-voix, s'adressait à Russel :

— Qu'il dit ! Ces actions-là, elles vaudraient trois fois rien si on fermait son théâtre ! Ah ! s'il nous donnait des actions anciennes, ce serait autre chose...

Moss, cependant, souriait et recevait les remerciements des uns et des autres. Avait-il entendu la réflexion de La Verne ? J'espérais que non. Biff, à qui elle n'avait pas échappé, se pencha vers moi.

— Notre *prima donna* est en train de critiquer la bride du cheval dont on lui fait cadeau !

J'éclatai de rire et je m'aperçus que ma gorge me faisait mal. Avais-je des bleus sur le cou ? Je m'examinais dans le miroir de mon poudrier pour le savoir quand Biff me demanda ce qui m'inquiétait.

— Rien ! répondis-je. Seulement, cette femme aux mains énormes qui m'a arrêtée m'a à moitié étranglée et...

Je stoppai net. La policière avait des mains énormes et velues, je m'en souvenais parfaitement. Mais je me souvenais aussi que, quand j'avais enfoncé mes ongles dans ces mains qui me serraient à la gorge, j'avais eu l'impression que ces mains étaient *fines !*

— Biff ! m'écriai-je, ce n'est pas la policière qui a voulu m'étrangler !

Biff me regarda du coin de l'œil, son verre de champagne à la main.

— Si le simple fait de renifler ce truc te monte à la tête... Tu veux me faire croire qu'on a essayé de t'assassiner ?

— Non, mais dans le noir, quelqu'un m'a serré le cou terriblement fort... et voilà maintenant que Moss dit qu'il a des ennemis dans le théâtre même. Alors...

Biff ne prenait pas la chose au sérieux.

— C'est trop demander aux coïncidences, Gypsy ! La vérité, c'est que tu lis trop de romans-feuilletons. Si quelqu'un t'a empoignée par le cou dans le noir, c'est parce qu'il cherchait à se sauver, tout comme toi... Et puis, je te demande un peu, qui est-ce qui voudrait te supprimer ? Laisse tomber, va !

Son sourire me rassurait vaguement, mais il me semblait quand même qu'un cou était bien la dernière chose à quoi s'accrocher, si on n'avait pas d'intentions homicides.

Gee Gee retournait à sa place, son titre à la main. Passant près de nous, elle se pencha vers Biff.

— Allez, Biff ! Ne fais pas attendre le Père Noël !

Biff repoussa son fauteuil du pied et se dirigea vers Moss. Il faisait de son mieux pour avoir l'air indifférent. On aurait dit un gosse allant chercher sa récompense à la distribution des prix.

— Surtout, lui lança Mandy au passage, n'oublie pas de dire merci au monsieur !

Biff continua son chemin sans rien dire, mais sa nuque était écarlate. Il reçut son action des mains de Moss et revint rapidement à son fauteuil. Avant de s'asseoir, il avala d'un trait son verre de champagne.

— Fichue corvée ! murmura-t-il.

Faisait-il allusion aux quelques pas qu'il avait dû faire pour aller chercher son titre ou au vin qu'il venait de boire ? Aux deux, sans doute, car il fit la grimace en posant son verre sur la nappe.

— Qu'est-ce que tu penses du champagne ? me souffla-t-il. Moi, j'ai l'impression de m'être envoyé une purge !

Mandy finissait son verre. Il versa les dernières gouttes sur sa chevelure frisée et fit mine de se faire un vigoureux shampooing.

— Si jamais on me demande si j'ai bu du champagne, je pourrai répondre, non seulement que j'en ai bu, mais que je me suis baigné dedans ! Et j'ajouterai que je veux être pendu si le champagne est fait pour être bu !

Moss devait s'attendre à ce genre de réactions, car, lorsque le corps de ballet des serveurs reparut, tous portaient, cette fois, des bouteilles de scotch et de rye. Moss entendait que sa petite fête soit plus qu'une fête de fortune. La tête me tournait, rien que de voir voltiger les bouteilles autour de moi. Quant aux steaks, ce n'était pas non plus une plaisanterie. Je ne me souviens pas d'en avoir vu de plus gros ni de plus appétissants.

Un maître d'hôtel vint poser une assiette devant Moss. Il l'écarta d'un geste gracieux, prit son verre de champagne et le plaça sous ses narines pour en humer l'arôme, les yeux clos.

« Un Bacchus, portant des lunettes à double foyer ! », songeai-je.

Fronçant le sourcil, il ouvrit les paupières et, une seconde, je me demandai avec terreur si je n'avais pas pensé tout haut. Heureusement, il n'en était rien : Moss se levait, son verre en main.

Il promena son regard à la ronde, puis :

— Le type qui prétend jeter la bisbille dans une aussi charmante petite famille est une ordure.

Et Moss avait raison. Comme toujours.

3

Quand la fête prit fin, l'heure de la représentation était là, pour ainsi dire. Biff et moi décidâmes de nous rendre directement au théâtre. Un bus nous déposa au bout de la Cinquième Avenue, d'où nous continuâmes notre route à pied. Biff pensait que le grand air nous ferait du bien, mais je savais qu'il me faudrait plus que ça pour me remettre en forme.

Biff m'ayant suggéré de prendre de l'aspirine, nous entrâmes dans le drugstore voisin du théâtre. Biff se fit servir un café. J'absorbai successivement un cachet, un *bromo*, puis un Alka-Seltzer. Après quoi, je me sentis assez bien pour m'offrir, moi aussi, un café.

À la seconde tasse, je parlai à Biff du casier judiciaire de Dolly et lui expliquai que, d'après elle, le nouveau commissaire chargé des spectacles ne cherchait qu'un prétexte pour fermer l'Old Opera.

— Donc, dit Biff, pensif, ce n'est sûrement pas elle qui a prévenu les flics.

Il me fallut un moment pour comprendre. Puis je me rappelai que Moss nous avait dit que la descente avait été provoquée par quelqu'un de la maison.

— Mais alors, il suffit que n'importe quel pignouf téléphone au chef de la police pour dire qu'il n'est pas content, et voilà les flics en branle ? À ce compte-là, je ne vois pas pourquoi je ne protesterais pas, moi, quand il y a une réunion de réveil de la foi ! Si on va par là...

Biff me coupa la parole.

— Pour les burlesques, c'est pas pareil ! D'abord, il ne s'agit pas tellement de la police que de ces soi-disant ligues de moralité. Elles jambonnent les flics à longueur de journée. Les flics, naturellement, ne peuvent pas les envoyer promener. Du moins, pas toujours ! Alors, ils passent un coup de fil à Moss pour lui annoncer leur visite. Immédiatement, nous, on nous prévient avec la lampe rouge. De sorte que, quand les flics déboulent, il n'y a rien à voir.

— D'ailleurs, m'écriai-je, qu'est-ce qu'ils pourraient voir ? Du fond de la salle, personne ne peut savoir si nous portons ou non des maillots. Si c'est quelqu'un du théâtre qui a alerté la police, ce quelqu'un-là a travaillé contre son propre intérêt. Les actions ne vaudront plus rien, et nous en avons tous maintenant.

Biff secoua la tête.

— Les actions anciennes auront encore de la valeur. Suppose, par exemple, qu'un promoteur se propose de construire un métro et qu'il veuille le faire passer exactement à l'endroit où se trouve l'Old Opera. Quel qu'il soit, le propriétaire du terrain en ramassera une jolie somme ! Tu penses bien que le promoteur ne va pas se laisser empoisonner par un théâtre de burlesque. Pour l'Old Opera, le terrain appartient à des actionnaires et Moss est du nombre, avec pas mal de parts. Mais, s'il voulait faire une opération, il n'aurait même pas besoin de prévenir la boîte. Dans son bail, il est stipulé que le théâtre doit rester ouvert. Il peut faire relâche un mois ou deux, pour des réparations, par exemple, mais s'il demeure bouclé plus longtemps, rideau, c'est fini ! Ce que je dis pour

Moss, ça va aussi pour La Verne. Elle possède, elle aussi, des actions anciennes.

Le garçon de comptoir déposa devant Biff sa commande d'œufs brouillés.

— Si elle avait prévenu la police, elle se serait arrangée pour ne pas être dans le théâtre. Du reste, elle n'aurait pas pu empêcher la lampe rouge de s'allumer.

— Pourquoi ça ? demanda-t-il entre deux bouchées. Elle n'aurait eu qu'à se placer près du tableau et empêcher le trembleur de vibrer. Avec son coude ou autrement... Au fait...

Biff sauta de son tabouret, filant vers la porte.

— Attends-moi là ! Je reviens.

Il revint moins de cinq minutes plus tard, l'air très content de lui.

— Personne n'a pris la faction près du trembleur, m'annonça-t-il en recommandant des œufs. Il ne marche pas. Le fil a été sectionné. Et net, je te le promets !

« Ainsi, pensai-je, Moss avait raison. Le coup était bien parti du théâtre. Mais de qui venait-il ? Sûrement pas de La Verne. Ni de Dolly, avec son casier judiciaire. Alors ? De Jannine ? De Gee Gee ? »

— Biff !

Il était perdu dans ses réflexions, si profondément qu'il me fallut l'appeler par deux fois pour attirer son attention.

— Il n'y a pas un promoteur au monde qui laisserait deviner qu'un terrain l'intéresse et, en tout cas, il n'irait pas mettre dans le coup un artiste de burlesque.

— Tu as raison, Gyp, me dit Biff. De plus, je ne vois pas ces gars-là trafiquer un trembleur. C'est pas leur genre. Ils ont d'autres méthodes. Ils te font la vie difficile et, comme tu n'es pas de taille, à la fin il faut bien que tu cèdes.

Il finit sa seconde assiette d'œufs brouillés, je vidai ma tasse de café et nous gagnâmes le théâtre. Nous nous arrêtâmes près du tableau électrique et Biff me fit voir le trembleur.

— On dirait bien que le fil a été coupé, déclarai-je. Mais, après tout, peut-être que c'est un accident...

— Si ça te rassure, me répondit Biff.

Nous montâmes. La loge sentait le renfermé. Je demandai à Biff d'ouvrir la fenêtre. Il s'en alla quand les filles commencèrent à arriver.

Leurs « bonjour » furent brefs. Je crois qu'elles n'étaient guère plus brillantes que moi et ce n'est pas peu dire. Dolly arriva la dernière. Elle était la seule à être de bonne humeur. Elle avait trois canettes de bière sous un bras et une poignée de journaux dans l'autre main. Elle ferma la porte d'un coup de pied et s'écria, toute joyeuse :

— On est en première page dans tous les quotidiens !

La Verne avala son aspirine avant de répondre :

— Je suis en train de mourir et celle-là arrive au galop avec ses canards !

Elle n'était pas la seule au bord du trépas. Bien fraîche tout à l'heure encore, la serviette humide que je m'appliquais sur le front était maintenant brûlante et les effets bienfaisants du café s'étaient dissipés.

— Je n'arriverai jamais au bout de la matinée ! murmurai-je.

Gee Gee me tendit un verre de quelque chose qui bouillonnait. Je l'engloutis, sans me trouver mieux pour autant. À son tour, elle en absorba une bonne rasade en faisant la grimace. Sandra, qui venait de se tenir un moment la tête sous le robinet, affirma qu'elle ne s'était jamais sentie si mal de sa vie entière. Je la crus sans peine : elle était verte. L'œil furibond, elle ajouta, tournée vers Gee Gee :

— Tu ne crois pas qu'on nous aurait empoisonnées ?

— Tu m'as l'air « empoisonnée » ! s'exclama Gee Gee. Tu n'es malade que parce que tu as fait tout ce que tu as pu pour mettre Moss en faillite en buvant à ses frais !

Dolly me mit une canette de bière sous le nez.

— Envoie-toi un coup de ça, ma fille. Ça ne ressemble pas au champagne que nous avons éclusé la nuit dernière, mais c'est de l'honnête marchandise.

J'en bus une gorgée. Elle reprit :

— C'est un cadeau de Louie et il en enverra d'autres tout à l'heure. J'en offrirais bien à la déesse, mais...

La prima donna protesta mollement :

— Ça va, crapule ! Tu profites de ce que je suis malade pour me chambrer... Ah ! et puis zut !

D'un geste las, elle avança la main. Dolly, riant à pleine gorge, lui passa une bière.

Gee Gee et Jannine, qui partageaient la mienne, tombaient d'accord pour décider que, tout bien pesé, payer d'un mal de crâne une fête comme celle dont nous sortions, ce n'était pas cher. Tandis qu'elles parlaient, je bus encore un peu de bière. Elle était si fraîche que je remis ça avant de tendre la canette à Jannine. Quand elle eut fini de boire, elle me la restitua, après avoir, avec une épingle, gravé ses initiales sous la trace de rouge que ses lèvres avaient laissée.

— Hé ! minute ! s'écria Gee Gee. Et moi, alors ?

Je lui passai la bière, après avoir mis mes initiales sous la trace de mon rouge.

— Ce n'est pas, dit-elle, que ça me fasse plaisir d'accepter quelque chose de Louie. C'est un type qui ne donne rien pour rien.

Tout en parlant, elle observait La Verne, occupée à tourner ses deux bracelets sur son poignet pour bien mettre en valeur les plus gros de leurs diamants.

La Verne répliqua avec un demi-sourire :

— Oh, ça je ne sais pas.

Gee Gee ricana.

— Tu ne vas pas me raconter que c'est parce que tu lui as toujours répondu non qu'il t'a donné ces deux brisques ?

Et avant que La Verne ne puisse répondre, elle dit :

— Deux yeux au beurre noir par semaine. Une lèvre fendue, un nez cassé. Tu les as payés, chérie.

Alice Angel, la vedette des show-girls, plaça son mot.

— En tout cas, moi, je préfère la broche qui me vient de ma mère.

Malgré un regard furieux de La Verne, elle ajouta :

— Peut-être bien que Louie nous a envoyé ça pour que nous lui disions à quoi ressemble la prison.

— Bien sûr, petite tête ! lui lança Gee Gee. On lui fait suivre son courrier du pénitencier d'Alcatraz, mais il manque encore de tuyaux.

Alice, qui venait d'ouvrir le *Daily News*, poussa une exclamation joyeuse.

— Regardez-moi ça ! Nous avons presque toute la seconde page ! Et avec des photos, encore... Viens te voir, Sandra, en train de monter le perron.

Sandra prit le *Daily News* des mains d'Alice.

— Mon Dieu ! Quel sale cliché ! Ils auraient tout de même pu me retoucher un peu le menton.

Après avoir lu quelques lignes, elle poursuivit :

— Écoutez-moi ça ! *Descente de police dans un théâtre de burlesque*... C'est le titre... *Mais elles arrivèrent dans de luxueuses voitures, comme des artistes cotées de Broadway. Gypsy Rose Lee, l'éblouissante vedette de la troupe, était hors d'elle. Elle déclara qu'un policier, qui l'avait accompagnée jusqu'à sa loge, avait tellement peur qu'elle prenne la fuite qu'il demeura dans la pièce, cependant qu'elle se dépouillait de ses perles pour revêtir son vison.*

— Des perles ! m'écriai-je. Je n'en ai jamais porté au théâtre de toute ma vie !

Sandra interrompit sa lecture pour me dire :

— Par contre on sait toutes que tu portes du vison depuis que tu es née.

Dolly intervint.

— Relis-moi un peu ce qu'ils disent de moi.

— *Je suis une femme d'intérieur, nous déclare Dolly Baxter, une blonde plutôt commune*...

Dolly protesta :

— Mais non, pas ça, crétine ! L'endroit où ils disent que je viens de Hollywood.

— T'énerve pas ! J'y arrive, répliqua Sandra avec humeur. *Je suis venue de Hollywood pour faire de grandes choses à New York et je comprends aujourd'hui pourquoi on a mis toute la largeur du continent nord-américain entre Los Angeles et New York.*

— Je trouve ça assez astucieux ! dit Dolly qui buvait du petit lait.

Elle découpa soigneusement le passage et, avec un peu de blanc gras, colla la coupure sur sa glace. Sandra, cependant, reprenait sa lecture à haute voix.

— *Affligeant d'indécence, selon la Ligue pour la défense de la moralité publique. « Un spectacle paradisiaque ? nous dit scandalisé au téléphone son président. Nullement ! Une plongée dans la géhenne, rien d'autre ! »*

Dolly fronça le sourcil.

— La géhenne ? Qu'est-ce que c'est que ça encore ? Où est passé mon dictionnaire ?

Elle fourragea dans ses affaires, et le découvrit enfin, enfoui sous une dizaine de magazines consacrés aux sciences occultes et aux prédictions astrologiques. Tandis que Dolly feuilletait les pages, Sandra continuait sa lecture :

— *Le sergent avait annoncé que l'affaire serait chaude. Lorsqu'il demanda des volontaires, il n'eut que l'embarras du choix. Photos en page 23 et 24.*

Dolly promenait son index sur une colonne du dictionnaire.

— Géant... Gecko... Géhenne... Ah ! le voilà tout de même ! « Lieu où l'on déposait les immondices »... Eh bien, mon vieux ! « Endroit où l'on appliquait la torture aux prisonniers »...

Elle leva la tête. Ses yeux brillaient.

— Là, les filles, je crois qu'on tient un solide dossier contre ces types. Ils peuvent très bien dire que nous sommes un dépôt d'immondices et qu'ici on torture les gens. Mais quand on dit ça, il faut le prouver ! Sans ça, c'est de la diffamation...

La Verne haussa les épaules.

— Toi et tes poursuites ! Je me demande comment on pourrait porter atteinte à ce qui te sert de réputation.

Dolly jeta son dictionnaire sur le plancher et se dressa, le poing menaçant.

— Encore un boniment comme ça, ma fille, et je te mets ça entre les deux yeux !

La suite de son discours fut interrompue par des coups frappés sur la porte.

— Holà ! les mômes ! Vous êtes dans une tenue décente ?

La voix ressemblait à celle de Moey.

Alice pinça les lèvres.

— Comme s'il ne pouvait pas s'exprimer autrement ! Ça fait tellement vulgaire !

Elle se drapa dans un somptueux peignoir en soie, cependant que nous nous couvrions rapidement. Elle alla ensuite ouvrir la porte. C'était bien Moey, le gars des bonbons. Il portait un énorme paquet qu'il était obligé d'appuyer sur ses genoux.

— Vous avez mis le temps ! grommela-t-il. Aucune de vous n'a rien à cacher que j'ai pas déjà vu vingt fois.

D'un coup de reins, il se redressa avec son fardeau, qu'il vint déposer au milieu de la pièce.

— Passez-moi une paire de ciseaux ! Je viens vous proposer une affaire.

En apercevant Moey en pleine lumière, mon mal de tête me revint d'un coup. Je n'avais jamais vu pareil costume. Des bandes vertes et jaunes couraient dans le tissu, comme si le violet ne suffisait pas. Quant à sa chemise, impossible de la regarder sans être saisie de vertige.

— Nom d'un chien, visez-moi ce Beau Brummel ! siffla Gee Gee.

Moey eut un petit sourire, qui devint vite soupçonneux.

— Qu'est-ce que c'est, ce Beau machin ? C'est bien ?

— Oui, sur toi, c'est bien, dit Gee Gee, dont le rire lui rendit sa bonne humeur.

— Quelqu'un peut me donner une paire de ciseaux ou un couteau ?

Jannine lui tendit de minuscules ciseaux à ongles. Il repoussa son feutre vert sur sa nuque et, avec l'instrument dérisoire, attaqua l'épaisse ficelle de son paquet. Assez maladroit, il coupait tout, lui compris, mais la ficelle exceptée. Jannine voulut venir à son aide. Il la repoussa.

— Laisse-moi faire ! Ce n'est pas tous les jours que je joue les Père Noël, et je ne suis pas manchot !

La ficelle enfin coupée, il dégagea la base de l'objet du papier qui l'enveloppait. Il ne nous fallut pas deux secondes pour l'identifier. Un chœur s'éleva :

— Des toilettes !

— C'est pas un truc fauché ? demanda Gee Gee.

— Fauché ? Tu vois le mec qui irait faucher un trône ?

— Non, bien sûr. Mais, enfin, d'où tu le sors ? Et si vite ?

Moey ouvrit son veston et glissa ses pouces sous des bretelles rouges sur lesquelles on apercevait des naïades peintes à la main.

— J'ai un copain qui est dans les sanitaires, dit-il. L'autre jour, au bar, j'ai entendu Biff raconter que le vieux trône vous donnait des boutons et que vous alliez vous cotiser pour en acheter un neuf. Alors, j'ai pensé à mon pote. Autrefois, on travaillait ensemble. Quand on s'est rangés, il s'est mis dans la plomberie. Nature, j'ai pensé à lui. Je l'ai vu… et vous savez quoi ? Il me le cède au prix de fabrique !

Gee Gee jeta ses bras au cou de Moey et l'embrassa. Le complet qu'il portait m'interdisait un tel acte d'héroïsme, mais comme les autres, je criai bien haut ma gratitude.

— Personne d'autre que toi n'aurait pensé à l'obtenir au prix de gros.

Moey se rengorgeait.

— Pour payer le prix fort, dit-il, il n'y a que les poires ! Ce ravissant petit objet se vend huit dollars, sans l'abattant. Mon copain me le laisse à quatre et me donne l'abattant par-dessus le marché. Mieux que ça ! Je peux vous le faire installer aux meilleures conditions. Pour le mettre en place, un plombier ordinaire vous prendra dans les dix dollars. Mon type vous fera ça pour moitié moins. Naturellement, il n'est pas syndiqué.

Jannine se leva d'un bond.

— Alors, rien à faire !

Elle venait d'être élue représentante de l'Union syndicale des artistes de burlesque, et elle prenait sa fonction très au sérieux.

— Les plombiers ont un syndicat ! Nous aussi. Si nous ne nous épaulons pas, c'est la fin de l'action syndicale. Vous vous souvenez de ce qu'on vivait avant de nous organiser ? Dix spectacles par jour, sans supplément de salaire. Licencié sans même un jour de préavis. Dix-sept dollars par semaine pour les choristes ? Quarante heures de répétition par semaine ?

— Hourra pour le syndicat, dit Dolly d'un ton déprimé.

Alice lança un regard oblique à Jannine.

— Il faut encore se plier à tout ça ? dit-elle.

— Non, plus maintenant, répondit Jannine. Mais je ne laisserai pas une saleté de jaune entrer dans cette pièce aussi longtemps que j'y serai !

— Bon, bon ! déclara Moey, visiblement ennuyé. Vous voulez payer dix dollars ? Payez dix dollars !

Il sortit, la porte se fermant sur lui avec fracas.

— Total, dit Gee Gee, ce sacré ustensile reste en plein milieu de la loge et, si on veut le déménager, il va falloir qu'on s'y colle !

— Et après ! répliqua Jannine avec dignitié. J'aime encore mieux ça que de sentir ici la sale odeur d'un jaune !

Jannine avait une grande gueule, mais elle n'impressionnait personne. Quand le Columbia était *le* théâtre qui comptait à New York, elle passait en vedette et on l'affichait comme « l'Idole du promenoir ». Si l'on veut bien se souvenir qu'il y a des années qu'on a supprimé les promenoirs et que le Columbia a été démoli il y a plus de dix ans, on est obligé d'admettre que Jannine était un peu âgée pour le genre de travail qui était le sien.

Elle essaya de déplacer seule le monument de faïence bleue qui occupait le centre de la loge. Ses efforts nous amusèrent tant ils étaient comiques, puis nous nous levâmes toutes pour lui donner un coup de main.

— Vous savez ce qu'on devrait faire ? dit Gee Gee, une fois l'objet garé dans un coin. On devrait l'inaugurer en grande pompe !

Alice battit des mains.

— C'est ça ! Comme quand on dévoile la statue d'un général !

— Nous ferions de ça une petite fête intime, reprit Gee Gee. Rien que les artistes !

— Et les machinistes, ajouta Jannine.

— Il me semble, fit remarquer Dolly, que nous ne pouvons guère faire autrement que d'inviter aussi les marchands de bonbons, étant donné que c'est Moey qui nous a apporté le trône. Gypsy s'occupera de la nourriture...

J'acquiesçai d'un mouvement de tête. Sandra se chargerait des invitations. Jannine, naturellement, s'occuperait du plombier.

— Et puisque La Verne est bien avec Louie qui est dans la limonade, dit encore Dolly, c'est elle qui nous procurera les liquides !

Nous donnions une représentation à minuit, le samedi, et il y avait une heure et demie d'intervalle entre la fin du premier spectacle de la soirée et le commencement du second. Nous décidâmes que la petite fête aurait lieu à ce moment-là. C'était de toute façon notre soirée habituelle. Le samedi précédent, nous avions fait des *spareribs*. Les acteurs avaient emporté leur part sur scène de peur de la voir escamotée à leur retour dans les loges.

La règle, depuis lors, était : « Pas de *spareribs* dans le théâtre. » Je pensai qu'un repas à la chinoise ne serait pas une mauvaise idée – les acteurs auraient du mal à emporter ce type de nourriture sur scène – et j'élaborais mon menu quand j'entendis dans le couloir la voix du régisseur annonçant qu'on allait « lever le torchon ».

— En scène ! En scène ! L'orchestre attaque !

La porte de la loge s'ouvrit sous une poussée brutale et Sammy apparut sur le seuil.

— Je suis au regret de vous déranger, mesdames, nous jeta-t-il, mais il se trouve que, ce soir, nous jouons !

Sammy était un régisseur pas plus désagréable qu'un autre, ce qui ne signifie pas que je veuille faire son éloge. Des régisseurs, j'en ai connu un paquet et j'attends encore d'en rencontrer un qui ne s'imagine pas que le théâtre lui appartient, avec tous ceux qui se trouvent dedans. Sammy cria à Dolly, qui était déjà dans l'escalier :

— Rate ton entrée et tu verras ce qu'il restera de ton cacheton !

Sur quoi, il empoigna le dessus de lit au crochet auquel Gee Gee travaillait et, machinalement, il se mit à en défaire un morceau, tout en lisant la coupure de journal collée sur la glace. Il hocha tristement la tête :

— S'ils prennent goût à ces descentes, ils ficheront le métier en l'air.

Il abandonna l'ouvrage de Gee Gee, repéra une bouteille de gin, la déboucha d'un coup de pouce et s'envoya une bonne goulée.

— Oui, reprit-il après s'être raclé la gorge. Quand les clients commenceront à se dire que le nu nous fait peur, la boîte fera le plongeon.

Il remit la bouteille en place et sortit sans rien ajouter. Une vague odeur d'alcool s'en alla avec lui.

— Pour moi, dit Gee Gee, il a le bourdon parce que Moss ne l'a pas invité chez Moore.

Elle aurait parlé moins gentiment si elle s'était aperçue du traitement qu'il avait infligé à son dessus de lit.

— Si j'avais su que je m'en tirerais avec une migraine comme celle que je tiens, s'écria Sandra, c'est volontiers que je lui aurais donné ma place ! Je peux vous le dire !

Gee Gee posa son doigt sur ses lèvres et, à pas de loup, alla ouvrir la porte. Sammy était passablement curieux, et elle aurait voulu le prendre sur le fait. Mais, cette fois-là encore, elle fut déçue : Sammy était déjà dans l'escalier…

4

La porte de la cuisine du restaurant chinois était juste en face de la fenêtre de notre loge. Avant leur grande bagarre avec La Verne, les serveurs avaient l'habitude de grimper sur la terrasse pour nous apporter ce que nous leur avions commandé.

La bagarre en question avait eu lieu durant un été indien particulièrement chaud. Les garçons du restaurant venaient de temps en temps passer quelques minutes sous leur porche, histoire de se rafraîchir un peu, et nous gardions notre fenêtre ouverte pour la même raison. Ils nous guettaient, ça ne faisait pas l'ombre d'un doute. Seulement, avez-vous jamais rencontré un homme qui, ayant la possibilité de se rincer l'œil, n'a pas profité de l'occasion ? La Verne fut la seule à en faire un plat. Elle se mit à les traiter de « faces de rats », de « périls jaunes » et menaça de les faire expulser.

Un jour, je lui demandai pourquoi elle ne se déshabillait pas loin de la fenêtre, comme nous le faisions toutes.

— Et pourquoi ? me répondit-elle. J'ai le droit de me déshabiller où je veux. C'est ma loge, non ?

— Bien sûr, c'est ta loge. Seulement, c'est leur porche et il est probable qu'ils ont bougrement plus chaud dans leur cuisine que toi dans ton théâtre.

C'était faire appel aux bons sentiments de La Verne. En oubliant que le cœur de La Verne n'obéissait qu'au tiroir-caisse.

Bref, elle leur balança une bouteille de Coca-Cola et l'un d'eux la prit en pleine bouille, assommé. Ses copains appelèrent un flic et on collectionna tous les empoisonnements possibles pendant quelques jours. La note de pharmacie de dix dollars fut pour La Verne, mais ça ne comprenait pas l'attelle qui rafistolerait notre belle amitié. Les serveurs ne voulurent plus nous apporter quoi que ce soit par la terrasse, à moins que la commande ne leur soit passée par moi. J'ignore pourquoi j'étais leur préférée, mais il me suffisait de crier : « *Hola ma !* » pour les voir rappliquer.

J'attendis le vendredi soir pour appeler. Une petite silhouette, tout de blanc vêtue, se montra sous le porche et me salua gentiment.

— Il me faut, lui dis-je, vingt-cinq dîners pour demain soir.

L'homme disparut dans la cuisine pour revenir bientôt, un carnet et un crayon dans une main, une petite boîte dans l'autre. Il monta sur la terrasse.

— Vous voulez le repas à quarante-cinq cents ou le « spécial » ?

— Le « spécial ». Dix chow mein au poulet et six riz frits aux crevettes...

Il jeta sur son carnet quelques notes en chinois.

— Des pâtés impériaux aussi ? Et du porc ?

— Certainement ! Et puis du thé, des fruits et des gâteaux de riz ! Tout !

Il traça quelques caractères illisibles sous ceux qu'il avait déjà écrits, puis enfouit carnet et crayon dans la poche de sa veste blanche.

— Pour demain soir, à 11 heures et demie précises. D'accord ?

Il inclina la tête en signe d'assentiment. Sur quoi, je revis la petite boîte. Elle était enveloppée dans du papier d'argent et il était en train de me l'offrir.

— C'est de la racine de ginseng, me dit-il dans un anglais soigneusement articulé. Ça pousse au pied des gibets où des hommes ont été pendus. Mangez-le ! Vous vivrez éternellement.

Je n'eus pas le temps de lui avouer que l'idée ne me paraissait pas tellement séduisante. Déjà, m'ayant obligée à accepter son cadeau, il s'éloignait. Je le rappelai.

— *Hola ma !* Reviens !

Dans l'ombre, la veste blanche brillait comme une tache phosphorescente. J'entendis le gravier de la terrasse crier doucement sous les semelles du Chinois, puis une porte qui grinçait sur ses gonds. Il avait regagné sa cuisine.

Je posai le paquet sur ma tablette. Je ne tenais pas à l'ouvrir devant les autres, mais bientôt la curiosité fut la plus forte. Je repris la boîte et l'examinai. Elle portait un tas de cachets de cire et pesait son poids. Je l'approchai de mon oreille et la secouai doucement. Il me passait de drôles d'idées par la tête. Je me disais : « Et si c'était une bombe à retardement ? Ou si, quand on l'ouvre, un gaz empoisonné te saute au nez ? » Je restai un bout de temps à retourner cette boîte entre mes mains, imaginant toute sorte de morts plus tragiques les unes que les autres. La voix irritée de Gee Gee me fit redescendre sur terre.

— Enfin, qu'est-ce qu'il y a, là-dedans ? Ça fait trois fois que je te le demande !

Je le lui dis. Un cadeau du loufiat du restaurant chinois… une racine qui poussait au pied des potences, après les exécutions…

— Il m'a dit que je n'avais qu'à en manger pour vivre éternellement.

Pour le coup, elle alerta toute la loge :

— Écoutez ça, les filles ! Gypsy a un nouvel amoureux, un Chinois du restaurant, et il lui a offert une racine qui va la rendre immortelle !

Elle me prit la boîte des mains et, sous l'œil intéressé des autres, entreprit d'ouvrir le paquet. S'aidant d'une lime à ongles, elle fit sauter les cachets de cire. Je m'aperçus soudain que j'aurais voulu être ailleurs. Mon bon sens me répétait que mes craintes étaient stupides, mais c'était plus fort que moi : j'avais peur. Et si la boîte contenait une fleur magique ? Une fleur qui tomberait en poussière au moment où le couvercle s'ouvrirait ? Elle laisserait dans la pièce une odeur entêtante d'amande amère, et, avant de comprendre ce qu'il se passait, nous serions mortes, toutes.

Le papier d'argent écarté, une boîte en fer-blanc apparut qui portait également des cachets de cire rouge. J'aurais voulu empêcher Gee Gee de les briser, mais il était déjà trop tard : elle soulevait le couvercle.

À l'intérieur, il n'y avait ni fleur mortelle, ni flèche empoisonnée, ni bombe à retardement. Simplement un lit de coton sur lequel reposaient deux racines, noires et desséchées, liées par un morceau de ficelle.

La Verne prit la ficelle entre deux doigts et éleva l'objet à la hauteur de ses yeux.

— C'est drôle ! s'écria-t-elle. On dirait un homme !

Alice frissonna.

— C'est dégoûtant ! Pose donc ça !

La Verne, les yeux brillants, rectifia :

— Réflexion faite, ça ressemblerait plutôt à un squelette !

D'un doigt précautionneux, elle toucha la racine qui se mit à tourner doucement sur elle-même.

— Oui, un squelette de pendu ! Donne-la-moi, Gypsy ! Je trouve ça épatant !

Dolly s'éloigna en repoussant une chaise d'un geste agacé.

— Et zut ! Avec vos trucs, vous me collez la pépie ! Donne-la-lui et parlons d'autre chose !

Les filles regagnèrent leur place devant le miroir en silence. Dolly but une longue rasade de bière, puis traîna un escabeau devant la porte des cabinets. Elle retourna à sa table pour y prendre une grande boîte pleine de feuilles de laurier, un marteau et des pointes de tapissier qu'elle vida dans la poche de son tablier, puis escalada les marches de son escabeau.

Coulant un regard vers La Verne, elle dit à mi-voix :

— S'exciter sur une racine ! C'est nouveau tiens !

La Verne ne répliqua pas et, pendant quelques minutes, on n'entendit dans la loge que les coups de marteau de Dolly.

Soudain, je remarquai que Gee Gee me faisait discrètement signe de regarder du côté de la porte. Je tournai la tête en même temps que Sandra qui avait surpris le geste de Gee Gee.

Dans l'encadrement se tenait une reine déchue, autant que je puisse me représenter une reine déchue d'après les films de Norma Shearer. Elle portait un ensemble de velours noir avec une toque de fourrure, genre cosaque coquet, et un énorme manchon de caracul. Pour compléter le tableau, des pompons noirs pendaient sur le devant de ses bottes de cuir rouge. Nous la regardâmes, bouche bée.

— Où est la loge de la vedette ?

L'accent tenait le milieu entre le russe et celui des comiques hollandais.

— Il n'y a pas de loge de vedette, ici, dit Dolly. Il n'y a pas de vedette non plus, ajouta-t-elle avec un gentil sourire. Nous sommes toutes à quarante dollars par semaine.

— Très intéressant ! répondit la reine déchue, comme elle aurait dit : « Qu'est-ce que vous voulez que ça me fiche ? » Et qui donc êtes-vous ?

Ses lèvres rouge foncé avaient à peine remué, se retroussant légèrement d'un côté.

Dolly ne savait pas très bien si l'autre se moquait d'elle ou non.

— Je suis Dolly Baxter ou, si vous préférez, Dynamic Dolly. Mais, *vous-même*, qui êtes-vous ?

La femme rejeta la tête en arrière, les paupières mi-closes.

— Je suis la princesse Nirvena, la vedette de ce théâtre à partir de demain. (Ses yeux firent le tour de la pièce.) Où est-ce que je m'habille ?

Elle attendait, comme si, ces informations enregistrées, il ne nous restait plus qu'à nous précipiter pour lui offrir un siège ou à plonger en une profonde révérence.

— Ma foi, dit Sandra, avec un effort pour garder son sérieux, le meilleur endroit de la loge, c'est celui-là !

Du pouce, elle indiquait un coin de la pièce, particulièrement en désordre, à côté du lavabo. Elle ajouta :

— On y a toutes les commodités à portée de la main.

La glace, cassée, n'avait pour ainsi dire plus de tain. Des bas séchaient au-dessus du lavabo, et le robinet, bien que fermé, gouttait.

La princesse n'insista pas et, comme elle me regardait, je la reconnus. Elle tourna vivement la tête, mais il était trop tard.

— Est-ce que nous n'avons pas travaillé ensemble à Toledo ? lui demandai-je innocemment.

Elle m'examina comme si j'avais été un mammifère marin préhistorique à deux pattes.

— Je n'ai jamais été à... comment dites-vous ?... Toledo. Je dansais pour le tsar. Et puis, la Révolution est venue et, d'un coup, j'ai tout perdu. Pfft. Aujourd'hui, la princesse Nirvena jette des perles aux cochons !

C'était sa réplique de sortie. Nous n'eûmes le temps de rien dire, elle était déjà partie. Son parfum seul nous rappelait qu'elle était bien venue dans la loge.

Un instant, je me demandai si je ne m'étais pas trompée. Il y avait des différences : ces cheveux bleu-noir, ce teint mat, ces paupières lourdes... Pourtant...

Dolly ricana.

— Danser pour le tsar, mon cul !

D'un coup de marteau, une autre feuille fut clouée en haut de la porte.

— C'est du bidon, j'en suis sûre.

Du plateau, la voix de la « princesse » nous parvenait. Gee Gee courut sur le palier pour écouter.

La princesse avait agrafé Sammy, le régisseur.

— Est-ce que vous vous imaginez que la princesse Nirvena va s'habiller dans une loge comme celle-là ?

Sammy se faisait très humble.

— Nous n'en avons pas d'autre. Il y en a bien une au sous-sol, mais elle est humide et...

— Ça m'est égal ! J'aimerais mieux m'habiller dans une porcherie qu'avec des créatures pareilles...

Sa voix s'éteignit. Gee Gee revint dans la loge. L'œil malicieux, elle dit :

— J'ai idée qu'ils sont allés faire un tour à la cave...

Je savais pourquoi la princesse tenait à avoir une loge pour elle toute seule et les autres n'y étaient pour rien. J'étais seule en cause. Il faut autre chose qu'un fond de teint mat, de la teinture noire et un accent, pour donner le change à la petite mère Lee.

Dolly poussa un juron.

— Je me suis cassé un ongle !

Descendant de l'escabeau, elle tendit son marteau à Alice.

— À ton tour, crapule. J'ai fait ma part. Et pas de blagues, hein ? Il faut que ça ressemble à une tonnelle rustique.

Alice grimpa sur l'escabeau et poursuivit avec bonne humeur l'ouvrage commencé par Dolly.

Un peu plus tard, nous reçûmes la visite de Mme Pulsidski. C'était une marchande de sous-vêtements qui, une fois par semaine, faisait la tournée des théâtres. Elle avait de très jolies choses, mais ses pleurnicheries m'exaspéraient et souvent je m'éclipsais quand elle était là. Gee Gee essaya un peignoir en satin bleu.

— Croyez-moi, mademoiselle Graham, si je n'avais pas tant de malades chez moi, je ne vous l'abandonnerais pas à sept dollars...

— Je vous en donne cinq !

— Impossible ! Pour ma propre fille, je ne pourrais pas...

Je pris une cigarette et quittai la loge. Les discours de Mme Pulsidski m'accompagnèrent dans l'escalier.

— Elle vous va comme un gant, mademoiselle Graham ! Et c'est de la vraie dentelle d'Alençon.

Sous l'escalier, j'avisai un châssis, sur lequel je m'assis et, confortablement installée, j'allumai ma cigarette. J'étais prête pour ma prochaine scène et j'avais le temps de me détendre un peu.

Jake, l'accessoiriste, vint me rejoindre.

— Je t'ai cherchée partout, me dit-il. Les gars et moi, on a trouvé quelques petits trucs rigolos pour la fête de demain. On a caché tout ça dans le magasin des accessoires pour que ça soit une surprise...

J'aurais bien aimé que c'en soit une pour moi aussi, mais il tenait à me mettre dans le secret. M'arrachant à mon siège, je le suivis. Le magasin était une vaste pièce, pleine de courants d'air, qui se trouvait à gauche de la scène. On y accédait, non pas par un escalier, mais par une rampe en pente douce. Jake retira le gros cadenas accroché à la lourde barre de fermeture et entrouvrit la porte. Je me glissai par l'entrebâillement.

L'endroit était bourré jusqu'au plafond de meubles de toute sorte et d'accessoires qu'on ne pouvait rencontrer que dans un théâtre de burlesque : un coffre magique, des pains et des poulets en carton-pâte, des vessies par douzaines suspendues au plafond, un lustre en bois à lanières de cuir auquel s'accrochaient les filles, un banc de square et la chambre à coucher, dont on faisait un si constant usage. Jake me désigna du geste quelques paquets, grossièrement ficelés, qui se trouvaient au pied du lit.

— J'ai couru toute la ville, me dit-il, pour dégotter quelques-uns des trucs qui sont là-dedans et, en fin de compte, il a fallu que je fabrique presque tout moi-même. Prends ça, par exemple. Tu sais ce que c'est ?

Il tenait entre ses mains calleuses un petit coffret en bois pourvu d'une fente, un objet sur la nature duquel on ne pouvait guère se tromper. C'était un distributeur de papier hygiénique.

— Bon ! dit-il. Maintenant, ouvre tes mirettes !

Il fixa dans l'appareil un rouleau de papier bleu, puis il tira sur la feuille de papier qui se présentait à la fente, la détacha et attendit. Une petite musique, grêle et saccadée, se fit entendre. L'appareil jouait *Whistle While You Work !*

— Merveilleux ! m'écriai-je.

— N'est-ce pas ? Et c'est pas tout !

Il me mit la feuille de papier sous le nez. Elle était parfumée. Il ajouta :

— Je t'ai mise dans le secret parce que j'ai besoin de toi. Il me faut quelqu'un pour m'aider à transporter tout ça dans la loge sans que personne le sache.

— Ce soir, après la représentation ?

Il fit non de la tête.

— Il y a un ou deux trucs que j'ai peints et qui ne seront secs que demain.

— Alors, demain soir, après le final du premier acte ?

— Entendu.

Ce point réglé, il entreprit de me montrer les autres surprises qu'il avait préparées : un tapis de bain bleu, une ventouse peinte en imitation strass, une paire de rideaux en tissu huilé.

— Et voilà le plus beau de tout ! annonça-t-il.

C'était un énorme fer à cheval, fabriqué avec des roses de cire et barré d'un large ruban rouge, sur lequel se lisait, en lettres dorées, le mot « Succès ». Il était posé sur un chevalet et ne devait pas avoir moins de deux mètres de haut.

— Alors, quoi ? Tu ne peux pas surveiller tes entrées ?

Russell avait ouvert la porte du magasin et c'était à moi qu'il s'adressait.

— Grouille ! C'est à toi !

Je jetai ma cigarette dans un crachoir et fonçai vers le plateau. Biff, en scène, improvisait. Il m'aperçut en coulisses et fronça le sourcil. J'avais à peine deux répliques, deux ou trois plaisanteries passablement obscènes, à quoi se limitait mon rôle, que j'allais lui débiter.

J'étais encore en scène quand j'entendis la voix de La Verne hurlant des injures. Elle était au fond du plateau, sans doute près de l'escalier conduisant au sous-sol, mais elle criait si fort qu'elle m'écorchait le tympan. Je crus d'abord qu'elle se mangeait le nez avec Dolly.

— J'en sais assez sur ton compte pour te faire pendre ! Tu m'entends ? Te faire pendre !

— Laisse-moi rigoler ! répondit la voix gouailleuse de Louie. (Après un silence, il reprit :) La prochaine fois que je te reverrai traîner avec un type, alors que je t'entretiens…

— Tu m'entretiens ? Tu ne manques pas de culot, je fais quatre représentations par jour !

Il y eut un bruit de gifle. Puis Louie parla de nouveau. Plus bas et d'une voix que la colère faisait vibrer.

— Tu as entendu ce que je t'ai dit. Tâche de ne pas l'oublier ! Ça, c'est rien à côté de ce que tu prendras !

La Verne poussa un cri de douleur. Deux machinistes se précipitèrent. Entre les portants, j'aperçus Sammy qui courait, lui aussi.

— Vous n'avez pas fini, non ? On est en train de jouer.

Avec l'aide des deux machinos, il réussit à dégager les mains de Louie du cou de La Verne. Pour se dédommager, Louie décocha un gauche à La Verne et ce fut Sammy qui stoppa le gnon.

« Pauvre gars, me dis-je, c'est toujours lui qui reçoit. »

Ça le mit en boule, mais comme il n'osait pas s'en prendre à Louie, il se rabattit sur La Verne. Il l'incendia et lui administra un coup de genou dans les fesses. De leur côté, les machinos faisaient comprendre à Louie que ça suffisait comme ça, qu'il ferait mieux de débarrasser le plancher.

La Verne avait la lèvre fendue et le sang lui coulait sur le menton. Elle l'essuya d'un revers de main, tout en suivant des yeux la silhouette de Louie qui s'en allait. Sammy continuait à la houspiller.

— Bon sang, je ne veux pas de tout ce raffut pendant la représentation !

Vexé, il essayait de s'en sortir en fanfaronnant. Accouru avec sa trousse d'urgence, Jake écarta le régisseur.

— Vous ne voyez donc pas qu'elle est blessée ?

Sammy marmonna une excuse et se tourna vers le groupe de machinistes qui s'était réuni.

— Vous faites une belle bande, tiens, dit-il. Rester là et laisser un gars tabasser une femme sans lever le petit doigt pour l'aider. Allez, au boulot. On a un spectacle à faire.

Puis il se tourna vers La Verne.

— Je suis désolé. Je me suis égaré.

Comme elle ne répondit pas, il haussa les épaules et se dirigea vers la régie.

À ce moment-là, j'aperçus Russell. Je ne savais pas qu'il était sur le plateau. Blanc comme un linge, la bouche grande ouverte, il regardait La Verne.

— Tu ne trouves pas, lui dit Sammy, que c'est comme si on travaillait chez les dingues ?

Russell, sans répondre, s'en alla vers l'escalier qu'il gravit marche à marche, très lentement, comme un aveugle.

Jake essayait de réconforter La Verne, tout en lui badigeonnant la lèvre avec de la teinture d'iode.

— Sans cette petite trousse, je ne sais pas ce qu'on deviendrait !

La teinture d'iode devait brûler La Verne, dont la lèvre gonflait, car, d'un geste brusque, elle écarta Jake pour monter à l'étage derrière Russell. Sur le palier, elle s'arrêta, leva la tête vers la loge des hommes, puis, sans avoir rien dit à Russell, alla s'asseoir devant sa table à maquillage.

Pourquoi Russell était-il si pâle ? Était-ce parce qu'il avait vu La Verne le bas du visage en sang ou parce qu'il avait jusqu'alors ignoré que Louie était son amant ?

Ça ne me regardait pas et ça m'était égal, mais il y avait une chose dont j'étais sûre : les plus beaux bracelets du monde ne valaient pas ça ! Comme Alice, je préférais me contenter d'une vieille broche ayant appartenu à maman.

5

Je fus très surprise, le samedi, de voir tout le monde arriver en avance pour la matinée. Puis je me souvins : la princesse débutait aujourd'hui. J'allai consulter l'horaire du spectacle affiché au mur. Elle faisait sa « spécialité » au milieu du premier acte et son autre numéro au début du second.

— Pour une nouvelle, elle est bien placée, hein ? fit remarquer Jannine qui lisait par-dessus mon épaule.

La Verne faisait des vocalises, essayant de lancer des notes sans se faire mal aux lèvres. Sa bouche enflée n'était pas belle à voir. La teinture d'iode, qu'elle avait tenté de masquer avec du fard, s'étirait presque jusqu'à l'oreille.

— Je ne comprends pas comment tu as pu te blesser comme ça en dormant ! dit Alice.

— Ferme-la ! lui répondit La Verne, passant les amples manches de son kimono. Je t'ai dit ça, hier soir, pour que tu me fiches la paix. En réalité, je suis tombée sur un poing. Tu saisis ?

Le papotage des chorus girls qui, en bas, regagnaient leur loge nous rappela que la représentation était commencée. La Verne entrait en scène après le premier numéro de Dolly. Elles se mirent, toutes les deux, à s'habiller en vitesse. La prima donna se débarrassa de son kimono, passa une sévère robe noire et se colla sur la tête un chapeau à large bord, agrémenté d'une plume d'autruche rouge, qui lui tombait artistement sur l'épaule.

Elle chantait *Love for Sale.* Amour à vendre ! Un refrain particulièrement bien choisi. Pour se faire la voix, elle roucoula les premières mesures.

Gee Gee eut la politesse d'attendre qu'elle ait quitté la pièce pour dire :

— Vendre de l'amour avec une gueule pareille ! Tu parles !

Alice s'était assise, genoux relevés, son joli minois dans les mains en coupe.

— Je me demande quand même comment elle a fait pour tomber sur un poing, dit-elle, le regard songeur.

Biff ouvrit la porte d'un coup de pied.

— Salut, Gipsy ! Je t'apporte du café et un sac de beignets.

Il posa le tout sur une chaise et ajouta, filant vers l'escalier :

— Faut que j'aille vendre ma salade ! Je te verrai tout à l'heure.

Gee Gee hocha la tête, avant de mettre le nez dans le café.

— Ils ne valent pas mieux les uns que les autres ! La Verne se laisse posséder par un type qui lui balance des directs et des diamants, et toi par un gars qui parle bien et t'offre du café froid.

Sur ce dernier point, elle avait raison : le café était froid. Je trempai un beignet dedans.

— Froid ou chaud, dis-je entre deux bouchées, il est gentil.

Dolly rentrait, tout en sueur. La Verne arriva, presque sur ses talons.

— Bon Dieu ! s'écria Dolly. Ils sont durs, aujourd'hui !

La prima donna mentit allègrement.

— Je n'ai pas trouvé. Avec moi, ils ont été très bien ! Au fait, est-ce qu'il y en a une de vous qui a vu Russell, aujourd'hui ?

Dolly tourna la tête et alla s'asseoir sans rien dire. Ce fut Jannine qui, sans malice, répondit :

— Moi, je l'ai vu. Et qu'est-ce qu'il tenait !

— Tu veux dire qu'il était soûl ?

Dolly se tourna vivement vers Jannine. Je crus un instant qu'elle voulait la frapper. Jannine aussi, car elle eut un mouvement de recul.

— Soûl, non ! Disons qu'il avait plutôt l'air d'avoir mal aux cheveux...

L'orchestre attaquait les premières mesures de *Dark Eyes*. Gee Gee, après un coup d'œil au tableau de service, s'écria :

— C'est à *elle*.

On se précipita vers les peignoirs et les kimonos. Généralement, dans les burlesques, on attend la deuxième ou troisième représentation pour aller voir les nouveaux numéros, mais, avec la princesse, la règle ne tenait plus. Nous dégringolâmes l'escalier à trois de front.

— Je joue dans ce théâtre depuis dix-sept semaines, et jamais on ne m'a refilé un tel créneau, marmonna Dolly.

— Elle doit savoir où est enterré le cadavre, dit Jannine.

Les danseuses, massées dans les ailes du théâtre, obstruaient notre champ visuel. Gee Gee fit observer à l'une d'elles que notre curiosité, à nous, était d'ordre professionnel et la petite s'écarta pour nous laisser passer.

La princesse connaissait son métier, je n'eus besoin ni d'un dessin ni de beaucoup de temps pour m'en rendre compte. Ce n'était pas la première fois qu'elle faisait l'effeuilleuse. Elle connaissait trop de trucs qui ne s'apprennent qu'à la longue.

Un murmure flatteur monta des fauteuils et passa la rampe. Il me semblait voir les visages congestionnés des amateurs. Cependant que son bras gauche cachait sa poitrine, lentement, de sa main droite gantée de noir, la princesse souleva le bas de sa longue robe du soir. L'orchestre y allait crescendo. Elle découvrit une « pointe » aux pierreries scintillantes, et, le visage toujours inexpressif, mais pourtant sensuel, jeta le buste en avant, avec un brusque mouvement des hanches qui arracha au public un « ah ! » d'admiration. Elle laissa tomber sa robe et attendit les applaudissements.

— Vise-moi ces nichons, me glissa Dolly à l'oreille.

Ils étaient énormes et j'étais en train de me dire, rassurée, qu'elle n'aurait jamais le culot d'abandonner son soutien-gorge, quand, justement, elle le fit sauter. Elle ne s'en tint pas là. Les acclamations se changèrent en un halètement sourd, lorsqu'elle fit également valser son cache-sexe.

Je n'en revenais pas. Il ne lui restait plus, par-devant, qu'un minuscule triangle et, par-derrière, un mince cordonnet frangé. Le public battait des mains et des pieds, en plein délire. Après un numéro comme celui-là, on pouvait tirer l'échelle.

Elle avait filé comme une flèche derrière le rideau de velours du fond tandis que Phil, le ténor, gazouillait une romance. Quand je pensais à ce que Moss lui avait permis de faire, j'étais furieuse. La laisser travailler comme ça, alors qu'il nous obligeait à porter des culottes couleur chair ! Et faire passer derrière elle, pour assurer le coup, un chanteur qui n'intéressait personne. J'en étais malade et je n'étais pas la seule. Je sentais sur ma nuque le souffle chaud et précipité de Dolly. Gee Gee nous bouscula pour passer. Elle se dirigeait vers la porte de fer ouvrant sur la salle. Je me dis que, si elle allait faire une scène à Moss, il ne l'aurait pas volée. Qu'est-ce que nous pouvions bien faire après une exhibition comme celle-là ?

Je devais avoir pensé tout haut, car j'entendis Alice qui, de sa petite voix timide, demandait :

— Mais pourquoi ne porte-t-elle pas une culotte, comme tout le monde ?

J'aime bien Alice, mais, à ce moment-là, je l'aurais étranglée avec plaisir. Je lui répondis d'un ton sec, en appuyant bien sur les mots.

— Tu peux être sûre que je n'en sais rien !

Elle n'insista pas et s'éloigna.

Biff avait suivi le spectacle, lui aussi. Mon mouvement d'humeur ne lui échappa pas.

— Pourquoi tu t'en fais ? me dit-il, avec un sourire. Vous n'avez pas le même genre de numéro.

— Non. Seulement, je passe après elle. Qu'est-ce que tu dirais, s'il te fallait entrer en scène après un comique qui n'hésite pas à se déculotter pour faire rigoler le public ?

Sammy me fit signe de baisser le ton. Je l'envoyai dinguer, à pleine voix, et Biff éclata de rire. Pendant dix secondes, je le détestai. Puis, je me mis à rire avec lui. J'étais bien bête de me tourmenter à propos d'une fille qui montrait toute sa marchandise !

Tout en remontant à ma loge, je décidai de donner à ma « spécialité » un air si innocent que les spectateurs se demanderaient si je n'arrivais pas tout droit de pension. Une robe d'organdi, un grand chapeau et, peut-être, une ombrelle. Et je me déshabillerais sur des choses aussi anodines que *Oh Promise Me* et *I Love You Truly*.

Quand j'entrai dans la loge, Gee Gee, une fois encore, faisait son numéro de lancers. Une boîte de poudre explosait sur le mur, comme j'ouvrais la porte.

— Hot Springs ! hurlait-elle. Je t'en ficherai, moi, des Hot Springs !

Un pot de cold-cream me frôla la joue. Alice, à mi-voix, me donna l'explication de cette grande colère.

— Moss est parti pour quinze jours. C'est ça qui la rend folle !

Bing ! Une bouteille vide alla se fracasser sur le lavabo. Gee Gee reprit son souffle.

— En soirée, je vous jure que je vais en enlever des couches de peau !

Avec Alice, j'essayai de la calmer.

— Tu sais, dit Alice, qu'elle peut t'entendre par le tuyau ?

— Et tu lui fais plaisir, ajoutai-je. Tout le barouf que tu fais viendra aux oreilles de Moss et il s'imaginera que nous avons essayé de lui faire ramasser un bide.

— Et c'est à elle qu'il donnera raison, tu peux en être sûre.

Le tuyau d'aération nous envoya un rire acide :

— Soyez tranquilles, Moss me donnera tout ce que je voudrai.

Je coupai la parole à tout le monde en enfonçant une serviette dans le tuyau. Gee Gee, d'ailleurs, était calmée. Elle commença à se coiffer, tout en comptant les coups de brosse. Soudain, ses traits s'éclairèrent :

— Faisons des folies, dit-elle. Allons dîner chez Luchow. La bouffe du drugstore, j'en ai ma claque.

L'idée déclencha des investigations dans les portefeuilles et les sacs. Dolly tira deux dollars de la poche de son cache-sexe.

— Un pour le solide, un pour le liquide, dit-elle. Ça gaze.

Oui, ça gazait. Le dîner servirait de prélude à la petite fête du soir. Seules n'y prendraient pas part La Verne et une des show-girls, parce qu'elles étaient aussi avares l'une que l'autre.

Biff et Mandy nous rejoignirent chez Luchow. Comme Biff venait de gagner six dollars aux dés, il fut bon pour régler la première tournée. Gee Gee paya la seconde et moi la troisième. Ce fut alors au tour de Dolly, et, quand ses deux dollars furent avalés, il était l'heure de retourner au guignol. Un vieux coucou s'était mis en marche, le petit oiseau avait sorti la tête huit fois.

— Zut ! s'écria Mandy. Déjà cette heure-là, et nous n'avons pas encore mangé.

Il nous restait juste le temps d'expédier un dernier verre. On nous servit des martinis avec de petits oignons en guise d'olives.

Quand elle se leva pour remettre son manteau, Dolly chancelait un peu.

— Ça ne loupe jamais. Les oignons ça me rend soûle à chaque fois.

Pour payer l'addition, ce fut toute une histoire. Nous devions tous quelque chose et le loufiat s'y retrouvait plus ou moins. De son côté, Dolly prétendait qu'elle était trop pompette pour pouvoir compter. Il fallut que Gee Gee la passe à la fouille, aidée de Mandy.

C'est marrant, mais nous n'avons jamais bien su pourquoi, à dater de ce soir-là, Luchow ne rechercha plus notre clientèle. Il y en a qui disent que c'est parce que Dolly avait fourré dans son sac à main une demi-douzaine de petites cuillers. Moi, je croirais plutôt que c'est parce que Biff essaya d'emporter le portemanteau du hall, ce qui la fichait d'autant plus mal que l'objet était surchargé de chapeaux et de pardessus.

Siggy, le marchand de cache-sexes, nous attendait à l'entrée des artistes, avec sa mallette bourrée de culottes et de soutiens-gorge dernier cri. Sur le couvercle ouvert, il avait étalé des « pointes » enrichies de strass et d'ornements divers. Il devait être là depuis un certain temps, car il y avait par terre, à côté de lui, un petit tas de mégots, tous minuscules. Siggy fumait ses cigarettes jusqu'à la dernière extrémité.

Jannine fut la première à prendre en main un très joli « triangle » que nous étions plusieurs à avoir repéré.

— Celui-là, dit Siggy, il est à cinq dollars.

— Cinq dollars ! s'exclama Jannine estomaquée.

— Je n'y peux rien ! répliqua Siggy d'un ton bref. Les perles deviennent chères et il faut que je vive !

Il prit le cache-sexe des mains de Jannine et l'appliqua sur son gros ventre.

— J'en ai à quatre dollars. Seulement, celui-ci est doublé en peluche !

L'argument porta. Jannine récupéra le « triangle » et grimpa l'escalier, cependant que Siggy, ayant noté dans son petit carnet noir qu'elle lui devait cinq dollars, s'occupait de ses autres clientes. Gee Gee lui acheta une culotte, j'en fis autant et Sandra fit l'emplette d'un soutien-gorge. Elle n'en avait pas besoin, mais elle avait la passion des soutiens-gorge.

— Au fait, dit Siggy, tout en inscrivant nos achats de la pointe de son crayon mâchonné, je viens de voir les serveurs de Louie qui apportaient un tonneau de bière...

Gee Gee et moi, nous ne soufflâmes mot.

— Et un casier de rye. Il s'agit d'une petite fête ?

Gee Gee, m'ayant consultée du regard, avoua qu'effectivement nous avions en tête quelque chose dans ce genre-là. Elle sc tourna vers moi.

— Je crois bien qu'il faut qu'on l'invite !

L'invitation manquait de chaleur, mais en un clin d'œil, Siggy, son carnet empoché et sa mallette bouclée, partait vers l'escalier.

— Parole ! s'écria Gee Gee, on croirait qu'on ne t'a jamais offert un verre ! Seulement, je te préviens, notre petite fête n'a lieu qu'après la prochaine représentation...

Siggy ne put cacher son désappointement.

— Tant pis ! dit-il. J'attendrai.

Sa mallette à bout de bras, il revint à l'entrée de scène et se mit en devoir de rouler une cigarette.

— Hé, Gypola !

Je levai la tête. Jannine était sur le palier, habillée d'un gant de toilette qui ne cachait pas grand-chose.

— J'ai dû laisser tomber ma nouvelle « pointe » ! me cria-t-elle. Tu veux bien me la monter ?

Avec Gee Gee, je cherchai le cache-sexe sur les marches, retournant ensuite quelques éléments de décors sous lesquels il avait pu glisser. Nous ne trouvâmes rien, mais on n'y voyait guère et nous décidâmes d'attendre le retour de George, l'électricien.

— Il va revenir, dis-je. Il nous donnera de la lumière.

Gee Gee haussa les épaules.

— Sa « pointe », je te parie que cette gourde l'a sur elle ! Seulement, elle a si peu de cervelle qu'elle ne s'en aperçoit même pas !

Finalement, nous ne mîmes pas la main sur le cache-sexe et Jannine ne l'avait pas sur elle. Gee Gee demeure convaincue que, si nous avions mieux cherché, nous l'aurions trouvé. D'où elle conclut qu'elle porte une part de responsabilité dans les assassinats. À quoi je réponds que, si le meurtrier ne s'était pas servi de ce cache-sexe-là, il en aurait pris un autre. Évidemment, ce « triangle » était le seul à être doublé en peluche, mais il n'était pas le seul à avoir un lacet. Et, pour l'assassin, ce qui comptait, c'était le lacet.

6

Notre loge fut très animée durant toute la représentation. Chacun avait une idée originale à exposer et les cerveaux travaillaient d'autant plus que, de temps à autre, celui-ci ou celle-là goûtait le rye pour s'assurer qu'il était vraiment bon.

Mandy voulait qu'on désigne la reine de la fête par tirage au sort, à la courte paille. Biff trouvait que le procédé manquait d'allure. Joey, le partenaire de Mandy, continuait à jouer les « seconds comiques ».

— Ce qu'il faut faire, déclara-t-il en agitant un doigt en l'air, c'est casser une bouteille sur le trône, comme on fait pour baptiser un navire. Nous aurons des échos dans les journaux.

— Tu te fais des illusions sur la liberté de la presse ! lui lança Jannine.

Jake, lui aussi, vint nous voir. Il s'excusait de ne pas avoir réparé plus tôt le robinet du lavabo. À ma connaissance, ledit robinet fuyait depuis quelque chose comme vingt-huit semaines. Seulement, nous n'avions pas un casier de rye tous les soirs. Il resserra le collier, non sans nous donner à entendre que c'était là un travail qui exigeait qu'il reprenne des forces. Après s'être envoyé un solide verre de rye, il me fit un clin d'œil et vint près de moi pour me rappeler de ne pas oublier les surprises. Il croyait parler à voix basse, mais on devait l'entendre à l'autre bout de New York.

— Quelles surprises ? demanda Gee Gee.

Jake sourit d'un air finaud.

— Tu le verras bien !

Elle devait le voir en effet. Mais ce n'était pas à des surprises de ce genre-là que Jake faisait allusion.

Avant ma scène avec Biff, à la fin du second acte, on s'était mis d'accord : on casserait une bouteille, on couronnerait la reine et on ferait les choses dignement. Russell passa devant la loge, mais refusa d'entrer pour boire un verre. Ce fut à peine s'il consentit à tourner la tête vers La Verne quand elle l'appela.

— On dirait plutôt qu'il te fuit, hein ?

Dolly était trop contente pour cacher sa satisfaction. Elle était en train d'appliquer un vernis rouge clair sur ses ongles de pieds, et ses orteils, séparés par de petits tampons de coton, s'étalaient en éventail.

— Tu devrais le rappeler ! Il n'a peut-être pas entendu ta voix d'or.

La Verne posa le pied sur les ongles frais vernis.

— Oh ! pardon. Pas fait exprès !

Dolly n'eut pas le temps de réagir : Gee Gee l'avait empoignée par les épaules et, tout en plaisantant, elle lui faisait prendre du champ.

— Aujourd'hui, pas de bagarres ! On s'entend comme des oisillons dans leur nid.

Un coup de rye mit fin à l'incident.

Malgré ça, les feuilles de laurier clouées sur la porte avaient dû décorer des endroits autrement plus paisibles que notre loge ce soir-là. Il y avait de l'électricité dans l'air et les choses ne s'arrangèrent pas quand Sammy pénétra en coup de vent dans la pièce. Ses yeux se portèrent d'abord sur Dolly, puis sur la bouteille à moitié vide qui était sur son étagère.

— Je ne veux pas vous prendre en traître, commença-t-il, avant de faire une pause pour être sûr qu'on l'écoutait. *À partir de maintenant*, quiconque ratera son entrée sera viré sur-le-champ. Et ça vaut pour le final.

Personne ne broncha. Dolly ferma un œil pour mieux regarder le régisseur. Alice fit la moue. Gee Gee, d'une voix très calme, laissa tomber :

— Bien dit !

Le poing de Sammy s'abattit sur l'étagère de Dolly, la bouteille vola en l'air et tomba sur le plancher avec fracas.

— Ça suffit ! hurla Sammy. (Écrasant Gee Gee du regard, il ajouta :) Continuez de faire la maligne, mademoiselle Graham !

Sur ce, il tourna les talons et sortit en ouragan, comme il était venu.

En quittant la scène, Biff m'attrapa par le bras. Il avait l'air soucieux.

Je pensais qu'il allait me dire quelque chose sur une réplique que j'avais enchaînée trop vite, alors je commençai à m'excuser et à m'expliquer.

— Non. Il ne s'agit pas de ça, mais maintenant que tu en parles, depuis le début, tu ne leur laisses pas le temps de rire à ce moment-là.

— Je t'ai dit en répétition que de toute façon ça ne ferait pas rire, du coup tu m'en veux...

Il me jeta son manteau sur les épaules et m'embrassa le bout du nez. Visiblement, il pensait à autre chose.

— Non. Allez viens. Je t'offre un verre chez le Hollandais.

— Nous n'avons pas le temps d'aller jusque chez le Hollandais. C'est bientôt le final. Allons chez Louie.

— Ne discute donc pas, s'écria-t-il, avec un peu d'impatience. J'ai mes raisons pour ne pas aller chez Louie.

Sur quoi, il m'entraîna. Le Hollandais était à plus de deux blocks du théâtre, mais je crois bien qu'on abattit la distance en moins d'une minute. J'étais hors d'haleine à l'arrivée. Nous allâmes nous asseoir dans un des petits box du fond de l'établissement. Biff interpella l'homme qui se tenait derrière le comptoir :

— Un grand whisky pour moi, du meilleur, et un dé à coudre de rye, du moins cher, pour ma fille naturelle !

Il prit une cigarette et m'en mit une dans la bouche. Il me sembla qu'il laissait passer un temps interminable avant de les allumer. J'étais dévorée de curiosité, et il le savait. Pourtant, au lieu de me dire ce qui le préoccupait, il restait là sans parler, à tirer de longues bouffées de sa cigarette.

— J'ai entendu dire que vous organisiez quelque chose au théâtre ce soir.

Le barman, après avoir versé dans une petite flasque le fond des verres de clients précédents, était prêt pour ses dix minutes de conversation habituelle. Il s'essuyait les mains sur un long tablier blanc qui lui donnait l'air trois fois plus grand qu'il ne l'était.

— Oui, c'est vrai, dit Biff. Passez si vous voulez.

Le barman s'éloigna en se dandinant non sans nous avoir remerciés Biff et moi.

— Écoute, Biff ! dis-je alors. J'ai été très patiente avec toi. Seulement, maintenant, il faut me dire ce que tu mijotes.

— Ce soir, reprit-il, il va y avoir du vilain. (Du même ton tranquille, il ajouta :) Russell.

La porte s'ouvrit. Un type entra. Biff, après l'avoir regardé, se leva et jeta un coup d'œil dans les deux box voisins du nôtre.

— Des fois qu'on nous écouterait, expliqua-t-il.

— Pourquoi veux-tu qu'on t'écoute ? répliquai-je. Alors, pour Russell, qu'est-ce qui se passe ?

Biff hésita, comme s'il allait revenir sur sa décision de me mettre au courant, puis, posant ses coudes sur la table, il se mit à parler, très bas :

— La veille de la fameuse rafle, j'ai surpris une conversation, entre Dolly et lui. Je n'ai pas compris tout ce qu'ils disaient, mais le nom de La Verne revenait plus souvent qu'à son tour. Dolly avait l'air triste. Elle répétait : « Je ne te crois pas... Je ne te crois pas. » À la fin, Russell lui a dit : « Tu crois que je voudrais avoir affaire à une nana qui a fréquenté un mec comme Louie ? » Là-dessus, il a ouvert le col de sa chemise et il lui a dit : « Regarde ça. Si je peux pardonner ça, tu peux bien oublier les craques que je t'ai racontées. D'ailleurs, c'était simplement parce que tu m'avais fait de la peine... » Je ne sais fichtre pas de quoi il parlait, mais ce que j'ai vu, c'est la tête de Dolly. Celle des bébés sur les réclames pour vermifuges. Tu sais, la photo *avant.* Elle n'était pas loin de pleurer et elle a dit : « Pauvre chéri », et Russell l'a prise dans ses bras et il a dit à son tour : « Laisse-moi faire, et tu peux être sûre que nous n'aurons plus de soucis ! »

— C'est tout ?

Je n'essayais même pas de cacher ma déception. Biff me regarda d'un air supérieur.

— Non, ce n'est pas tout ! Aujourd'hui, je l'ai entendu qui parlait à la princesse. J'ai idée qu'il joue un drôle de jeu avec la princesse, Dolly et La Verne. De quoi s'agit-il au juste ? Je n'en sais rien, mais il disait à la princesse qu'il se chargeait de Louie. Je ne vois pas très bien comment, mais ce n'est pas ce qui me tracasse. Moi, là-dedans, c'est à toi que je pense !

— À moi ?

— Oui, à toi ! Il vaut mieux que tu ne sois pas trop copine avec ces trois-là. Quelque chose se manigance, et il est malsain d'en savoir trop long quand il y a un type comme Louie dans le coup...

— Mais qu'est-ce que tu veux que la princesse ait à voir avec... ?

Je m'interrompis brusquement : je venais de lire l'heure à la pendule accrochée au-dessus du comptoir.

— Bon Dieu ! m'écriai-je, le final !

D'un même bond, nous nous levâmes, laissant le compte sur la table, avant de filer vers la porte. Dans la rue, Biff me prit par la main et me remorqua. Tout en courant, je pensais à l'avertissement de Sammy : « ... ratera son entrée... viré sur-le-champ... vaut pour le final ! » Biff perdit une de ses chaussures, longues de soixante centimètres, et dut retourner sur ses pas pour la ramasser.

Quand nous arrivâmes au théâtre, l'orchestre jouait *Happy Days Are Here Again* avec tellement d'entrain qu'on l'entendait de la rue. Le final était en cours et nous l'avions manqué. Biff fourra son soulier dans sa poche.

— Tu entreras côté cour, me dit-il, et moi côté jardin !

Poussant la porte ouvrant sur le plateau, il ajouta :

— Fais des gestes et chante ! Il n'est pas prouvé qu'on ne s'en tirera pas !

J'essayai de manœuvrer le plus discrètement possible, avec l'espoir de me glisser sur scène sans attirer l'attention de Sammy. Patatras ! je butai dans le fauteuil tournant de Stachi, qui se renversa dans un bruit de casseroles, de cymbales et de vieilles boîtes de conserves, et je tombai par-dessus. Le siège en cuir amortit ma chute, mais j'embrassai du front son pied massif. Encore à moitié étourdie et les yeux pas en face des trous, j'écartai les draperies qui servaient de rideau de fond et me précipitai sur la scène. Biff m'avait dit de faire des gestes et de chanter. Je me donnai à fond, pour m'arrêter après quelques mesures : j'étais seule à chanter. L'orchestre avait cessé de jouer et les musiciens levaient vers la rampe des visages stupéfaits. Brusquement, je me sentis incapable du moindre mouvement, plus embarrassée qu'une strip-teaseuse qui n'arriverait pas à se défaire de ses vêtements.

J'entendis la voix de Biff et je tournai la tête. Il chantait, lui aussi, avec de grands gestes des bras.

Au milieu de la scène, les mains sur les hanches et l'air abasourdi, Mandy et Joey attendaient.

Mandy fut le premier à se ressaisir.

— Si ça ne vous fait rien, dit-il, en inclinant courtoisement le buste, nous aimerions assez, mon camarade et moi, terminer notre petit sketch à nous.

Je ne sais trop comment je sortis de scène. J'avais hâte de me retrouver dans la loge, mon unique espoir étant d'y arriver sans rencontrer Sammy, ni personne. Je me traitai vingt fois d'imbécile. Comment ne m'étais-je pas souvenue que l'orchestre jouait souvent la marche du final pour annoncer un sketch ? Rasant les murs, je me dirigeai vers l'escalier. La plupart des filles avaient déjà revêtu leur costume du final. J'aperçus aussi Alice, ce qui m'ennuya. Si quelqu'un devait raconter l'histoire à Sammy, c'était elle.

Les show-girls achetaient des Coca-Cola à Moey et Jannine parlait de ses éclairages avec George, l'électricien, pour s'en plaindre. Je me fis toute petite et fonçai pour escalader les marches. La princesse était en train de descendre, et dans ma hâte, je la bousculai et faillis la faire passer par-dessus la balustrade. Je marmonnai des excuses, mais, comme d'habitude, elle m'ignora.

On annonçait les show-girls comme je fermais les dernières agrafes de ma robe. Je me penchai pour me regarder dans le miroir d'Alice. J'avais l'intention de me donner un coup de peigne. Mais quelque chose m'immobilisa. Pas un bruit, une impression. L'impression que quelqu'un m'observait.

J'inspectai la pièce du regard et mes yeux s'arrêtèrent sur la porte des cabinets. Avec de la peinture épaisse, quelqu'un avait tracé un disque rouge près de la serrure. On aurait dit un sceau, portant à la fois sur le battant et sur le cadre.

Je le regardai un instant, étonnée, puis, avançant le bras, je le touchai. La peinture était chaude ! Mon doigt laissa une petite marque au plus épais du disque, mais je le retirai vivement et descendis en hâte sur le plateau. Je me faisais l'effet d'une petite fille qui a absolument tenu à toucher quelque chose malgré l'inscription : *Peinture fraîche.*

J'étais encore hors d'haleine quand le final prit fin. Nous n'eûmes pas le temps de repartir vers les loges. Le rideau à peine baissé, Sammy surgissait sur la scène.

— Restez ! J'ai deux mots à vous dire !

Il y eut quelques murmures de mécontentement, mais personne ne bougea.

Le discours fut plus court qu'on ne craignait. Six mots en tout.

— Où diable est passée La Verne ?

Personne ne répondit. Son front se plissa.

— Quand j'ai dit que ceux qui ne seraient pas au final seraient virés, reprit-il, je parlais sérieusement. Et, sacré nom de Dieu ! ça vaut pour la prima donna comme pour les autres ! Qui est-ce qui l'a vue ?

Dolly poussa un soupir excédé.

— Ah ! la barbe ! On soupe ce soir, Sammy. Quand je suis descendue, elle était habillée pour le final et les autres étaient dans la loge, elles l'ont vue comme moi.

— Sûr, confirmèrent dix voix.

Sammy haussa les épaules et d'un grand geste balaya tout le monde. J'allais filer le train aux autres, lorsqu'il m'arrêta. Bon ! Il voulait des explications sur le potin que j'avais fait à l'entrée des artistes ? Mes excuses étaient prêtes. Je pouvais les lui servir chaudes.

— Vraiment, Sam, je ne sais pas ce qui est arrivé... J'ai eu un étourdissement... et il a fallu que...

— Il ne s'agit pas de ça. Ce qui m'empoisonne, c'est cette fichue prima donna. Un coup comme ça, ça lui ressemble bien ! Elle loupe le final pour que je la renvoie et ça lui permettra de se faire réengager par Moss !

Pensant qu'il en avait fini, je me mis en route vers l'escalier. Il me retint par le bras.

— Une minute, Gyp !

Il jetait des regards furtifs autour de lui. Tout à l'heure, Biff, et maintenant, Sammy !

— Écoute, Sammy ! lui dis-je. Si c'est un secret, je préfère ne pas le savoir. J'en ai déjà tellement dans le crâne que je n'ose plus ouvrir la bouche, de crainte qu'ils s'échappent !

— Il ne s'agit pas d'un secret. Il s'agit d'une lettre.

— Ça ne m'intéresse pas !

Je dégageai mon bras. Je ne pus pourtant m'empêcher de lui demander :

— Quel genre de lettre ?

Je me souvenais de celle que j'avais reçue huit jours plus tôt, une lettre d'affaires très officielle, à laquelle, sur le moment, je n'avais pas prêté attention. Mais elle concernait les actions que je possédais dans le théâtre et, pensant au discours de Moss, je me posais toute sorte de questions.

— C'est une lettre que j'ai reçue aujourd'hui, me répondit Sammy. C'est un banquier qui m'écrit. Il veut savoir si je serais disposé à vendre mes actions de l'Old Opera.

Affectant un petit air détaché, j'attendis la suite.

— On m'offre de me racheter mes valeurs cinquante pour cent plus cher que je ne les ai payées... Je me demandais si tu n'avais pas reçu une lettre du même genre.

Je lui répondis que non et je le quittai. Pourquoi ne lui disais-je pas la vérité ? Aujourd'hui encore, je n'en sais rien. Peut-être parce que, dans ma lettre à moi, on ne me proposait pas des conditions si avantageuses, peut-être parce que Sammy, avec ses airs de conspirateur, me tapait sur les nerfs.

Quand j'arrivai dans la loge, la fête battait son plein. Cela ne m'étonna pas. Quand on n'a qu'une heure pour s'amuser, il ne faut pas perdre de temps avec les préliminaires ! Quelqu'un me colla un verre de bière dans la main, et j'entendis Biff qui m'appelait de l'autre bout de la pièce.

— Par ici, Gypsy ! Je t'ai gardé une chaise.

La fumée était telle, malgré la fenêtre ouverte, que je le distinguais à peine. Il était assis devant ma place et la chaise qu'il m'avait gardée, c'était la mienne.

— Qu'est-ce qui t'a retenue ? me demanda-t-il, tandis que je m'asseyais. Sammy t'a incendiée parce que nous avons torpillé le sketch de Mandy ?

— Non, dis-je. Il s'agissait d'une lettre... D'une lettre d'amour.

Pourquoi j'ajoutais ça, encore une chose que j'ignore. Ce que je sais, par contre, c'est que je me serais épargné bien des tracas si, à ce moment-là, j'avais dit exactement à Biff de quoi Sammy m'avait parlé.

Je n'entendis pas la réponse de Biff. Le quatuor qui administrait le tonneau de bière chantait en chœur, un phono s'égosillait dans un coin et Siggy, sa cigarette tenant comme par magie à sa lèvre inférieure, poussait, lui aussi, sa chanson. Sa mallette noire était à côté de lui, pour le cas, sans doute, où l'occasion de faire une vente se serait présentée.

Mandy et Joey jouaient les garçons de café en tablier blanc, chemise empesée et grosse moustache noire. Joey transportait un grand sac rempli de bretzels, dans lequel chacun tapait à qui mieux mieux.

Un groupe s'était formé autour du phono d'Alice, qui hurlait *Water Boy* d'un baryton à tout casser. Pour ce qui était de tenir une conversation, impossible. Les garçons du restaurant entraient et sortaient par la fenêtre, comme dans les comédies en deux bobines du cinéma d'autrefois. J'essayais de reconnaître celui qui m'avait donné le ginseng, mais dans une atmosphère pareille ils se ressemblaient tous.

Biff frappa avec le fond de son verre sur la table à maquillage et cria :

— Dites donc ! Faudrait aller chercher l'Ermite. On ne peut tout de même pas faire la foire sans l'inviter.

Il se leva et se dirigea vers la porte.

— C'est comme tu veux, dit Gee Gee, mais tu en seras pour tes frais. Il y a encore une représentation et il ne descendra pas de son perchoir. Une fois là-haut, il y reste !

— À sa place, déclara Jannine, j'en ferais autant. S'il me fallait grimper toutes ces marches et, pour finir, escalader le mur de brique, je ne bougerais plus de là-haut !

— Espèce de sotte, répliqua Gee Gee, où as-tu vu qu'il escaladait le mur ? Il y a des échelons en fer scellés dans la brique. Je le sais : j'ai été là-haut.

Biff n'avait pas attendu la fin de la discussion. Il était sorti et on l'entendait appeler Hermie, qui ne répondait pas. Gee Gee poursuivait :

— C'est pas de la blague ! C'était il y a bien deux mois et j'avais un petit coup dans l'aile. Alors, je suis montée là-haut, pour rien, simplement histoire de lui dire un petit bonjour.

Elle avala une gorgée de bière et attendit la question de Jannine. Elle ne tarda pas.

— Et qu'est-ce qu'il t'a dit ?

— Rien du tout ! Il m'a fait une gueule impossible. Il m'a regardée avec des yeux ronds et…

— Et quoi ?

Gee Gee hésitait.

— C'est probablement une idée que je me fais, dit-elle enfin, mais, quand je l'ai appelé pour qu'il m'aide à atteindre sa passerelle… J'étais sur les derniers échelons et il y avait un espace comme ça à franchir…

Elle tenait ses deux mains à une quarantaine de centimètres l'une de l'autre.

— J'étais beurrée, c'est entendu, mais je jurerais qu'il a essayé de me balancer dans le vide.

— Tu devais être bien *schlass*, en effet ! s'écria Jannine. S'il t'avait vraiment poussée, tu serais tombée et on t'aurait ramassée en bouillie.

— Si je ne m'étais pas cramponnée à un câble...

Gee Gee, jugeant inutile d'achever, plongea son visage dans son verre. J'allai retrouver Biff sur le palier pour joindre ma voix à la sienne.

— Ohé ! là-haut !

Le cintre était obscur. Aucune réponse. Biff hurla :

— Alors, quoi ? Il n'y a personne ?

Le rond lumineux d'une torche électrique jaillit dans le noir.

— Qu'est-ce que vous voulez ?

Je distinguai confusément la silhouette de l'Ermite, sur un fond de câbles qui donnait à la scène une apparence fantastique. Sa voix semblait venir de très loin.

— Nous donnons une petite fête, cria Biff. Viens boire un coup !

Aucune réponse.

— Il ne veut pas venir, dis-je à Biff. Demande-lui s'il veut qu'on lui fasse passer de la bière.

Biff, les mains en porte-voix, cria :

— Si tu veux de la bière, envoie ton ascenseur !

Il retourna à la loge pour prendre quelques bouteilles. J'attendis l'arrivée de l'engin. L'Ermite ne nous aimait pas, mais il aimait le liquide.

Le bruit d'un raclement sur le mur m'avertit que « l'ascenseur » était en route. « L'ascenseur », c'était une invention de Jake ; une boîte carrée, suspendue par quatre ficelles à une longue corde centrale qui, passant sur une poulie, se manœuvrait du cintre, où elle s'enroulait sur un tambour. Quand l'Ermite voulait du café chaud ou les journaux, il appelait un machiniste, descendait sa boîte et n'avait plus qu'à la remonter un peu plus tard.

J'avais vu « l'ascenseur » fonctionner des centaines de fois, mais, ce soir-là, il m'intrigua. Comme il passait à la hauteur du palier du dessus, je vis quelque chose qui scintillait. Je n'aurais rien pu affirmer, mais il me semblait bien que c'était un morceau de frange perlée, accroché à la corde, un morceau de frange analogue à celle qui ornait les « pointes » les plus chères de Siggy.

Biff revint avec des bouteilles de bière. Il les plaça dans la boîte, donna une secousse à la corde, et l'Ermite, lentement, ramena « l'ascenseur » à lui.

Je n'avais pas oublié cette histoire de frange et sans doute en aurais-je parlé à Biff si, entendant la voix de Louie au bas de l'escalier, il n'était tout de suite rentré dans la loge. Je m'apprêtais à le suivre quand Louie m'appela.

— Est-ce qu'on vous a apporté la bière et tout le reste ?

Je le voyais mal, ne distinguant guère qu'une silhouette courte et massive. Ça me suffisait pour me rappeler que le type me dégoûtait. Je savais qu'il attendait d'être invité à monter, mais je ne pouvais me résoudre à lui donner cette satisfaction. Je me bornai à répondre que tout était là et filai vers la loge. Sans même pouvoir lui dire merci. J'entendis sur les marches son pas pesant. Invité ou non, il venait…

Dans la loge, le vacarme s'était un peu apaisé. Moey prononçait un speech.

— Mes amis, nous sommes réunis ce soir pour rendre hommage à une aimable institution : l'industrie des articles sanitaires !

Des « hourrah » s'élevèrent. Moey poursuivit :

— Cette cérémonie inaugurale devant avoir un caractère solennel, je propose que, pour commencer, nous élisions une reine. Voici une poignée de brins de paille...

Jake s'écria, la mine grognonne :

— Mon balai neuf !

Moey le foudroya d'un regard chargé de reproches.

— Nous devons tous faire des sacrifices. Ainsi que je le disais, nous allons désigner une reine, mais d'une façon originale ! À la courte paille !

Il alla vers Sandra, s'inclina devant elle et l'invita à choisir un brin de paille. Elle en tira un très long et fit la moue. Le tour d'Alice suivit, puis celui de Jannine, puis le mien.

— À moi, maintenant !

Dans la fumée, la princesse était à peu près invisible, mais on ne pouvait se tromper sur l'accent. Elle vint à Moey et, l'air condescendant, fit son choix. Je croisais les doigts pour qu'elle gagne. « La princesse Nirvena, reine des goguenots ! », ça aurait été magnifique !

Mais son brin, à elle aussi, était très long. Elle haussa les épaules et alla se rasseoir. Je la regardai. On aurait dit la favorite inspectant les écuries du tsar.

Le match fut serré entre Dolly et Gee Gee. On dut mesurer leurs pailles avec soin. La victoire de Gee Gee me fit plaisir. Dolly, le regard las, avait boudé toute la soirée et n'aurait pas été convaincante dans le rôle.

Gee Gee rayonnait quand Moey lui posa sur les cheveux une couronne de carton, tout en lui mettant une bouteille dans la main.

— Je compte jusqu'à dix, lui expliqua-t-il. À dix, tu casses la bouteille sur le bouton de porte ! Compris ? Un ! deux ! trois !

Moey comptait lentement. Mandy, agenouillé aux pieds de Gee Gee, tenait son chapeau à deux mains pour recueillir ce qui jaillirait de la bouteille quand elle se briserait.

— Huit ! Neuf ! Dix !

Bing ! La bière gicla dans toutes les directions, inondant Mandy, les feuilles de laurier, et même Biff. Jake ramassa vivement les morceaux de la bouteille cassée, pour permettre à Gee Gee d'ouvrir la porte.

Elle tourna le bouton et poussa. La porte ne bougea pas. Elle poussa plus fort, sans plus de résultat. Jake vola à son secours. Tirant un tournevis de la poche de son « bleu », il se mit à gratter quelque chose sur la porte, près de la serrure.

— Qu'est-ce que tu fabriques ? lui demanda Gee Gee.

Elle avait l'air ennuyée. Sa « grande minute » était gâchée.

— Pour que les curieux n'entrent pas là-dedans avant l'inauguration, lui répondit Jake, j'ai mis des scellés sur la porte.

Ainsi, c'était donc cela qui m'avait tellement intriguée tandis que je me changeais pour le final. De la cire. Je l'avais prise pour de la peinture.

Ses scellés brisés, Jake s'écarta. Gee Gee tourna le bouton. Juste comme elle commençait à pousser la porte, un air de musique s'éleva, venant des toilettes. C'était *Whistle While You Work*. Gee Gee s'immobilisa, interdite. Puis, résolument, elle ouvrit la porte en grand.

Les acclamations que nous allions pousser nous restèrent dans la gorge. Un silence soudain s'abattit sur la pièce. La Verne était là, gisant en tas sur le sol. Elle était complètement nue et ses cheveux dénoués lui tombaient sur le visage.

— Assez de conneries, dit quelqu'un. Rapplique et habille-toi !

C'était Sammy qui parlait, mais sa voix tremblotait et manquait de force. Il se rendait bien compte que La Verne n'était pas en train de faire l'imbécile. Et qu'elle inaugurait le nouveau siège d'une drôle de façon. Il n'y avait qu'à voir la position du corps et la pâleur des chairs. Sammy, tout en essayant d'empêcher ses dents de claquer, reprit :

— Appelez le Dr Mitchell et aidez-moi à la tirer de là.

Elle était bel et bien morte et nous le savions tous. Sur le phono à bout de course, le disque tournait très lentement et la voix du baryton était de plus en plus grave… Mon cœur commençait à chavirer.

— Regardez ! m'écriai-je.

Je me demande si j'ai vraiment parlé. Peut-être me le suis-je seulement figuré.

— … Regardez… Autour de son cou…

Personne ne voyait rien. Personne ne m'entendait.

— … Le lacet de son cache-sexe… Il l'étrangle… Il lui fait… Non, il ne lui fait pas mal puisqu'elle est déjà morte.

Il n'y eut plus de baryton, plus de phono, plus rien.

7

Quand je revins à moi, j'étais allongée sur le plancher et la pièce grouillait d'agents. D'abord, je pensai à une autre descente de police. Puis je me souvins et regardai le type agenouillé près de moi. C'était Jiggers, le flic. Il me dit :

— Un grand cheval comme vous, s'évanouir ! Vous me la copierez.

Mes yeux me brûlaient et mon visage était tout mouillé. Je vis que Jiggers tenait une serviette de toilette à la main.

— Si vous étiez obligé de me gifler avec une serviette, grommelai-je, vous auriez au moins pu en prendre une propre.

Il lorgna le linge, souillé de fards et de blanc gras, le balança dans un coin, murmura de rapides excuses et dit :

— Allez, debout ! Le sergent veut vous voir.

Sa voix n'avait plus rien d'amical. Cessant de s'occuper de moi, il tourna la tête. Je suivis la direction de son regard. À l'autre bout de la loge, trois policiers en civil, sans un mot, projetaient de la poudre sur la porte des cabinets, cependant qu'un quatrième prenait un cliché du bouton. Je les vis ensuite examiner la porte avec une loupe.

L'un d'eux parla enfin.

— Je changerai peut-être d'avis au laboratoire, mais j'ai bien l'impression qu'elles sont identiques.

Brusquement, je sentis quelque chose de graisseux sur mes doigts. Je compris de quoi il retournait. Effectivement, j'avais de l'encre, de l'encre noire, au bout des doigts. Les flics comparaient mes empreintes avec celles qu'il y avait sur la porte ! La scène, soudain, m'amusa. Ces idiots qui prenaient mes empreintes ! À moi, par terre, le visage souillé et trempé. L'image horrible de La Verne, sa lèvre fendue, sa figure toute bleue, m'envahissait l'esprit. Je me mis à rire comme une folle. Jiggers me secoua rudement.

— Arrêtez ou va falloir que je vous gifle !

Je cessai de rire, mais mes dents continuèrent à s'entrechoquer. Jiggers me remit sur mes pieds. Les jambes molles, je le suivis à l'étage du dessus.

La loge des hommes sentait la sueur et le costume de théâtre crasseux. Elle était pleine de gens et, dans cette atmosphère rance et saturée de fumée de cigarette, les visages apparaissaient confus et comme brouillés. Je sentis qu'une main pressait la mienne. C'était Biff. Il me gratifia d'un regard qui voulait dire : « Tu peux compter sur moi » et me serra les phalanges à les écraser.

— C'est bien comme vous pensiez, sergent ! dit Jiggers qui me tenait toujours par le bras. Elles collent !

L'homme à qui il s'adressait était assis à une table, près de la fenêtre. Il avait devant lui toutes sortes de papiers qu'il ne quittait pas de l'œil et qui devaient être très importants. Des débris de verre et des crayons étaient repoussés sur le côté. Sans me regarder, il m'invita à m'asseoir.

— Vous sentez-vous assez bien pour répondre à quelques questions, mademoiselle Lee ?

Il avait la voix très douce. Avec ses cheveux grisonnants et ses yeux bleus, il me rappelait un peu mon grand-père. Je répondis :

— Oui, sergent ! Je me suis évanouie. C'est stupide ! C'est la première fois que ça m'arrive. J'espère que ça n'a pas retardé votre enquête...

— Nullement, nullement.

— Vous comprenez, je n'avais jamais vu de mort... Alors, ce cadavre, ça... ça m'a...

— Ça vous a bouleversée ?

— C'est ça ! Quand j'ai vu le lacet, je... je...

— Vous... quoi donc, mademoiselle Lee ?

— Eh bien, je me suis trouvée mal. C'était peut-être parce qu'on crevait dans cette pièce... euh... je veux dire qu'il faisait étouffant. Il y avait tant de monde.

La princesse égrena un petit rire ironique. Elle était assise derrière Gee Gee.

Un silence suivit. Le sergent regardait ma main. Entre mes doigts tachés d'encre, je roulais une petite boule de Kleenex. Ça paraissait l'intéresser.

— Vous êtes très nerveuse, hein ?

Je laissai tomber sur mes genoux la boule de Kleenex. La voix du sergent s'était durcie. Le bleu semblait avoir disparu des yeux qui m'apparaissaient maintenant gris et froids. Il ne ressemblait plus du tout à grand-père.

— Nerveuse ? Pas plus que d'autres, répondis-je. Seulement, on aurait peut-être pu attendre que je sois revenue à moi pour prendre mes empreintes. Je crois qu'il existe une loi là-dessus...

Il fronça le sourcil.

— Ah ! ah !... On a l'esprit juridique ? Eh bien ! mademoiselle Lee, il se trouve qu'au moment où nous avons pris vos empreintes, vous étiez pleinement consciente. C'est, du moins, ce qu'il nous a semblé, à en juger par les propos que vous teniez.

Gee Gee confirma les dires du sergent.

— C'est vrai, Gypper ! Tu débloquais à pleins tuyaux.

Elle fixait sur les miens de grands yeux brillants qui voulaient certainement me dire quelque chose. Le sergent tourna la tête dans sa direction.

— Vous voudriez me laisser parler, mademoiselle Graham ?

Elle lui lança un coup d'œil furieux. Quant à moi, je commençais à en avoir jusque-là.

— Toutes vos histoires d'empreintes, m'écriai-je, c'est de la folie pure ! Je me fiche pas mal d'avoir été ou non consciente quand vous les avez prises. Mes empreintes sont identiques à celles que vous avez relevées sur la porte ? C'est tout naturel. Je savais parfaitement ce que je faisais quand j'ai touché les scellés.

— Pourquoi avez-vous touché les scellés ?

Sans me laisser la possibilité de répondre, il poursuivit :

— C'est *moi* qui vais vous le dire. C'est parce que vous saviez ce qu'il y avait de l'autre côté de la porte. Vous avez enlevé les scellés originaux et vous les avez remplacés par d'autres fabriqués par vous avec de la cire provenant d'un paquet à vous remis par un garçon du restaurant chinois. Vous détestiez La Verne et...

Je hurlai :

— Taisez-vous !

Depuis qu'il parlait, j'avais l'impression d'être sur les montagnes russes. On grimpe, on plonge dans le creux, on repart vers le haut et on recommence. Je me levai et me sentis mieux. Toujours debout, j'entrepris de lui raconter très calmement, tout ce qu'il s'était passé entre le moment où j'étais allée chez le Hollandais, avec Biff, et celui où j'avais commencé à m'habiller pour le final.

— Il me semblait, dis-je, qu'on m'observait. Là-dessus, j'ai aperçu la peinture rouge. Je ne savais pas que c'était de la cire... Ma foi, je l'ai touchée... C'est à ce moment-là que je me suis aperçue qu'elle était chaude...

— Vous admettez qu'elle était chaude ?

— Bien sûr que je l'admets ! Qu'est-ce que vous croyez ? Que j'invente une histoire ? Elle était chaude, mais si on a changé les scellés, je n'y suis pour rien. Cette autre cire, celle qui cachetait le paquet du serveur, je ne l'ai pas revue depuis qu'il m'a fait son cadeau. Je détestais La Verne ? C'est exact. Mais, des gens que je n'aime pas, il y en a beaucoup. Vous, entre autres. Ça ne prouve pas que je passe mon temps à les étrangler avec des lacets de cache-sexe !

Ces derniers mots lancés à pleine voix, je tournai les talons pour quitter la pièce. Un policier me retint.

La voix du sergent avait retrouvé toute sa gentillesse.

— Asseyez-vous, mademoiselle Lee ! Je ne vous ai pas accusée d'avoir assassiné La Verne. J'ai simplement dit que vous la détestiez. Quant à vos empreintes, je me suis borné à constater un fait.

Il était charmant, mais je restai debout.

— Nous sommes, poursuivit-il, obligés de faire notre devoir. Nous avons besoin de votre collaboration.

Je m'assis, mais à contrecœur.

— Qu'est-ce qui vous donne à croire, reprit-il, que La Verne a été étranglée avec le lacet d'un cache-sexe ?

Tout en parlant, il traçait sur une feuille de papier de petits cercles qui se chevauchaient.

— Ce qui me fait dire ça, répondis-je, c'est que ce lacet, je l'ai vu. Quand les hommes l'ont retirée d'où elle était, pour l'amener dans la loge, j'ai vu scintiller les strass dans la garniture. Le devant lui pendait dans le cou juste sous l'oreille.

Dans la pièce, c'était un silence absolu. Russell, debout près de la porte, gardait les yeux fixés sur le plancher. Dolly et Jannine partageaient la même chaise. Jannine pleurait doucement. Biff m'adressa un sourire que je lui rendis. La princesse souriait, elle aussi, d'un sourire à la fois méchant et satisfait.

Je me tournai de nouveau vers le sergent. Ses yeux ne me quittaient pas.

— Ne me regardez pas comme ça ! m'écriai-je. Et posez donc votre crayon. Qu'est-ce que vous avez, tous ?

Une seconde, le crayon s'immobilisa.

— La Verne, dit lentement le sergent, a été étranglée...

Le crayon se remit à marteler la table à petits coups.

— Avec un morceau de fil interdentaire. Il n'y avait ni cache-sexe, ni pierres qui scintillaient.

Il me fallut quelques secondes pour comprendre. Puis ce fut comme une illumination. Pas de cache-sexe, mes empreintes sur la cire et je détestais La Verne ! Mon compte était bon. Soudain, j'entendis la voix de Biff.

— Sergent, disait-il, je ne sais pas où vous voulez en venir, mais il me semble que vous traitez Mlle Lee de menteuse. Je dois vous dire que Punkin... que Mlle Lee était avec moi toute la soirée. Je ne l'ai pas perdue de vue une seconde.

— Ça, cria quelqu'un, c'est un foutu mensonge !

Dans la fumée, je vis Russell qui venait vers nous, un méchant sourire aux lèvres. Il ajouta :

— Elle était seule dans la loge juste avant le final.

Biff répliqua sans attendre.

— Qu'est-ce que tu en sais ?

— Oui, dit le sergent de sa voix la plus douce, comment le savez-vous ?

— Je le sais parce que je l'ai vue… C'est-à-dire…

Russell jetait des regards inquiets de tous les côtés, dans l'espoir que quelqu'un viendrait à son secours. Les visages restaient de glace.

— Tout le monde était sur le plateau pour le final, reprit-il. C'est à ce moment-là que je l'ai vue…

Il se tut et Biff attendit que le sergent dise quelque chose. Comme ça tardait, c'est lui qui répondit :

— Pour ce qui est de mentir, tu peux t'aligner. Tu nous racontes que tout le monde était sur le plateau pour le final, sauf Punkin et La Verne. Mais tu ne nous dis pas où tu étais, *toi !*

Russell pâlit, accusant le coup. Biff continua :

— Tu oublies aussi de rappeler que, moins d'une heure avant qu'on la trouve morte, tu nous as dit ici, dans la loge, que tu aimerais mieux la tuer que la voir avec un mec comme Louie !

Mal à l'aise, Russell se passa une main sur la figure.

— J'ai dit ça, mais je l'aimais. Jusqu'à ce que je les entende se disputer, je ne savais même pas qu'elle le fréquentait. Je voulais l'épouser. Je l'aimais bien trop pour la tuer.

Dolly ouvrit la bouche et la referma vivement comme si elle venait de gober une mouche.

— Vous vouliez dire quelque chose, mademoiselle Baxter ? lui demanda le sergent qui l'observait.

Dolly secoua la tête.

— Non. Pas du tout !

— Vous ne vouliez pas dire qu'il était impossible à Russell Rogers d'épouser Lolita La Verne ?

Dolly continuait à secouer la tête.

— Non, non, non !

— Impossible, poursuivit le sergent, parce qu'il est déjà marié... et marié avec vous ?

Si Jannine ne l'avait pas rattrapée, Dolly se serait étalée. Tout en sanglotant sur l'épaule de Jannine, elle dit d'une voix à peine intelligible :

— Au début, nous l'avons caché parce que Moss n'aimait pas avoir chez lui le mari et la femme. C'est moi qui ai été engagée la première. Lui, il était sur le sable. Quand on a eu besoin d'un nouveau jeune premier, j'ai dit que j'avais déjà travaillé avec lui et il est...

Elle pleurait trop pour continuer. Jannine l'ayant un peu calmée, elle reprit :

— Quand elle a commencé à lui faire des avances, je voulais tout raconter. C'est lui qui m'en a empêchée. Il m'a dit qu'il n'aimait qu'elle, qu'il ne m'avait jamais aimée...

— Et toi, qu'est-ce que tu m'as dit ?

Russell avait lancé sa question d'une voix tranchante. Son visage était couleur de cendre. Dolly, sans répondre, se remit à sangloter. Russell ricana.

— Pleure toujours ! (Tourné vers le sergent, il ajouta :) Elle ne pleurait pas quand elle m'a dit qu'elle nous tuerait, La Verne et moi ! Il n'y avait que moi pour l'entendre, mais, si vous ne me croyez pas, regardez ça !

Il dénoua sa cravate et écarta le col de sa chemise.

— Regardez ces marques-là !

Il y en avait tout un assortiment bien visible : sur la gorge, des meurtrissures bigarrées où se reconnaissaient des marques imprimées par des doigts, et plus haut, sous l'oreille, trois petites balafres rouges qui pouvaient bien être des traces d'ongles.

— C'est elle qui m'a fait ça. Il y a huit jours. Le soir où je lui ai annoncé que je la quittais.

— Ce n'est pas vrai, cria Dolly. Il ment.

J'aurais bien voulu la croire. Seulement, ces balafres étaient bien des traces d'ongles et d'ongles pointus. Je regardai ceux de Dolly. Ils étaient longs et taillés en pointe à l'exception d'un seul : celui qu'elle avait cassé quand elle clouait des feuilles de laurier sur la porte.

Mais je me demandai si c'était bien à ce moment qu'elle l'avait cassé. Elle pouvait fort bien nous avoir joué la comédie, justement pour se construire un alibi… Je me sortis cette idée de la tête. Pourquoi se donnerait-elle la peine de se forger un alibi pour avoir griffé son propre mari ? Personne au monde ne peut reprocher à une femme de perdre son sang-froid, surtout si elle est mariée à un homme comme Russell Rogers.

8

Prenant de temps à autre une note hâtive, le sergent avait suivi la scène avec attention.

— Maintenant, déclara-t-il, j'aimerais entendre Louie Grindero.

Personne n'ouvrit la bouche. Jiggers, qui montait la garde à la porte, vint rapidement murmurer quelques mots à l'oreille du sergent. L'autre griffonna quelques lignes sur une feuille de papier qu'il plia en quatre avant de la remettre à Jiggers.

— Pour le lieutenant Hanson.

Jiggers sortit de la pièce pompeusement.

— Dix contre un, dit Biff, qu'il s'agit d'un coup de filet pour ramener Louie !

Le sergent lui lança un regard sévère et Biff s'enferma dans un silence offensé.

— Mademoiselle Graham ?

Gee Gee se leva, très droite, à l'appel du sergent. Elle vint s'asseoir près de lui et l'écouta de toute son attention.

— Tout à l'heure, lui dit-il, quand je vous ai interrogée, vous m'avez déclaré que, durant la représentation, à aucun moment vous ne vous êtes trouvée seule dans la loge. C'est exact ?

— C'est exact.

— À quel moment avez-vous vu la défunte pour la dernière fois ? reprit le sergent.

Gee Gee réfléchit quelques secondes.

— Du diable si je m'en souviens ! s'écria-t-elle enfin. Quand vous me l'avez demandé, qu'est-ce que je vous ai répondu ?

Le sergent se montrait patient.

— Que vous ne pouviez rien affirmer, mais qu'il vous semblait bien que c'était durant le spectacle. Vous ne vous rappeliez pas.

— Alors, si je ne me le rappelais pas tout à l'heure, pourquoi pensez-vous que je vais me le rappeler maintenant ? Et puis, vous savez ce que c'est. Quand on voit tout le temps les gens, on finit par ne plus les voir du tout.

Le sergent la gratifia de son regard de chien battu par en dessous.

— Non, mademoiselle Graham, je ne sais pas ce que c'est. Moi, quand je vois quelqu'un, je le vois. Réfléchissez bien !

Gee Gee fronça le front. Puis, avec un gentil sourire, elle dit :

— J'ai beau réfléchir, je ne me rappelle rien de rien !

Le sergent la renvoya à sa chaise. Elle s'y assit à contrecœur, au lieu de se précipiter vers la porte comme elle en avait eu l'intention. Pointant l'index sur Sandra, il reprit :

— Voudriez-vous venir près de moi un instant, mademoiselle Slade ?

Sandra s'installa sur le siège que Gee Gee venait de quitter. Elle, elle se souvenait d'un tas de choses.

— Ce soir, je lui ai demandé de m'avancer un dollar jusqu'à la paie. Comme nous sommes toujours payés le soir du changement de programme, ce n'était pas comme si je l'avais vraiment tapée, vous comprenez ? Seulement, je mourais d'envie d'un café, et je n'avais plus de monnaie. J'envoie de l'argent chez moi, et à la fin de la semaine, je suis toujours à sec. J'aurais aussi bien fait d'économiser ma salive, mais, comme je le dis toujours, qui ne risque rien…

— Je vois, dit le sergent. Mais vous ne vous rappelez pas à quel moment *exactement* vous avez vu La Verne pour la dernière fois ? C'est bien ça ?

— Oui, c'est bien ça, répondit Sandra en toute innocence.

Le sergent faisait preuve de beaucoup de patience. Ce fut très gentiment qu'il s'adressa à Dolly. Elle avait séché ses larmes. Après quelques questions auxquelles elle avait répondu négativement, il dit :

— Vous vous rendez bien compte, n'est-ce pas, mademoiselle Baxter… pardon, madame Rogers…, que vous aviez un mobile pour tuer Lolita La Verne ?

Elle le regardait, l'air stupide.

— Ce n'est pas moi qui l'ai tuée, dit-elle.

— Pourtant, *vous l'avez bien attaquée* avec une lime à ongles ? Et *vous avez bien essayé* d'étrangler votre mari ?

Elle acquiesça, avant de s'apercevoir qu'il l'avait possédée. Jannine se leva d'un bond.

— Salaud !

Écartant Dolly d'une poussée, elle se campa devant le sergent, le regardant bien en face.

— Depuis que vous avez commencé ce que vous avez le culot d'appeler une enquête, vous accusez à tort et à travers, vous effrayez tout le monde avec vos gros yeux de fouine. D'abord, vous avez accusé Gypper…

Elle me désigna d'un mouvement du menton. J'aurais préféré plaider ma cause moi-même, mais Jannine était lancée. S'asseyant sur un coin de la table et approchant sa figure tout près de celle du sergent, elle poursuivit :

— Est-ce que vous imaginez qu'il y a quelqu'un, ici, qui admettra qu'il a été le dernier à la voir vivante ? Si Gyp avait trafiqué les scellés, croyez-vous qu'elle aurait collé l'empreinte de son doigt au beau milieu ? Et puis, qu'est-ce que vous venez nous embêter avec vos histoires d'empreintes ? On n'en veut même plus dans les feuilletons ! Autre chose…

Le sergent ouvrit la bouche pour répliquer, mais elle lui imposa silence d'un geste de la main.

— Oui, autre chose. Il se peut que nous ayons des disputes. Seulement, ça, c'est entre nous ! Personne ici ne vous dira quoi que ce soit sur quelqu'un d'autre s'il pense que ça pourrait lui faire du tort.

— Permettez. Laissez-moi vous dire…

— Rien du tout ! Vous avez parlé pour le restant de vos jours. Je n'ai pas fini. Qu'est-ce que vous répondriez si je vous disais que c'est *bien* avec un cache-sexe que La Verne a été étranglée ? Car c'est comme ça ! Dans toutes ses « pointes », elle remplaçait l'élastique par du fil dentaire.

— Vous me paraissez savoir bien des choses.

Le sergent avait réussi à placer un mot.

— Comme vous dites ! Et vous n'en connaissez encore qu'une petite moitié !

Souriant de satisfaction, elle se laissa glisser de la table. Son peignoir s'entrouvrit, découvrant une jambe satinée, une cuisse et, plus haut, le miroitement d'une frange de perles.

— Est-ce qu'un de vos intelligents subordonnés s'est aperçu que le carnet de chèques de La Verne avait disparu ? demanda-t-elle.

Le sergent, qui contemplait la jambe de Jannine, tourna vivement la tête. S'en allant vers sa chaise, elle ajouta :

— Pour vous être rincé l'œil comme ça, sergent, vous me devez un quart de dollar !

Le sergent s'éclaircit la gorge bruyamment et promena son index entre le col de sa chemise et sa nuque. D'une voix ferme, il invita ensuite Jannine à s'asseoir. Elle obéit.

— J'ai été très patient avec vous tous, dit le sergent, parce que je sais que les gens de théâtre sont généralement d'un naturel émotif. Seulement, il ne s'agit pas ici d'une querelle de coulisse, mais d'un *meurtre*, commis avec préméditation. Que la victime vous ait été ou non sympathique, la chose est sans intérêt. Ce qui *importe*, c'est l'arrestation de l'assassin. Pour l'amener à ses juges, il me faut votre collaboration.

Il fit des yeux le tour de la pièce.

— L'un d'entre vous se rappelle-t-il quelque chose qui pourrait avoir de l'importance ?

Personne ne dit mot, personne ne bougea. Puis la princesse se leva.

— Il y a, dit-elle, quelque chose dont je viens de me souvenir à l'instant.

De sa longue main brune, elle montra le tuyau d'aération.

— Par là, j'ai entendu deux voix, deux voix irritées, celle de La Verne et... une autre. C'était juste avant la dernière scène, je le sais, parce que j'entendais aussi la musique de l'orchestre et que je me suis dépêchée d'aller m'habiller pour le final. J'ai entendu La Verne dire : « Tu n'oserais pas ! » et l'autre voix répondre : « Tu crois ça ? » Après, il y a eu un bruit que je connais bien, pour l'avoir souvent entendu en Russie, pendant la Révolution. Ce bruit, on ne l'entendait que lorsqu'on étranglait quelqu'un...

— L'autre voix, demanda le sergent, vous l'avez reconnue ?

La princesse resta muette. Ses yeux se tournèrent vers Dolly qui soutint leur regard avec défi.

— Je vous ai demandé, reprit le sergent, si vous aviez reconnu l'autre voix.

— Je ne peux rien affirmer. Plus tard, peut-être...

— Bien sûr ! lança Dolly. Est-ce qu'on sait ?

Le sergent avait observé la petite scène, sans paraître lui accorder grand intérêt. Il semblait attendre qu'une autre des filles prenne la parole.

Alice rompit le silence.

— Est-ce que vous n'allez rien me demander ? Vous avez interrogé tout le monde, sauf moi, et je ne trouve pas ça chic de votre part !

Le sergent se tourna vers elle. Son regard bleu et froid s'adoucit. Alice faisait cet effet aux hommes. Avec un visage comme le sien, pensai-je, on lui donnerait le bon Dieu sans confession. Mais je me repris aussitôt, ce n'était pas le moment de tomber dans le cliché.

— Quand avez-vous vu Lolita La Verne pour la dernière fois ? lui demanda-t-il.

— Je crois bien que j'ai été la dernière à la voir vivante.

Alice avait dit ça en toute ingénuité. Vivement, le sergent leva la tête. Alice gloussa de rire.

— Je veux dire « en dehors de l'assassin », bien entendu. Quand nous avons quitté la loge pour le final, La Verne était juste derrière moi dans l'escalier. À ce moment-là, elle m'a dit quelque chose de drôle... Il s'agissait du fameux portrait de sa mère. Elle m'a dit qu'une salope...

Elle s'interrompit brusquement, mettant un doigt sur ses lèvres, puis reprit, une légère roseur aux joues :

— C'est le mot qu'elle a employé... Donc, elle m'a dit qu'une sale fille lui avait volé sa photo.

Je n'ai pas pipé. Là-dessus, elle me crie dans l'oreille : « Sais-tu où elle l'a cachée ? » J'étais bien décidée à ne pas lui répondre avant qu'elle ait ajouté « s'il te plaît », mais elle était tellement furieuse que j'ai eu peur…

Elle eut un petit frisson fort gracieux. D'un lent hochement de tête, le sergent l'assura de sa sympathie.

— Comme je ne voulais pas qu'elle s'en prenne à moi, je lui ai dit que personne ne lui avait volé sa photo, qu'elle était bien sur son étagère, mais glissée sous le papier qui la tapisse. Ce n'était pas toute la vérité, mais je ne suis pas une rapporteuse et je n'allais pas lui raconter que c'était Dolly qui avait fait exprès de lui cacher sa photo pour qu'elle pique une crise…

— Et zut ! lança Dolly.

S'étant levée brusquement, elle s'en allait vers la porte. Un flic lui barra le passage. Alice se recroquevillait comme un orphelin qu'on maltraite.

— Vous voyez ?

Son regard s'accrochait, suppliant, à celui du sergent.

— Elle a peur… que je dise le reste !

Sa voix mouillée de larmes acheva de faire la conquête des flics.

— Vous devez tout dire, déclara le sergent.

Tournant vers Dolly un visage sévère, il ajouta :

— Personne ne vous fera de mal, mademoiselle Angel !

La lèvre inférieure d'Alice tremblait juste ce qu'il fallait pour que sa jolie frimousse n'en soit pas enlaidie.

— Bref, reprit-elle, La Verne n'a pas voulu me croire quand je lui ai dit que sa photo était sur son étagère, si bien que je suis remontée à la loge avec elle pour lui montrer où elle était cachée. Après, elle m'a *forcée* à lui dire qui avait fait le coup. Elle m'aurait battue si je n'avais pas parlé. Je le lui ai donc dit, mais j'ai ajouté que c'était simplement une blague. Ça n'a fait que la rendre plus furieuse. Alors, je me suis sauvée en vitesse et, en descendant l'escalier, j'ai vu...

Dolly se dégagea de l'étreinte du policier qui la maintenait par l'épaule et cria :

— Ce qu'elle a vu, c'est moi ! C'est là qu'elle veut en venir ! Effectivement, je remontais à la loge. Mais je n'ai pas dit un mot à La Verne et je ne l'ai même pas vue.

Elle reprit son souffle et sa voix retrouva une intonation à peu près normale, cependant qu'elle expliquait qu'elle était retournée à la loge pour y prendre une cigarette.

— Sammy nous avait appelés trop tôt pour le final, ajouta-t-elle. Alors, je suis remontée chercher mes cigarettes. J'en ai pris une et je suis repartie.

— Pourquoi ne nous avez-vous pas dit ça plus tôt ?

Dolly haussa les épaules.

— Probablement parce que ça m'était sorti de l'esprit.

Le sergent fronça ses sourcils épais et la regarda par en dessous. Avec ce truc-là, il m'avait presque fait avouer que c'était moi l'assassin. Mais Dolly ne se laissa pas impressionner. Elle dit :

— Vous n'avez rien d'autre à me demander ?

— Pas pour le moment.

Il demanda alors à Sammy de bien vouloir s'assurer qu'on lui fournisse une liste de nos noms et adresses, ce à quoi Sammy répondit avec importance qu'il y veillerait « personnellement ».

Nul ne nous avait libérés, mais il y eut un mouvement général vers la porte. Joey et Russell se décidèrent les premiers. Les policiers ne bronchant pas, je me dis que la conférence devait être terminée. Biff souffla à l'oreille de Dolly un mot unique : « Courage ! » Elle suivait Russell des yeux, mais je me demande si elle le voyait réellement. Comme hébétée, elle avait l'air de ne pas se rendre compte de ce qui se passait. La princesse sortit, puis Sandra. Biff insista auprès de Dolly.

— Allez ! Doll, viens ! On va descendre. On s'en jettera un petit et…

Dolly l'écarta d'un geste impatient de la main.

— Je n'ai pas soif. Je ne pourrai plus jamais entrer dans cette loge, jamais !

Elle tremblait. Je sais que c'était sans cœur de ma part, mais quand Biff s'en alla, la plantant là, je le suivis. Du palier, j'aperçus les autres descendant au sous-sol. Je demandai à Biff ce que cela signifiait.

— Nous avons décidé de finir notre petite fête à la cave, m'expliqua-t-il.

C'était tout ce que je voulais savoir. Non que je sois une pocharde, mais à ce moment-là, pour cinq ou six ryes purs, j'aurais donné n'importe quoi.

Biff dut deviner ma pensée.

— Un double pour moi aussi, dit-il. Mais d'abord il faut que je trouve un truc.

La porte de notre loge était fermée, mais pas à clé. Je trouvai singulier de ne pas voir un flic interdire l'accès à la « scène du crime ». Par la suite, je compris pourquoi : les policiers avaient choisi de condamner la porte des cabinets, sur laquelle ils avaient apposé des scellés.

Biff entra dans la loge. Je le suivis sans empressement. On avait enlevé le corps de La Verne et j'en remerciai le bon Dieu. Exception faite de quelques lampes à magnésium grillées, qui traînaient çà et là, rien ne rappelait ce qu'il s'était passé. La fenêtre donnant sur la terrasse était toujours ouverte. Gonflés par une légère brise, les rideaux de chintz aux couleurs passées flottaient jusqu'au milieu de la pièce. Il faisait frisquet et humide. J'allai à la fenêtre et je m'aperçus qu'il pleuvait. J'étais en train de me bagarrer pour la fermer quand Biff vint à mon secours.

— Une seconde ! dit-il.

Il rouvrit la fenêtre en grand, enjamba le rebord et sauta sur la terrasse. Il cherchait quelque chose. Il alluma son briquet. De sa main, il protégeait la flamme et un moment, je le vis aller et venir dans l'obscurité. Puis il se baissa et ramassa un objet qu'il empocha rapidement. Pas assez vite, pourtant, pour m'empêcher de le reconnaître. Ces pierres qui scintillaient, cette doublure en peluche, pas d'erreur, c'était la « pointe » de Jannine, celle-là même que j'avais vue pendre au cou gonflé de La Verne.

— Bon sang, Gyp, qu'est-ce que tu fiches à la fenêtre ?

Dolly venait d'entrer. De toute évidence, elle avait surmonté la peur que la loge lui inspirait. Tandis qu'elle venait vers moi, je remarquai qu'elle était un peu ivre.

— Biff est sur la terrasse, lui dis-je. Il a trouvé le...

Biff sautant dans la pièce, m'interrompit.

— Et voilà !

Il me lança un regard sur la signification duquel il n'y avait pas à se méprendre.

— J'ai récupéré mon mouchoir. Il avait voltigé sur la terrasse. Maintenant, il est là !

Il administrait une série de petites tapes sur sa poche-revolver.

— Du calme ! s'écria Dolly. Tu as l'air d'une otarie quêtant des applaudissements à la fin de son numéro.

De la poche de son peignoir, elle extirpa une bouteille. Biff considéra le flacon d'un œil ravi.

— Où as-tu dégotté ça ?

— À la cave, répondit Dolly. Il ne restait que cette bouteille-là. Elle est si petite que je me suis dit que les autres étaient vraiment trop nombreux pour en profiter. Alors, je l'ai embarquée... À leur santé !

La bouteille me revenait dans les mains pour la troisième fois quand Gee Gee et Sandra arrivèrent. Elles venaient de chez Louie. Apparemment, les liquides prévus pour notre petite fête épuisés, chacun s'était dit qu'il avait encore besoin d'un verre ou deux.

— Jiggers était là-bas aussi, dit Sandra. Seulement, lui, c'était en service.

— En service ? répéta Biff.

— Il cherchait Louie. Et je crois bien qu'il n'est pas près de lui mettre la main dessus !

— Qu'est-ce qui te fait dire ça ? demanda Dolly d'un ton indifférent.

Les traits de Sandra prirent une expression angélique.

— Loin de moi l'idée d'entraver la justice. On a parlé de tout aux flics, sauf de sa dispute avec La Verne. Alors, je leur ai dit qu'il lui avait mis une gifle, en l'avertissant qu'elle aurait beaucoup mieux si elle ne se décidait pas à comprendre. Seulement, j'ai dit ça assez haut pour être entendue de Moey, dont j'étais sûre qu'il préviendrait Louie. Je parie que c'est ce qu'il a fait !

— Louie s'est fait la malle, dit Gee Gee. Il a filé avec sa bagnole. Note que ça ne l'avance pas ! Jiggers m'a dit que la police a lancé un message radio donnant le signalement de la voiture et celui de Louie...

Tout en parlant, elle se démaquillait.

— Au fait, s'écria Dolly, on a une représentation à minuit ! Pourquoi enlèves-tu ta peinture ?

— On ne joue pas, répondit Sandra, en mettant son chapeau. Sammy a déclaré que la dignité du théâtre exigeait le sacrifice d'une recette. En l'absence de Moss, c'est lui qui fait la loi. D'ailleurs, la boîte grouille de reporters. Nous sommes sorties par la descente de charbon.

Gee Gee riait à pleine gorge.

— Mort de rire ! expliqua-t-elle. On a atterri dans la rue juste derrière la bande de badauds groupés autour de l'entrée du guignol. C'est Mandy qui les a repérés quand il a ouvert le soupirail et passé la tête pour voir si quelqu'un regardait par là. Comme la route était libre, on s'est tous glissés dehors et on est allés se mêler aux curieux. Mandy a repéré un gobe-mouches et il lui a demandé : « Qu'est-ce qui se passe ? » L'autre lui a répondu : « C'est une fille du théâtre qui s'est fait dézinguer. » Si vous aviez vu la binette affligée de Mandy quand il a fait : « Pfff »...

Elle nous donna de Mandy une imitation qui valait sa précédente imitation de l'Ermite. Biff éclata de rire.

— Eh bien ! moi, je ne trouve pas ça drôle.

Alice Angel était dans l'embrasure de la porte. Elle avait les yeux un peu rouges. Les larmes lui allaient bien, et elle le savait.

— Je ne comprends pas, ajouta-t-elle, comment vous pouvez plaisanter avec des choses si... tristes !

D'une main languissante, elle essuya une larme qui roulait sur sa joue, puis, levant vers Biff un regard suppliant, elle lui dit :

— Fais-les taire, tu veux ?

Biff baissa les yeux sur elle et lui sourit.

— Où étais-tu et pourquoi pleures-tu ? lui demanda-t-il d'une voix douce.

— Le sergent Harrigan désirait me poser encore quelques questions, répondit-elle d'un petit air important. Il a été très aimable avec moi, mais il m'a fait dire des choses que je ne voulais pas lui dire. Pour finir, il m'a dit que, de toutes les filles, j'étais celle qui observait le mieux.

Dolly allait parler. Alice lui sourit de façon charmante et poursuivit :

— Je ne lui ai dit que la vérité, Dolly. Si la vérité te blesse, je n'y peux rien. N'est-ce pas, Biff ?

Cette fois, le sourire fut pour Biff. Un sourire enjôleur. J'eus l'impression qu'elle exagérait, mais Biff ne valait pas mieux que les autres. Je le sentais qui devenait doux comme un mouton.

Gee Gee amena une diversion.

— Celle-là, elle est raide ! s'écria-t-elle.

Les mains sur les hanches et la bouche ouverte, elle se tenait debout devant l'étagère sur laquelle La Verne rangeait ses affaires.

— La photo de la mère de La Verne a disparu !

Elle se mit à tout remuer pour retrouver la maudite photo, allant même jusqu'à soulever la glace pour voir si elle n'était pas derrière. Elle fouillait avec une sorte de rage. Elle faillit poser la main sur le flacon contenant les calculs biliaires, mais elle se ravisa et prit une serviette de toilette pour le jeter dans la corbeille à papiers. Ses yeux, quand elle se tourna vers nous, avaient une expression affolée.

— Pensez-vous, nous demanda-t-elle, que c'est... l'assassin qui l'a emportée ?

Ce fut Alice qui répondit.

— J'ai montré à La Verne où elle était. Je l'ai vue la prendre sous le papier de l'étagère, où Dolly l'avait cachée.

— Ça va ! lança Dolly. On ne t'a rien demandé.

Alice se retourna vivement pour faire front.

— Je ne me tairai pas !

Elle parlait aussi fort que Dolly. La bouche mauvaise, elle ajouta :

— Je pense que c'est toi qui l'as prise. Voilà !

Un instant, je crus que nous allions avoir une nouvelle bagarre, mais Dolly n'insista pas. Elle dit :

— Je me fiche pas mal de ce que tu penses !

Sa voix était aussi lasse que son expression. Quand elle s'assit, ses épaules s'affaissèrent. Gee Gee lui sourit avec sympathie.

— Ne t'inquiète pas, Dolly ! Probablement que les flics auront pensé que cette photo était ce qu'ils appellent « un indice » et qu'ils l'ont embarquée. Elle doit déjà être cataloguée, à l'heure qu'il est, « pièce à conviction numéro 1 ».

Quand Dolly leva la tête, je fus frappée du changement de sa physionomie. Les ombres qui s'allongeaient sous ses yeux ne devaient rien au maquillage et sa peau était d'un jaune !

Gee Gee continuait à pépier :

— J'espère que les flics ne vont pas saisir tous les cache-sexes en service dans le théâtre. S'ils le font, qu'est-ce qu'on va récolter, comme rhumes de cerveau !

Dolly réussit à esquisser un pauvre sourire. Biff se mit à rire très haut et je me retournai. Il regardait Dolly et j'étais convaincue que son rire était du pur chiqué. Il nous annonça qu'il allait changer de vêtements et il ajouta que si nous voulions l'attendre, il nous ferait sortir par le soupirail. En passant près d'Alice, il la prit par la taille et lui dit :

— Tu es bien trop jolie pour te tourmenter comme tu le fais !

Après quoi, il eut le culot de me regarder et de me gratifier d'un sourire. Je le lui rendis, mais le mien devait tellement ressembler à une grimace que Biff fila sans demander son reste. De l'escalier, il m'appela :

— Punkin !

Je ne répondis pas. Il m'appela de nouveau.

— Si tu as faim, on ira au Peerless, histoire de se remplir un peu l'estomac !

Alice retenait toute mon attention, mais je m'arrangeai pour crier :

— OK.

Elle était en train de me faire un petit numéro digne d'une tournée d'été. Ce n'était tout de même pas sa faute si les hommes tombaient fous amoureux d'elle. Ses grands yeux bleus essayaient de me dire qu'elle était désolée des sentiments que Biff lui portait. Mes grands yeux bruns lui disaient que ce n'était pas la peine de me raconter des salades.

Cependant, Gee Gee achevait de s'habiller et je dus me hâter pour terminer en même temps qu'elle. Dolly avait baissé sur sa figure le bord de son chapeau de feutre. Elle considérait sans doute que c'était plus simple que de refaire entièrement son maquillage. Alice brossait ses cheveux, qui tombaient en vagues d'or sur ses belles épaules. Elle ne m'étonna pas quand elle annonça qu'elle n'avait pas l'intention de partir avec nous. À son avis, sortir par la descente de charbon manquait de dignité et, après tout, « nous devions à la presse de faire au moins une apparition devant ses représentants ».

Elle préparait la sienne avec minutie : un maquillage d'une pâleur mortelle, une ombre de bleu sous les paupières, une bouche douloureuse. Les gens qui attendaient à la porte du théâtre marcheraient, j'en étais sûre. Elle leur dédierait un regard qui leur dirait : « Je suis petite et vous êtes, vous, si grands et si forts ! » et, comme un seul homme, tous se sentiraient l'urgente envie de la protéger. Répétant son rôle en me disant au revoir, elle soupira :

— Je voudrais être aussi courageuse que toi, Gypsy.

Je ne pris même pas la peine de répondre qu'avec tout ce qu'elle avait déjà, le courage était superflu. Je la laissai choir, et je répétai moi aussi mon petit numéro, en descendant l'escalier. À partir de maintenant, moi aussi, je serais une faible femme sans défense. Évidemment, avec les quinze centimètres de supplément que j'avais sur la taille moyenne des flics, il ne me serait peut-être pas facile de persuader les populations de ma fragilité, mais on pouvait toujours tenter le coup.

9

La sortie par la descente de charbon ne fut pas aussi amusante que je l'avais imaginé. Pas de toiles d'araignée ni de bruits inquiétants, pas même un squelette ou deux. Nous allions dans un couloir obscur, qui sentait l'humidité – ce qui ne le différenciait pas tellement des coulisses du théâtre – et si étroit que nous devions marcher à la file indienne. Biff ouvrait le chemin, avec Gee Gee. De temps en temps, ils riaient. Dolly était derrière moi, avec Sandra et Jannine. Avec son tact habituel, Biff fit remarquer que l'endroit aurait été parfait pour cacher un cadavre.

Au mot de « cadavre », Dolly me saisit le bras.

— Et si l'assassin rôdait dans le coin ?

Elle me serrait si fort qu'il me fallut presque m'arracher à l'étreinte de ses doigts. Il s'agissait d'une comédie, j'en aurais mis ma main au feu. Elle jouait trop mal pour m'abuser. Elle avait dû faire à Biff la même impression, car il se mit soudain à crier :

— Des chauves-souris ! Des chauves-souris !

Dolly poussa un hurlement de frayeur pas trop mal imité, cependant que Sandra entrait dans le jeu.

— Au secours ! Elles vont se prendre dans nos cheveux !

Dolly cessa de trembler et lui dit d'une voix ferme :

— Fiche-nous la paix.

Notre procession s'arrêta. Nous étions arrivés au soupirail. Biff l'ouvrit et se hissa dehors à la force des poignets. Après quoi, il tendit les deux mains à Gee Gee pour l'aider à grimper. Jannine passa ensuite. Entre-temps, je m'étais accroupie, mon dos faisant office de marchepied. Sandra sortit, puis vint le tour de Dolly.

— Ils devraient installer une échelle, dit Biff. Ce serait plus commode quand il y a des meurtres.

Sa remarque provoqua un nouvel accès de terreur chez Dolly. Le pied de Dolly me broya le dos et je râlai.

Quand Biff m'eut tirée à l'extérieur, il se mit à rire, tout en montrant du doigt la façade du théâtre. Je tournai la tête pour voir ce qui l'amusait. Alice était en train de faire sa sortie et il n'y avait pas un chat dans la rue. L'enseigne lumineuse de l'Old Opera était éteinte. Bref, elle jouait devant les fauteuils. Quand elle s'aperçut que nous la regardions, elle nous fit un petit signe de la main et s'éloigna, tête basse.

Dolly ne perdit pas une seconde de plus pour se diriger vers la seule lumière encore en vue dans le secteur, celle du bar de Louie, au coin de la rue. Les trois autres filles la suivirent. Biff et moi, nous nous en allâmes vers le métro.

— Et dire, m'écriai-je, que nous nous sommes payé cette sortie distinguée pour éviter la foule !

— Reconnais, Punkin, que c'était plutôt rigolo. Et si nous étions sortis par les voies ordinaires, nous aurions manqué un parfait exemple de ce qu'il ne faut pas faire en cas d'assassinat.

— Tu fais allusion à Alice ?

— Un peu, mais surtout aux terreurs de ton amie Dolly.

Il avait appuyé sur le possessif. Sans me laisser le temps de lui faire observer que Dolly était autant son amie que la mienne, il ajouta :

— Une fille qui n'aurait pas peur d'un boa constrictor.

Je dus reconnaître qu'il avait raison. Dolly n'était pas fille à trembler, à moins d'être payée pour ça et d'avoir un public.

— Le fait est, dis-je, qu'elle n'a pas perdu son sang-froid quand les flics l'ont interrogée. La façon dont elle leur répondait, on aurait cru qu'elle avait répété.

Nous continuâmes à marcher en silence. Au coin d'une rue, Biff s'immobilisa.

— As-tu remarqué, me demanda-t-il, le baratin envoyé par Jannine au sujet du chéquier de La Verne, qui aurait disparu ? Le sergent n'a pas relevé… et il n'a pas non plus demandé à Dolly où était sa place dans la loge. Si elle le lui avait dit, il aurait peut-être été curieux de savoir comment elle a pu se débrouiller pour prendre une cigarette sans voir La Verne, dont la chaise était à deux pas de la sienne.

C'était là le moment où j'aurais dû placer mon numéro de faible femme. J'aurais dû m'accrocher au bras de Biff, le supplier de ne pas s'occuper de tout ça, peut-être même pleurer un peu sur son épaule. Je pus seulement lui rappeler ce qu'il m'avait dit chez le Hollandais.

— C'est toi-même qui m'as dit qu'il était malsain de se mêler d'une histoire quand Louie est dans le coup et voilà maintenant que tu veux fouiner. Laisse ça aux flics ! Ils sont payés pour.

Tout de suite après, je me souvins de cette « pointe » qu'il avait trouvée sur la terrasse. Il dut se douter que j'allais lui poser une question à ce sujet-là, car il tenta une diversion. Il m'embrassa. Son baiser – une petite bise bien courtoise sur l'oreille – manquait de fougue. Puis, il me prit dans ses bras et m'entraîna à grands pas.

— L'embêtant avec les flics, murmura-t-il, c'est qu'ils ne comprennent pas les artistes.

Pour éluder les questions, Biff s'y entendait comme pas deux.

Le métro était bondé et nous dûmes rester debout jusqu'à la 34e Rue. J'aurais aimé me trouver un peu plus près de Biff, mais nous étions séparés par une kyrielle de voyageurs, debout eux aussi.

J'aurais voulu lui poser un tas de questions. Mais allez donc lancer : « Pourquoi ne m'as-tu pas dit que tu savais où était le cache-sexe de Jannine ? », quand vous vous trouvez dans un wagon plein à craquer.

Un voyageur, debout entre Biff et moi, me chatouillait la joue avec son journal. Ça me rappela que la presse allait se régaler de l'affaire.

UNE STRIP-TEASEUSE ÉTRANGLÉE
LA FIN TRAGIQUE D'UNE JOLIE BRUNE

J'imaginais les manchettes. Les photos exhiberaient des quantités de jambes, avec des légendes qui nous proclameraient toutes ravissantes. Dans les articles, on parlerait peut-être de mes empreintes...

— Biff !

Ma voix dominait le grondement du train.

— Comment se fait-il que la police ait deviné que c'étaient mes empreintes qui étaient dans la cire ?

L'homme au journal me dévisagea.

— Avec des poumons comme les vôtres, ma chère enfant, me dit-il, vous devriez vendre des hot-dogs dans la rue !

Le train stoppa. Nous étions à la station de la 34e Rue. Battant le type au journal d'un fragment de seconde, Biff s'empara d'un siège vide.

— Écoute un peu, petite tête, me souffla-t-il. La prochaine fois que tu auras une idée, tâche donc de l'annoncer avec un peu plus de discrétion.

Je me glissai à côté de lui.

— Mais, dis-je, d'une voix posée cette fois, comment ont-ils pu trouver ça ? Jake a fait sauter les scellés devant nous. Ils étaient en morceaux.

— Ils en auront trouvé un dont la taille était suffisante, Punkin. Et puis, quand tu as tourné de l'œil, il y en a un, moins bigleux que les autres, qui a remarqué que tu avais du rouge sur le doigt. J'ai essayé de leur expliquer que c'était du rouge à lèvres, que tu l'étalais avec ton doigt…

— C'est bien ce que je fais.

— Mais les couleurs différaient : rouge à lèvres clair, cire rouge brique. Et pas seulement ça. En arrivant, ils savaient que c'étaient tes empreintes à toi qu'ils trouveraient sur les scellés. Tu comprends, quelqu'un t'avait vu les toucher.

— Ce n'est pas possible ! La porte était fermée. Personne n'a pu me voir.

— En fait, reprit Biff, tu n'as pas été vue en train de toucher la porte, mais, au moment où tu quittais la loge, en train d'essuyer du rouge que tu avais sur le doigt. Ne hurle pas, mais celle qui t'a vue, c'est… c'est la princesse !

Je ne hurlai pas, mais je me sentis furieuse. Cette idée, d'aller raconter une histoire comme ça aux flics ! Elle avait dû bien la charger, pour qu'ils me soupçonnent de la sorte. Je décidai d'y aller aussi de mon petit couplet sur elle la prochaine fois que je verrais le sergent.

— Où était-elle, *elle*, pour me voir si bien ?

— Elle prétend qu'elle était sur le plateau et qu'elle t'a vue, sortant de la loge, par hasard, simplement parce qu'elle venait de lever la tête. Comprends-tu, Punkin, pourquoi je me mêle de ce qui ne me regarde pas ?

J'allais l'inviter fermement à continuer, quand le type au journal m'adressa la parole.

— Dites-moi, vous ne seriez pas Gypsy Rose Lee ?

— Sûrement pas ! déclarai-je. Est-ce que j'ai l'air d'une femme qui se déshabille en public ?

— Avec tous les vêtements que vous avez sur vous, c'est difficile à dire.

Il rit très haut de sa pauvre plaisanterie et ce fut à mon tour de le dévisager.

— Ce qu'il y a de sûr, reprit-il, c'est que vous ressemblez rudement à la fille de cette photo.

Il me montrait son journal et je reconnus une grande photo prise quand je jouais au Rialto de Chicago. Je parvins à distinguer quelques mots, « Lee », « témoin-clé », et dessous, en plus petit, « recherche d'un racketteur disparu ».

Arrachant le journal des mains du type, qui n'en revenait pas, Biff dit énergiquement :

— Ce n'est pas elle, compris ?

L'arrivée du train à la station de la 42ᵉ Rue mit fin à l'incident. Jouant des coudes, nous descendîmes sur le quai et nous nous laissâmes porter vers la sortie par le flot des voyageurs.

Le Peerless était rempli d'acteurs de burlesque, comme toujours. Jannine était assise avec Stinky Smith, un comique de l'Eltinge. Devant elle, la dernière édition du soir du *Mirror* s'appuyait à une bouteille. Sans lever les yeux, Jannine tira une chaise pour Biff. Je m'assis à côté de Stinky.

— Alors, me dit-il, c'est si mauvais chez vous en ce moment que vous avez été obligés de buter La Verne pour faire de la pub ?

— Bon sang ! répliqua Biff, l'Eltinge devrait t'augmenter. Que tu puisses au moins te payer des blagues qui font rire. Et puis, elle n'a pas été butée, La Verne. On l'a étranglée.

— Butée, étranglée, c'est du kif.

Jannine, qui grignotait un pied de céleri tout en lisant le *Mirror*, s'exclama :

— Eh bien, si j'avais su tout ça sur Louie, ça m'aurait fichu une sacrée trouille ! Paraît qu'en 1926, il a été poursuivi pour trafic de stupéfiants.

— La radio, appuya Stinky, a dit qu'il s'était aussi occupé de traite des blanches.

— C'est aussi dans le journal : « Louie Grindero, dit La Grimace, a passé trois ans dans un pénitencier. Il avait été condamné pour traite des blanches. Il a également été poursuivi pour vol qualifié, ainsi que pour faux et usage de faux. »

Jannine leva la tête.

— Ce qu'on connaît mal les gens, tout de même !

Le garçon posa sur la table un menu.

— Vous mangez ? demanda-t-il à Biff.

— Sûr. Apporte-nous une tournée de rye.

Le garçon s'éloigna en traînant les pieds.

— Pour moi, reprit Biff, Louie n'est pour rien dans l'histoire.

— Alors, fit Jannine, pourquoi il s'est tiré ?

— Avec un casier comme le sien, il a dû penser qu'on lui mettrait tout de suite l'affaire sur le dos. C'est naturel. En réalité, il n'était même pas là.

— Tu en as de bonnes ! Fallait bien qu'il y soit. Sans ça, comment il aurait appris qu'il s'était passé du vilain ?

Biff se passa la main sur la joue.

— Ah, je n'avais pas pensé à ça.

Puis, dans un claquement de doigts :

— J'oubliais, Moey l'a renseigné...

— Mais Louie était bien dans le théâtre, dis-je. Ça me revenait, maintenant.

— C'est aussi sûr que deux et deux font quatre, affirmai-je. Après la représentation, je suis restée sur le plateau avec Sammy et c'est en remontant à la loge que j'ai vu Louie. Il m'a même parlé. Il m'a demandé si les liquides étaient arrivés, je lui ai répondu que oui et je l'ai entendu qui grimpait derrière moi.

— Et il n'y a pas que ça, ajouta Jannine. Il lui avait dit qu'il la tuerait et il l'a fait. Un point, c'est tout.

Gee Gee et Sandra firent leur entrée à ce moment-là. Sans Dolly.

— Rétamée ! nous dit Sandra quand nous lui demandâmes ce qu'elle était devenue.

Stinky leva les yeux sur la pendule. Il était minuit et demi. Il se tourna vers Jannine.

— Il faut que je me tire ! Grouille-toi si tu veux voir un bout de la représentation !

Il signa son addition et, après quelques bonsoirs hâtifs, s'en alla vers la porte avec Jannine. Gee Gee soupira.

— Pour un peu je les envierais. Il y a des mois que je n'ai pas vu un spectacle de burlesque.

Prise d'une inspiration subite, elle se leva et courut derrière eux.

— Attendez-moi !

Le garçon arriva avec les consommations. La disparition de trois de ses clients ne parut pas l'étonner plus que ça. Il posa les verres sur la table, ramassa la note signée de Stinky et s'en retourna sans avoir ouvert la bouche.

— Ce que je me demande, dit Biff, c'est qui a bien pu prendre le carnet de chèques de La Verne.

— Ça ! fit Sandra, c'est Dolly, tiens !

Un tremblement se mit à secouer la main droite de Biff, celle qui tenait son verre. Ne parvenant pas à l'arrêter, il décida qu'il ne lui restait qu'à avaler son rye.

— Pourquoi diable, demanda-t-il, tu n'as pas dit ça au sergent ?

— Pour la même raison qui t'a empêché de lui parler de la « pointe ».

C'était à moi, maintenant, de dire quelque chose. Je me risquai, d'une voix mal assurée.

— Quelle « pointe » ?

J'aurais aussi bien fait de ne pas me fatiguer. Sandra ignora ma question.

— Vous êtes deux petits malins, dit-elle. Mais vous croyez donc que Dolly est aveugle ?

Biff et moi, nous nous regardâmes. Elle poursuivit :

— C'est elle qui me l'a dit. Aller lui raconter que tu avais perdu ton mouchoir !

— Écoute, Sandra ! Il y a, dans toute cette histoire, quelque chose de louche. Je...

C'était la première fois que je voyais Biff incapable de trouver ses mots.

— Ce qu'il y a de louche, répliqua Sandra d'un ton sec, c'est ton attitude, à toi ! Tu as caché un indice et je sais pourquoi ! Je t'ai couvert une fois, en ne disant rien, mais ne compte pas sur moi pour recommencer ! Dolly, au moins, n'a pas gardé le chéquier.

Elle se leva, boutonna son manteau de poulain, ramassa ses gants sur la table et se dirigea vers la sortie. Au bout de quelques pas, se retournant, elle me sourit pour ajouter :

— Tu ferais aussi bien de demander à ton distingué comique pourquoi il a fait ça.

— Pourquoi il a fait quoi ?

— Pourquoi il a balancé la « pointe » de La Verne par la fenêtre.

Elle s'éloigna.

— C'est vrai, me dit Biff d'une voix hésitante, cette « pointe », Punkin, je l'ai balancée dehors. Après avoir aidé les gars à amener le corps de La Verne dans la loge, j'ai eu l'impression d'avoir quelque chose dans ma poche… J'ai glissé ma main dedans pour voir ce que c'était et j'ai compris tout de suite. Un instant plus tôt tu nous avais assourdis avec ce « triangle » ! J'ai jeté un coup d'œil sur La Verne. Elle n'avait rien autour du cou, rien sauf une mince ligne bleuâtre…

Il se passa la main sur le front.

— Bois un coup ! dis-je. Ça dessoûle…

— Non, Punkin, il faut que je te dise tout d'abord. Ce truc-là m'a travaillé toute la soirée. Quelqu'un m'avait fourré cette « pointe » dans la poche, tandis que j'aidais à transporter le cadavre. J'en étais sûr, parce que, ce cache-sexe, je l'avais vu, moi aussi, autour de son cou. Toutes les filles étaient autour de toi. Tu avais tourné de l'œil, mais tu parlais tant que tu pouvais, tu racontais que tu avais vu le cache-sexe, etc. Je me disais qu'elles pensaient que tu délirais et je n'avais nullement envie qu'on trouve le truc dans ma poche. Alors, pendant qu'on s'occupait d'appeler le toubib, je me suis approché de la fenêtre et j'ai laissé tomber la « pointe » sur la terrasse. Je me proposai d'aller la rechercher plus tard, mais… je n'en ai pas eu la possibilité.

— Tu aurais pu me dire tout ça ! dis-je.

— Je ne voulais pas te faire mentir, Punkin. D'abord, parce que je t'aime… et puis, parce que tu mens mal.

— Pour ça, je n'ai pas l'impression que tu te débrouilles mieux que moi ! Tu ferais bien de penser à ce que tu raconteras au sergent.

— Je crois que je me contenterai de lui dire la vérité.

— Ce ne serait pas non plus une mauvaise idée de battre Sandra sur le poteau. Pour moi, elle doit déjà être pendue au téléphone... C'est drôle, qu'elle soit devenue mauvaise comme ça, d'un seul coup, tu ne trouves pas ?

— Peut-être qu'elle est jalouse. L'an dernier, tu sais, elle et moi, on sortait pas mal ensemble...

— Encore une belle-sœur ! m'écriai-je. Tu devrais les réunir tous les ans en assemblée générale. L'amicale des « Anciennes de Biff »... Mais sois gentil, ne m'invite pas !

J'attrapai mon manteau. Biff me suivit vers la porte.

— Une minute, Punkin. J'ai déjà assez de trucs en tête. Et puis c'était bien avant que je te rencontre !

— Ça n'a rien à voir, répondis-je.

Il pénétra derrière moi dans la porte-tambour.

— Écoute, chérie !

— Il n'y a pas de chérie ! lançai-je. Il y a d'abord eu Sugar Bun Kelly et, après, Joyce Janice. Maintenant, c'est Sandra. Ça suffit !

Il se mit à rire.

— Si tu parles des tours que tu nous fais faire dans cette porte, je suis d'accord ! J'arrête. C'est le troisième, regarde, je vais attraper le pompon.

Nous nous retrouvions dans la salle. Le garçon mit l'addition dans la main de Biff.

— Signez-la ou payez-moi, mais choisissez ! Je n'ai pas le temps d'attendre que vous soyez descendus du manège.

Biff bloquant la porte, je me dirigeai à contrecœur vers le bar. Nous nous assîmes au comptoir et Biff commanda les ultimes whiskys de la soirée.

— Est-ce ma faute, Gyp, si toutes les filles tombent amoureuses de moi ? Parole ! il y a des fois où je suis gêné de la façon qu'elles ont de me courir après et...

— Et c'est moi que tu traites de menteuse ! m'écriai-je. À propos, quand tu as ramassé La Verne, il y avait qui près de toi ?

— Il y avait Mandy, Sammy et Phil. Je savais bien, Punkin, que tu n'étais plus fâchée.

— Droit au but, s'il te plaît.

— Il y avait Siggy... Russell...

— Au cours de la petite fête, demandai-je, tu as vu Louie, à un moment ou un autre ?

— Non, dit-il après un instant. Bien sûr, il se peut fort bien qu'il ait été là. Il y avait tant de monde.

Mentalement, j'essayai de reconstituer la scène. Gee Gee était debout près de la porte. Jake devait être à côté d'elle puisqu'il venait tout juste de faire sauter les scellés. Moey était devant elle, avec Mandy, agenouillé, qui tendait son chapeau. Alice était près du phono avec les filles. Et Sammy ? Je ne me le rappelais pas. J'interrogeai Biff. Il ne se souvenait pas, lui non plus.

— Il aurait pu, dit-il, me glisser le truc dans la poche tout de suite après avoir demandé qu'on appelle le médecin.

— Qui est allé au téléphone ?

— Moey, je crois. Mais je n'en suis pas sûr. Si c'est lui, il pourrait bien avoir affranchi Louie, comme Sandra disait. Si Louie n'était pas là.

Il vida son verre.

— J'ai dû avoir l'air d'une idiote en m'évanouissant comme ça, dis-je.

— J'ai trouvé ça mignon. C'est un de vos trucs de filles, et moi j'aime bien. Ça me donne le sentiment d'être protecteur.

— Protecteur ? C'est sûr, tu as de l'entraînement...

— Arrête avec ça. Allez, finis ton verre. Tu as besoin de dormir.

Il me conduisit jusqu'à mon hôtel, m'embrassa en me souhaitant bonne nuit et me promit d'appeler le sergent au réveil.

— Tâche, lui dis-je, que ce soit avant midi !

Je lui criai « au revoir » tandis qu'il s'éloignait. Il se retourna, pour m'adresser un geste de la main, et reprit sa marche. On aurait juré qu'il n'avait pas un souci au monde, et nul ne se serait douté qu'il avait au fond de sa poche un cache-sexe assassin.

Le hall de l'hôtel était plongé dans une inquiétante demi-obscurité. Le garçon de nuit et le liftier dormaient dans les grands fauteuils de cuir. Je me dirigeai vers l'escalier et passai près du garçon. La bouche ouverte, il ronflait doucement. Ma chambre était au deuxième étage.

Au premier, je m'arrêtai, me demandant comment les journaux avaient été avisés du crime si rapidement. Je pêchai mes clés dans mon sac et continuai l'ascension. J'arrivai devant la porte et ça me fit une drôle de surprise de voir qu'un rai de lumière filtrait par en dessous. Je tâtai le bouton : ma porte n'était pas fermée. Je la poussai.

— Salut, Gypper, dit Dolly.

Elle était vautrée sur le lit, une bouteille à moitié vide de rye et un cendrier plein à portée de main.

— Il y a des… des heures que je… je… je t'attends, Gypsy.

Elle était ivre morte. Un de ses souliers traînait dans un coin, un autre au pied du lit. Sa gaine était accrochée par une jarretelle à l'appareil téléphonique.

— … Qu'chose que je vou… voulais te dire, Gyp.

Elle essaya de s'asseoir sur le lit et faillit tomber sur la carpette. Je la retins.

— Merci, Gypper. T'es une copine.

J'empoignai la bouteille et la mis hors de sa portée. Dolly fronça les sourcils.

— C'est pas des trucs à faire à une copine qui veut te dire des choses importantes, proclama-t-elle.

Et là-dessus, elle se mit à pleurer.

Je commençai à me déshabiller. Furieuse. Il lui avait fallu choisir une nuit comme celle-là pour se soûler et m'envahir. Elle prendrait tout le lit et ma chambre embaumait comme une distillerie. Je tirai ma robe par-dessus ma tête.

— S'agissait de la princesse, marmonna Dolly dans un bâillement. Mais tu m'as fait oublier ce que c'était au juste.

Quand ma tête revint à l'air libre, Dolly s'était endormie. Je décrochai le téléphone. La voix ensommeillée du garçon de nuit me parvint :

— Oui, mademoiselle Lee ?

— Je voudrais une autre chambre, hurlai-je. Et la prochaine fois que vous introduirez quelqu'un chez moi en mon absence, je…

Encore un qui était bien élevé. Il raccrocha, me laissant me débrouiller avec ma phrase. De colère, je balançai la gaine de Dolly à l'autre bout de la pièce. Elle arriva en vol plané dans le lavabo. Ça me fit rire. Je riais encore quand le garçon s'amena. Il vit Dolly étendue en travers du lit et ouvrit des yeux ronds.

— Ce n'est pas moi qui l'ai fait entrer, mademoiselle Lee, me déclara-t-il solennellement. Elle a dû passer derrière moi tandis que je triais le courrier ou…

J'achevai pour lui :

— Ou devant, tandis que vous piquiez un roupillon.

Je raflai ma brosse à dents et ma crème à démaquiller, puis je le suivis dans le couloir jusqu'à une chambre que quelques portes seulement séparaient de la mienne. Il ouvrit la fenêtre, vérifia les serviettes de toilette, fit la couverture, puis, après avoir promené sur moi ses yeux vagues, battit en retraite.

Je me coulai entre les draps.

10

Je dormis comme une souche jusqu'à midi et demi, heure à laquelle le téléphone me réveilla. Je décrochai. Biff était au bout du fil :

— Salut, Punkin ! Il y a une demi-heure que j'essaie de t'avoir. Le crétin qui est à la réception ne savait pas que tu avais changé de chambre !

— C'est une histoire qui serait un peu longue à te raconter, chéri ! Tu as appelé Harrigan ?

— Pas eu besoin. Les flics m'attendaient à l'hôtel. Tu avais raison : Sandra m'a grillé sur le poteau...

J'entendis des murmures au bout de la ligne.

— Qui est-ce qui est à côté de toi ? demandai-je. Et d'où me téléphones-tu ?

— J'ai près de moi deux flics et je suis en taule.

— En taule ? Mais pourquoi ? On n'a pas le droit de t'arrêter ! Tu n'as rien fait !

Tout en parlant, je m'étais tirée du lit. De l'œil, oubliant que je les avais laissés dans ma chambre, je cherchais mes vêtements.

— T'énerve pas, Punkin. Tout va bien. Les flics voulaient seulement me poser quelques questions et il était tellement tard quand j'ai réussi à les convaincre que je n'avais été qu'un innocent spectateur que j'ai dormi ici.

Avant de répondre, je m'accordai un instant. Le temps de m'asseoir sur le lit et de me ressaisir.

— Si je comprends bien, tu as dormi à la prison parce que tu avais la flemme de rentrer chez toi ?

— Charrie pas la taule ! Elle est rudement mieux que cette académie d'équitation que tu appelles ton hôtel !

J'allais raccrocher, mais il poursuivait, baissant le ton :

— Les flics viennent de se tirer. Écoute bien ! Ils ont retrouvé la voiture de Louie, hier soir.

— *Quoi ?*

— Je te dis qu'ils ont retrouvé la bagnole de Louie. En fin de compte, on dirait qu'il n'a pas mis les bouts. Elle était juste au coin du théâtre. Maintenant salut, Punkin. Mon escorte rapplique. Je te verrai au théâtre.

Je raccrochai. Presque aussitôt, le téléphone sonnait de nouveau. C'était Dolly.

— Gyp, me dit-elle, j'ai honte !

— Laisse donc... Ça n'a pas d'importance.

Elle reprit d'une voix morne.

— J'ai dégotté le café et tout ce qu'il fallait pour le faire. Il sera prêt dans une minute...

Je lui dis que les tasses étaient dans le secrétaire, dans le tiroir du bas, et qu'elle trouverait la boîte de lait concentré sur le rebord de la fenêtre de la cuisine.

— Dépêche-toi, Gyp !

Elle n'avait pas l'air dans son assiette et je fis aussi vite que possible. Dans le couloir, je sentis l'odeur du café. Quand j'entrai dans la chambre, elle se sauvait comme si elle avait eu, elle aussi, les flics aux trousses. Dolly était écroulée dans le seul bon fauteuil de la pièce. Elle tourna vers moi une figure livide.

— J'ai l'impression d'être passée par un trou de serrure.

Son regard tomba ensuite sur la bouteille, et elle eut un petit sourire désabusé.

— J'arrête de boire pour de bon, jura-t-elle.

Je versai le café, partageai en deux un petit pain rassis au miel, puis je m'installai sur le lit, mon déjeuner sur les genoux. Je pensai d'abord dire à Dolly qu'on avait retrouvé la voiture de Louie, puis je jugeai qu'il était préférable d'attendre.

— Qu'est-ce que tu voulais me raconter, hier soir ? demandai-je avec une indifférence feinte.

— Tu dis ?

— Tu voulais me parler de la princesse. Il paraît que c'était important...

— Je devais en tenir une bonne, alors. Qu'est-ce que j'aurais eu à te dire ?

Elle regarda sa montre et enchaîna :

— Fichtre ! On est en retard.

Elle commença à s'habiller. J'insistai :

— Tu m'as dit qu'il y avait des heures que tu m'attendais pour me dire ça. Est-ce qu'il s'agissait...

— Peut-être bien que j'ai changé d'avis et que je ne veux plus rien te dire.

Elle mit du rouge sur ses lèvres, les pressa l'une sur l'autre puis me regarda dans son miroir.

— Dans une affaire comme ça, moins on en sait, mieux ça vaut.

« Très bien, me dis-je. On joue au plus fin. Inutile de lui dire quoi que ce soit pour la bagnole de Louie. Qu'elle découvre ça toute seule. » Histoire, pourtant, de lui fournir de quoi occuper son esprit, je lui annonçai que Sandra avait dégoisé aux flics tout ce qu'elle pouvait.

Dolly se tourna vivement vers moi et, soudain volubile, elle me dit :

— C'est justement de ça que je voulais te parler hier soir. Je ne sais pas pourquoi je lui ai raconté que Biff était allé sur la terrasse, mais probable que j'étais à cran parce que, Biff et toi, vous ne m'aviez pas dit la vérité.

— Je te comprends fort bien, répondis-je. Moi aussi, j'ai horreur qu'on me mente.

Elle me regarda, soupçonnant l'ironie. Je lui fis un beau sourire et j'ajoutai :

— Il faut qu'on se presse.

Durant le trajet en métro, nous n'échangeâmes pas une parole. Devant le théâtre, il n'y avait pas un chat. Généralement, avant la matinée, on voit toujours des gens traîner autour du bureau de location. Mais nos clients avaient dû être défavorablement impressionnés, d'abord par la descente de police, puis par le meurtre. Je jetai un rapide coup d'œil dans la salle. Elle était vide.

Stachi nous ouvrit la lourde porte de fer, m'adressa de la tête un salut assez froid et n'accorda pas la moindre attention à Dolly. Comme prévu, l'avis de fermeture, signé de H.-I. Moss, était placardé à côté du bulletin de service.

Les machinistes, musiciens et artistes sont informés que l'Old Opera sera fermé à partir de samedi en huit, sauf avis contraire.

La nouvelle ne m'étonnait pas.

Ce qui me surprit, en revanche, c'est la besogne à laquelle se livraient, avec force soupirs, Jake et trois machinistes, assis par terre, aux quatre coins d'un drap posé sur le plancher et couvert d'un tas d'éventails blancs en plumes d'autruche utilisés par les chorus-girls. Ils étaient trempés et jamais je n'avais vu éventails ayant plus piteuse mine. Les quatre hommes essayaient de leur rendre une forme. D'un air sombre, Jake me donna quelques explications.

— Au milieu de tout le raffût d'hier soir, Minnie a fait ses chatons. Elle est en train de se reposer et les petits vont bien. Seulement...

D'une main experte, il enroulait quelques plumes autour du manche de son couteau.

— Seulement, c'est bien la première fois que je n'ai pas été là pour la réconforter.

— Pour la réconforter ! s'écria George, l'électricien. Une fois, elle les a faits dans ma boîte à outils, une autre fois dans les dossiers de Moss. Et, maintenant, nom de Dieu, c'est dans des éventails en plumes d'autruche !

Au milieu des rires, j'entendis quelques miaulements sortant d'une boîte qui était près de George. Il leva le couvercle : Minnie était là, avec sa nouvelle petite famille.

Dolly et moi, nous nous frayâmes un passage à travers les plumes. J'entendais, dans la fosse, l'orchestre qui s'accordait. Dans la loge des chorus-girls, ça papotait ferme. Dolly gravit l'escalier devant moi, tout en enlevant son chapeau et son manteau. Sa robe de satin noir soulignait ses formes replètes et son dos oscillait à chaque marche qu'elle montait. De dos, elle me faisait penser à un canard.

— Je crois bien, me souffla-t-elle, que je vais transporter mes affaires à la place de La Verne. Ça ne m'a jamais plu de m'habiller si près de cette satanée fenêtre !

Sandra salua notre arrivée d'un cordial bonjour. Sans aucune allusion à ce qu'elle avait raconté à la police ni excuses pour s'être montrée si désagréable la veille. J'avais envie de la gifler, mais je jugeai plus sage de lui rendre son bonjour.

Tout en passant mon premier costume, avec l'assistance de Gee Gee, je consultai le nouvel horaire du spectacle affiché au-dessus du lavabo. Je vis qu'Alice faisait un « strip » à la place précédemment occupée par La Verne dans le programme. Elle répétait un couplet tout en jouant avec la fermeture Éclair d'une robe de satin vert pâle.

— *Si vous voulez voir un petit peu plus de moi... Zip ! applaudissez comme ça !*

Je lui suggérai de parler son couplet au lieu d'essayer de le chanter.

— Bah ! dit-elle en riant, comme je suis terriblement nerveuse aujourd'hui, j'oublierai sans doute les paroles... Alors !

— Tant que tu n'oublieras pas d'enlever la robe, tout se passera bien, lui dit Jannine.

Alice était sortie de ladite robe. Rayonnante, elle ajouta :

— Dire que, maintenant, j'ai un « strip » !

Je n'en pouvais plus. Ces deux-là, Dolly qui s'extasiait sur sa nouvelle installation et Alice que ses propres talents éblouissaient, commençaient à me courir. Gee Gee n'eut pas besoin de me regarder deux fois pour deviner ce qui n'allait pas.

— Moi, dit-elle, je ne donne pas tort à Dolly. Une fille ficherait mon ménage en l'air et viendrait à se faire étrangler, je chanterais « Alleluia ! ».

— Peut-être, dis-je. Seulement, elle, elle exagère !

Gee Gee était en train de se coller du fard sur les joues avec une vieille patte de lapin. J'ajoutai :

— Je me sentirai rudement mieux quand ils auront coffré l'assassin.

Gee Gee, se retournant à demi, posa les deux bras sur le dossier de sa chaise.

— Eh bien, moi, Gipsy, qu'ils l'arrêtent ou pas, je m'en contrefous. C'est peut-être pas très chic de ma part, mais j'ai été drôlement plus embêtée quand mon caméléon est mort. Parole !

Une des show-girls vint piquer une paire de souliers argentés dans le sac de chaussures de

La Verne, et les essaya sous le prétexte que cette dernière lui devait un dollar.

— Tu vois. Personne ne prendra le deuil. C'est comme si on avait ouvert une fenêtre pour donner un peu d'air pur. Exemple : Dolly. Regarde-la !

Dolly et Jannine sortaient de la loge, bras dessus, bras dessous. Dolly riait doucement.

— Il ne faut pas te fier à ça, dis-je. J'aurais voulu que tu la voies ce matin. Je te promets qu'elle ne riait pas. Elle est comme... comme ton caméléon. À un moment, elle fait une tête affreuse, l'instant d'après, la vie est belle et elle a du soleil plein le cœur. C'était comme ça hier soir quand on a quitté le théâtre, et aussi le jour où on a été arrêtées. Elle mourait de peur d'être reconnue par la bonne femme qui nous a interrogées, et, quand elle a vu son vrai nom dans les journaux, elle était ravie !

— Peut-être que quelqu'un lui a dit que l'affaire était classée, dit Gee Gee.

— Classée ?

Personne ne me l'avait dit. Ma surprise a dû se sentir car Gee Gee me regarda bizarrement.

— Bien sûr. Elle a été classée avant même d'avoir été instruite.

— Il n'empêche, répliquai-je, que Dolly avait vraiment peur d'être reconnue. On lui avait fait savoir qu'elle ne devait plus travailler à New York.

Gee Gee éclata de rire :

— Comme dirait Moss, tu te figures donc que tu bosses pour un abruti ? Il connaît la musique, tu sais. Comment crois-tu qu'on puisse continuer à jouer après ce qui s'est passé ?

Nous parlions si bas que je ne pensais pas que nous puissions être entendues. Aussi Sandra me surprit-elle en disant :

— Si les affaires continuent comme aujourd'hui, on ne bossera plus longtemps ici.

Gee Gee se tourna vers elle :

— La salle est moche ?

— Plutôt !

Empoignant une chaise par le dossier, Sandra vint s'asseoir près de nous. Gee Gee lui offrit une cigarette qu'elle accepta sans cesser de me guigner du coin de l'œil. Je devinais qu'elle voulait s'excuser pour la veille, mais je n'avais pas envie de lui faciliter les choses.

Elle tira quelques bouffées et, posant ses pieds sur la table de maquillage, dit nonchalamment :

— J'en tenais une jolie, hier soir. Vous n'imaginez pas que j'aurais été raconter aux flics que j'avais vu Biff trouver la « pointe » sur la terrasse si je n'avais pas été cuite ?

Son débit était un petit peu trop précipité. Elle était très mal à l'aise, mais je ne la plaignais pas. Elle poursuivit :

— Naturellement, je n'étais pas contente. J'étais furieuse contre Biff...

Je la laissai encore souffrir une minute ou deux, puis je me levai et quittai la loge.

Russell était assis sous l'escalier, sur un tronc d'arbre provenant du magasin des accessoires. Quand je passai devant lui, il essaya de me sourire. L'effet fut lamentable. On aurait dit que le pauvre type n'avait pas dormi depuis huit jours. Ses yeux étaient gonflés et cernés de rouge. Une cigarette se balançait entre ses doigts jaunis par la nicotine. J'allais lui adresser quelques mots, histoire de le réconforter un peu, quand l'idée me vint brusquement qu'il était en train de jouer la comédie.

— Ne t'en va pas, Gyp ! Assieds-toi, tu veux, et dis-moi quelque chose. Je sens que je deviens dingue.

Je m'assis.

— Qu'est-ce qui se passe ? Gueule de bois ?

Je le regardai comme j'avais regardé Sandra, un peu plus tôt, mais il fit semblant de ne pas s'en apercevoir. L'œil vague, il dit lentement :

— Comme une bougie... dans la fleur de l'âge, elle s'est éteinte comme une bougie qu'on souffle.

Il aurait arraché des larmes à un cent de clous, ce gars-là. Et puisqu'il voulait de la comédie, je pouvais lui en donner un petit peu, moi aussi.

— Oui, dis-je. Et elle avait tant de raisons de tenir à la vie !

Je ponctuai ça d'un soupir plus bruyant que le sien avec un sanglot en prime. Je me doutais bien qu'il essayerait de faire mieux, mais quand, laissant aller sa tête comme s'il n'avait plus la force de la porter, il se mit à geindre, j'arrêtai les frais.

— Écoute, Russell, lui dis-je, en lui posant la main sur l'épaule. Soyons sérieux ! Cette histoire-là nous a fichu un coup à tous, mais aucun de nous ne considère qu'il s'agit d'une perte irréparable. Des gens qui meurent, il y en a tous les jours. Et des braves gens !...

Russell repoussa vivement ma main.

— Ne me touche pas ! Tu n'as pas de cœur ! Tu ne peux pas savoir ce que j'éprouve.

Cachant son visage dans ses mains, il se mit à sangloter.

Un instant, je me demandai s'il n'avait pas dit vrai et j'étais presque prête à convenir que je n'avais pas de cœur quand il releva la tête : ses yeux étaient secs. Le rideau venait de tomber sur son petit numéro.

— Je parierais qu'elle a laissé pas mal de fric, dit-il. Non seulement elle gagnait bien sa vie, mais Louie lui refilait beaucoup d'argent et tu sais comme moi qu'elle n'attachait pas son chien avec des saucisses !

J'étais trop stupéfaite pour dire quelque chose. En fait de caméléon, Dolly, comparée à Russell, n'était que de la petite bière. D'une voix chagrine, il reprit :

— Ça me met dans une situation impossible. Tu sais qu'elle mettait des capitaux dans ma pièce ?

— J'ignorais, dis-je, me levant, et, d'ailleurs, je ne tiens pas à le savoir. Si ta pièce te ressemble, elle ne vaudra pas cher.

J'avais encore pas mal de choses à ajouter, mais j'entendis la voix de Biff qui m'appelait. Il était sur le plateau avec un type massif et assez gras que je n'avais encore jamais vu. Avant même d'être arrivée près de Biff, je lui criai :

— Tenez-moi éloignée de Russell ! Il me raconte qu'il a le cœur brisé, mais c'est sur le fric de La Verne qu'il...

Biff, qui m'avait prise par la taille, m'interrompit avec une certaine précipitation.

— Je voudrais te présenter Mike Brannen, de la brigade criminelle. Un chic type...

L'homme me tendit sa grosse patte. Tandis qu'il me secouait le bras comme s'il pompait de l'essence, Biff lui précisait que j'étais une heureuse nature.

— Tout le temps en train de faire le clown...

Je gratifiai le policier d'un sourire-grimace assez réservé et récupérai ma main. Je n'étais pas tellement sûre de goûter la façon dont Biff me présentait au représentant de l'autorité et le rire au chiqué sur lequel il termina me déplut souverainement.

— Qu'est-ce que c'est que cette comédie ? demandai-je.

Biff me foudroya du regard. Puis, s'apercevant que le flic était trop occupé à surveiller le « strip » d'Alice pour nous accorder la moindre attention, il me fit un clin d'œil. Je ne pigeais toujours pas.

Le policier avait sur le bras une robe de satin vert. C'était celle d'Alice. Du moment qu'elle l'avait retirée, son numéro n'était pas loin d'être achevé. Elle termina en même temps que l'orchestre et, juste avant de se précipiter vers la rampe pour saluer, elle jeta à Mike Brannen un petit mouchoir de soie. D'une voix qui roucoulait, elle lui dit :

— Vous êtes un amour d'avoir attrapé mes affaires.

Le visage du flic vira au rouge, tandis qu'elle rentrait en scène.

— Mais, mes agneaux, vous ne voudriez pas que je retire *ça* !

D'une seule voix, les rares spectateurs firent savoir à Alice que c'était pourtant là leur plus cher désir. Faisant sa petite bouche, elle minauda :

— Mais, si je l'enlève, je vais prendre froid !

Je n'eus pas besoin de regarder Alice pour savoir quand l'objet en question sauta. La figure de Mike Brannen me renseigna. Il se rinça l'œil un instant et s'écria, en extase :

— Elle est formidable ! Son visage, on dirait un ange.

Alice, sans doute, ressemblait à un ange, mais, à ce moment-là, ce n'était pas son visage qu'il regardait. Il dut se méprendre sur le sens du raclement de gorge que je ne pus réprimer, car, se tournant vers moi, il ajouta :

— D'ailleurs, vous êtes, vous aussi, très jolie !

Je lui dis de ne pas se fatiguer et que je n'avais pas soif. Biff triomphait.

— Qu'est-ce que je vous avais dit ? Tout le temps en train de plaisanter !

Le flic n'entendit pas. Il était bien trop occupé à jeter la robe de satin sur les épaules d'Alice.

J'allai vers le magasin des accessoires. Je m'arrêtai au plan incliné qui y conduisait, débarrassai un banc des vessies qui l'encombraient et m'assis. C'est là que Biff vint me rejoindre. Il alluma une cigarette et me la tendit avant d'en allumer une pour lui.

— Pour une fille intelligente, me dit-il, tu es bien la plus noix que j'aie jamais rencontrée !

— Et toi, répliquai-je, tu te crois malin ? Tu traînes toute la nuit avec les flics et ça ne te suffit pas. Il faut que tu les amènes au théâtre !

Biff s'assura d'un coup d'œil que Brannen ne pouvait nous entendre. Après quoi, il me répondit :

— Attends, tu ne seras pas mécontente quand je t'expliquerai où les flics en sont. D'abord, ils ont trouvé quelque chose d'intéressant à propos du carnet de chèques de La Verne : le jour où elle a été tuée, elle avait retiré de la banque dix mille dollars.

Il marqua une pause, pour me laisser soupeser la nouvelle, et ajouta :

— Et ils ne retrouvent pas le fric !

— La pièce de Russell ! m'écriai-je. Je te parie que c'est pour le lui refiler qu'elle avait retiré son argent.

— C'est ce que les flics croient, reprit Biff. Seulement, ils pensent que c'est Louie qui a l'argent. Il n'avait, dans la caisse de son café, que deux cents dollars et, avec ça, sans sa bagnole, il n'aurait même pas pu aller jusqu'à Jersey City. Sans compter qu'ils ont trouvé le portrait...

Je dus, malgré moi, sursauter, car il s'empressa de corriger :

— Juste le cadre en fait. Un cadre pour photo comme on les faisait autrefois. Derrière, il y avait généralement une sorte de velours, mais ce velours a disparu depuis longtemps de sorte qu'il y a là un espace vide. Et sais-tu ce qu'ils ont déniché là ? Un morceau de papier qui avait l'air d'avoir été arraché à...

Biff s'interrompit brusquement. Il avait, comme moi, entendu un bruit très léger comme si quelqu'un était passé tout près de nous, sur la pointe des pieds. Biff m'avait empoigné le bras et je retenais ma respiration.

Et, d'un coup, je devinai de qui il s'agissait.

Mon odorat, qui devait par la suite m'amener très près de devenir un macchabée bien troussé, me disait que Sammy, le régisseur, n'oubliait pas ses petites habitudes. L'odeur d'alcool qu'il dégageait était de celles qui ne trompent pas.

C'était lui jouer un sale tour, mais j'avais la conviction qu'il était nécessaire que quelqu'un fasse quelque chose pour le dégoûter de sa sale manie d'écouter les conversations.

Assez haut, de façon à être entendue, je dis :

— Il paraît que Moss balance Sammy.

Biff comprit tout de suite.

— Oui. On m'a dit ça...

Il y eut, à peine perceptible, le bruit de pas légers qui s'éloignaient et je dus me retenir pour ne pas partir d'un grand éclat de rire.

Presque aussitôt, Jake à son tour venait nous déranger : il s'excusait, mais il avait besoin du banc pour la scène du jardin. Je passais tout de suite après. Je filai donc vers la loge pour m'habiller.

Tout en enfilant ma robe, je me rendis compte que je n'avais pas demandé où l'on avait trouvé le carnet de chèques de La Verne et que je ne savais pas non plus ce qu'était le papier dont Biff m'avait parlé. Mais je savais une chose, c'était que Russell se faisait beaucoup de tracas à propos de ces dix mille dollars.

11

Dire que j'ai fourni ce jour-là un travail épatant serait mentir. La représentation traînait. Mon numéro marcha mal. Je ne trouvais pas les épingles au moment où il fallait et quand, enfin, je mis le doigt dessus, en retard de huit mesures sur l'orchestre, ce fut pour me piquer. Le public était en bois. Je vis arriver l'entracte avec soulagement.

Alice et Brannen, le flic, étaient assis sous l'escalier, très près l'un de l'autre.

— Gypper !

J'allai vers Alice qui m'appelait.

— Monsieur, me dit-elle, vient de nous commander de la bière.

Il me suffit d'un coup d'œil pour me convaincre que ce « nous » n'était pas le mot qui convenait. Brannen, son visage le proclamait, n'était pas heureux de me voir m'asseoir à côté d'eux, sur la malle qui leur servait de siège.

— Un peu de bière me fera du bien, reprit Alice de sa voix la plus douce. Ce n'est pas que je boive...

— Moi non plus, dis-je. Mais il fait si chaud...

Moey commençait son travail et, laissant Alice et son flic à leurs soupirs, j'écoutai ce qu'il disait.

— Mes chers amis, par autorisation spéciale de la California Confection Company, de Los Angeles, j'ai l'avantage aujourd'hui de vous présenter un article remarquable. Épicé, osé, suggestif ! Je n'en dis pas plus. Un mot suffit à l'homme averti. Vous êtes ici pour vous donner du bon temps et ce petit livre vous apporte exactement ce que vous cherchez !

J'espérais que ledit petit livre n'était pas celui qu'il vendait déjà la semaine précédente. Une descente, ça suffisait pour la semaine !

Alice gloussait.

— Oh ! monsieur Brannen, ce que vous pouvez être drôle !

Je n'avais pas entendu ce qu'il avait dit, mais, sur la drôlerie possible de ses propos, j'avais ma petite idée. Dans la salle, la voix de Moey s'enflait.

— Évidemment, mes chers amis, ce petit livre a l'aspect d'un livre ordinaire. Mais permettez-moi de vous assurer que ce n'est pas un livre ordinaire !

— Oh ! monsieur Brannen, je vous en prie !

Je glissai un œil vers le flic pour voir si, par hasard, le boniment de Moey ne lui donnait pas des idées. Son attitude restait irréprochable.

— Je vous en supplie, monsieur Brannen, ne me parlez pas du crime ! C'est trop horrible. D'ailleurs, si tous les policiers sont aussi brillants que vous, ils attraperont Louie avant pas longtemps.

Brannen avoua que *tous* ses collègues n'étaient pas aussi brillants que lui.

— Vous êtes trop modeste ! dis-je.

Il tourna vers moi un regard inquiet, puis il se mit à rire.

— Biff m'avait bien dit que vous étiez un vrai clown !

Je décidai de compter mentalement jusqu'à dix. Si, à dix, la bière n'était pas arrivée, je me débinerais.

Moey poursuivait :

— ... Pour dix *cents*, c'est-à-dire pour la dixième partie d'un malheureux dollar, vous recevrez cet audacieux petit livre *et* trois onces et demie de délicieux bonbons, portant la marque authentique de la California Confection.

— Et vous êtes toujours armé, monsieur Brannen ?

— Presque toujours. Pour moi, il s'est débarrassé de sa voiture pour essayer de passer à l'étranger. Au Canada, peut-être bien...

« Sept... Huit... Neuf... »

La porte du théâtre s'ouvrit devant le gosse qui faisait nos commissions. Pour la première fois de ma vie, je lui découvris une ressemblance avec le Père Noël.

Galamment, Brannen ouvrit les canettes. Il m'en offrit une, présentant la seconde à Alice avec une inclination du buste telle que son menton faillit en racler le parquet. Elle battit des cils et but avec distinction. Le môme attendait. Finalement, tournant les talons, il dit à haute voix :

— D'habitude, quand je fais les courses, on me file dix *cents* !

Brannen était trop occupé pour entendre : il racontait comment il s'y était pris pour procéder, à lui tout seul, à l'arrestation d'une terreur. Alice avalait sa bière et l'histoire. Je m'éloignai.

De la coulisse, j'écoutais Moey. À présent, il faisait l'article pour ses boîtes de bonbons, grand modèle.

— Et maintenant, mes amis, mes collaborateurs vont passer parmi vous. D'avance, merci !

Moey eut un geste des plus cordiaux à l'intention de l'honorable société, la laissa se débrouiller avec ses vendeurs et gagna la scène. La sueur ruisselait sur son visage. Il m'aperçut et vint à moi.

— Comment tu m'as trouvé aujourd'hui ? Mon nouveau gag sur la vente ?

Je lui répondis que j'avais bien aimé. Il me prit des mains la canette que je tenais, s'envoya une confortable rasade de bière et colla son œil au trou du rideau, pour surveiller ses vendeurs.

Sans avoir l'air d'y toucher, je lui demandai s'il connaissait Louie.

— Si je le connais ? C'est un parent à moi. Un cousin ou quelque chose d'approchant... Sur ces questions de parenté, moi, tu sais, je ne suis pas très ferré...

— Tu crois, lui demandai-je, que c'est Louie l'assassin ?

Il se tapa un nouveau coup de bière avant de me répondre.

— Si c'est lui, je veux bien être l'oncle d'un babouin ! Tu veux savoir qui c'est qui l'a refroidie ?

— Oui.

— Eh bien, à mon avis, c'est un des garçons du restaurant chinois. Est-ce que les Chinetoques ne sont pas tous des étrangleurs ? Ils étaient bien là, hein ? Alors ?

J'entendais Alice, toujours sous l'escalier, qui continuait à roucouler avec son flic. Les musicos se réinstallaient dans la fosse d'orchestre. Je flairai, venant d'en bas, une nette odeur de marijuana. Elle devait venir de Benny, le trompette.

— Les étrangleurs, dis-je, c'est aux Indes. Faut pas confondre avec les Chinois.

Moey ne dut entendre que le dernier mot.

— Sûr que c'est eux ! reprit-il.

Il s'en allait, avec ma bière. Je le rappelai.

— Eh ! dis donc ! Rends-moi ma canette !

Il but encore une grande gorgée avant de me la restituer. Juste à ce moment-là, j'aperçus Sammy qui traversait le plateau. Il était hors d'haleine. L'œil plus brillant que d'ordinaire, il me demanda où était la princesse Nirvena.

— Elle passe tout de suite après le lever du rideau et je ne sais pas où elle peut être ! Avec ça... Oh ! de la bière ! Formidable !

Il s'était emparé de ma canette, qui ne me revint que complètement asséchée.

— Avec ça, Moss est dans la salle. Il est rentré de Hot Springs en avion...

Il avait filé, escaladant l'escalier en trois enjambées. Je le suivis. Sans frapper, il pénétra dans la loge, en coup de vent. Une fois encore, ce fut la ruée vers les peignoirs et les kimonos. Gee Gee protesta.

— J'ai l'impression de m'habiller dans un hall de gare !

Sammy posa sur elle un regard courroucé.

— La princesse a disparu et il faudrait encore que je me préoccupe de frapper aux portes ! Est-ce que l'une de vous sait où elle habite ?

Personne ne le savait et tout le monde, d'ailleurs, s'en fichait. Jannine, pourtant, risqua une suggestion : peut-être bien que, fatiguée de jeter des perles aux cochons, Son Altesse avait mis les bouts avec Louie.

Sammy cria à Jannine qu'elle était cinglée et sortit en claquant la porte. Dès que nous fûmes bien sûres qu'il était loin, nous partîmes toutes d'un grand éclat de rire.

— C'est trop beau pour être vrai ! s'écria Gee Gee.

Dolly était bien de cet avis.

— Tu as raison ! dit-elle. Être débarrassées de ces deux-là en vingt-quatre heures, pas de doute, c'est fichtrement trop beau pour être vrai !

Une lueur malicieuse dans les prunelles, elle ajouta :

— Si elle a été assassinée, les flics auront du mal à nous coller ça sur le dos, à l'une ou à l'autre.

Jannine, qui allait sortir, s'arrêta, la main sur le bouton de porte.

— Qu'est-ce qui te fait croire qu'elle aurait été assassinée ?

Dolly ne répondit pas. Elle était trop occupée à brosser ses cheveux.

— Et, en admettant qu'elle l'ait été, pourquoi les flics auraient-ils du mal à nous coller ça sur le dos ?

Jannine, revenue près de Dolly, lui posait sa question de si près qu'il s'en fallait de très peu que la brosse de Dolly ne lui frappe le menton. Je n'aurais guère aimé que quelqu'un me parle sur ce ton-là, mais Dolly continuait tranquillement à lustrer ses boucles. Moitié riant, elle répondit :

— On ne sait pas où elle loge, n'est-ce pas ? Et, hier soir, on a bien quitté le théâtre toutes ensemble ? Et la boîte était bien pleine de flics, qui nous surveillaient ? Alors, comment une de nous pourrait-elle l'avoir tuée ?

C'était maintenant une lueur de triomphe, et non plus de malice, qu'il y avait dans ses yeux.

Jannine renifla et partit vers la porte. Avant de l'ouvrir, elle se retourna.

— Tu as pensé à tout ! dit-elle. Mais, *moi*, je ne me mouillerais pas comme ça pour un mec comme Russell !

12

Il n'y eut pas de princesse à la première matinée. Nous vendîmes admirablement notre salade sans elle.

Dès le baisser du rideau, Sammy nous appela pour une répétition. Les chorus-girls se mirent à travailler sur le plateau, cependant que nous allions répéter nos scènes dans le foyer des dames, sur le devant du théâtre. C'était une vaste salle, bien aérée et meublée de confortables fauteuils en osier. De hautes glaces couvraient les murs et les fenêtres étaient tendues de rideaux en satin damassé, derniers vestiges des jours de splendeur de l'Old Opera.

Sammy m'annonça que je serais l'épousée dans le final du mariage, de sorte que je commençai à me tracasser pour ma garde-robe. J'avais promis à Gee Gee de lui faire un costume de « strip », j'en avais deux à me faire pour moi et voilà maintenant qu'il me fallait aussi fabriquer une robe de mariée !

— D'autre part, ajouta Sammy, nous ferons aussi la *Boîte de Gazeeka.* C'est toi qui prendras le rôle.

Pour celui-là, je n'avais pas à m'en faire pour le costume : avec trois mètres de voile et un « triangle » pailleté, j'en verrais la farce.

Biff et Mandy répétaient un sketch. Je les regardais dans la glace et, les miroirs se renvoyant les images, j'avais l'impression de voir, non plus un seul Biff, mais six. Je me dis d'abord que, six Biff, ce ne serait pas désagréable. Puis, songeant à ses relations avec les flics, je décidai qu'un seul suffisait amplement.

— Écoute voir, Punkin !

Un des six Biff venait à moi.

— Pour la *Boîte de Gazeeka*, j'ai trouvé une nouvelle astuce. Quand Phil a fini le truc de l'*ala gazam, ala gazam*, nous enchaînons sur un bout de l'*Elixir d'Amour*.

Une nouvelle astuce ! La froideur de mon regard ne le décourageait pas. Il poursuivit :

— On ne jouera pas devant le rideau, mais dans le décor. Or, la vieille version de la *Boîte*, on l'a donnée il n'y a pas longtemps. Alors...

J'achevai pour lui.

— Alors, tu récris le sketch ?

— Tu l'as dit !

Phil vint nous rejoindre et la discussion continua avec lui. La *Boîte de Gazeeka* était une des scènes favorites de Moss. L'accessoire lui plaisait, cette « boîte de Gazeeka », dont il disait qu'elle lui rappelait un sarcophage. Peinte par Jake et capitonnée de satin rouge, la boîte formait un magnifique écrin pour une jolie fille. C'était l'histoire classique, de la femme qui est morte depuis deux mille ans. Le comique la regarde, elle lui fait un clin d'œil et il dit : « Pour une fille qui est clamsée depuis vingt siècles, elle a encore de bons yeux : quand elle voit un beau gosse, elle s'en rend compte ! »

Naturellement, chaque comique joue la scène dans sa version à lui.

— Et, pour ma sortie, demandai-je à Biff d'un ton glacé, qu'est-ce que tu prévois ?

— Eh bien ! Je t'envoie un bon jet de siphon sur les cuisses.

Tel quel ! Il y avait de l'eau à recevoir et l'inondation, c'était *pour moi* ! Quand je disais qu'un seul Biff était plus que suffisant !

Il me regardait d'un air si innocent que je compris qu'il espérait me voir exploser. Je me gardai de lui offrir cette satisfaction. Très digne, je lui déclarai qu'il pouvait chercher une autre femme nue.

— Et qui plus est, monsieur le petit rigolo, à partir de maintenant, tu joueras tes sketchs *sans moi* !

C'était une bonne réplique. Avec un geste dramatique, je me drapai dans mon kimono et me dirigeai vers la sortie. Ce n'est pas souvent que j'ai l'occasion d'avoir le dernier mot avec Biff. Cette discussion-là ne devait pas faire exception.

En effet, à peine avais-je mis la main sur le bouton que la porte s'ouvrit, non pas doucement, mais sous une brusque poussée. Elle m'arriva en plein sur le nez. Voilà pour mon effet. Biff éclata de rire. Sur quoi, il vit qui se tenait sur le seuil. Dans un dolman de pourpre sombre, avec des épaulettes tressées jaune d'or et des bottes rouges, la princesse Nirvena faisait sa réapparition à l'Old Opera !

Elle alla directement à Sammy.

— Je viens d'avoir une conversation avec M. Moss.

Le « Monsieur » était résolument ironique, mais Sammy prit la chose avec calme.

— Oui ?

— Dans le prochain spectacle, ma « spécialité » viendra juste avant le final du premier acte.

Ça, c'était une nouvelle gratinée ! Cette place au programme, c'était la mienne. J'aurais dû faire une scène dans la seconde, mais j'étais persuadée qu'elle mentait.

Dolly s'occupa de la chose à ma place.

— Alors, demanda-t-elle, le numéro de Gypper, il va où ?

Sammy sortit de son mutisme.

— Je peux toujours compter sur toi pour m'aider, n'est-ce pas ?

Sa voix était d'un ton au-dessus de son registre habituel. Dolly répondit avec aigreur :

— Je ne vois pas pourquoi tu m'engueules ! Si je veux le savoir, c'est pour mes changements !

Sammy laissa échapper les paperasses qu'il avait coutume de trimbaler. Elles s'éparpillèrent sur le sol et il se mit à genoux pour les ramasser.

— Gyp fait son numéro avec le public à ce moment-là et il dure plus longtemps que…

Dolly hésita à continuer. Ça se comprenait. Sammy était bleu.

— Fous-moi la paix avec tes changements ! cria-t-il. Que Moss aille au diable, lui et le putain de métier qu'il me fait faire !

Je le trouvais passablement drôle, tonitruant ainsi à quatre pattes, mais Dolly, se jugeant insultée, s'était levée. Frappant le parquet de ses deux poings, il tonnait toujours.

— Quand une strip-teaseuse me dira comment je dois diriger un théâtre, ce jour-là, j'ouvrirai un stand de hotdogs !

Dolly ricana.

— Toi, diriger un théâtre ? Laisse-moi rigoler !

Elle sortit là-dessus, claquant la porte sur elle avec force. Sammy hurlait. Je l'avais déjà vu en colère, mais jamais comme ça.

La princesse avait suivi la scène du fauteuil en osier dans lequel elle s'était assise. Elle fumait, secouant négligemment la cendre de sa cigarette sur le tapis. Un sourire satisfait sur son étrange visage, elle dit :

— Elle a un joli tempérament colérique, cette demoiselle Baxter... Comme en ont parfois les assassins... Ce n'est pas votre avis ?

Biff siffla doucement, avant de faire la grimace.

— Attendez de la voir quand elle est vraiment remontée.

La princesse s'en alla peu après et nous continuâmes à répéter. Je ne sais comment je réussis à suivre ce qu'on faisait, mais il s'agissait de scènes que j'avais jouées si souvent que je crois bien que j'aurais pu les donner durant mon sommeil.

Il plut toute la journée et toute la nuit. La loge de la cave étant inondée, la princesse, avant la matinée du nouveau spectacle, vint s'installer chez nous. Elle prit la place près de la fenêtre, non par choix, mais parce que nous nous étions arrangées pour que toutes les autres soient occupées. Histoire de la mettre à l'aise, on lui servit quelques petites remarques, du genre : « C'est drôle, ce qui monte du sol après la pluie ! » ou « Pour faire sortir les rats aussi, on inonde leur domicile ! »

Nous aurions aussi bien pu siffler dans un violon. Elle avait la peau dure. J'étais en train de m'échauffer en vue de lui dire tout ce que je savais d'elle quand, de l'air le plus sainte nitouche du monde, elle laissa tomber sa robe sur le parquet. Toutes, nous la regardions, les yeux écarquillés. La veille, ses seins étaient lourds et pendants. Aujourd'hui, ils se tenaient bien droits et je n'avais jamais vu plus voluptueuse poitrine. Sandra, malgré toute l'eau glacée du monde, n'obtiendrait jamais un tel résultat.

La princesse vit qu'elle faisait sensation. Elle s'exhibait. Après avoir bien paradé à notre intention, elle considéra son image dans la glace craquelée qu'elle avait devant elle en fredonnant.

Allongée sur le lit de camp, Gee Gee, délaissant son livre de mots croisés, avait levé la tête et suivait la scène avec intérêt.

— Dis donc, Gyp ! Un mot de quatre lettres, pour « paraffine » ?

Je vis la princesse pâlir, mais je n'avais pas encore compris pourquoi quand je suggérai « lard ».

La princesse cessa de fredonner. Tournant vers Gee Gee des yeux furibonds, elle dit :

— Qu'est-ce que vous insinuez ?

— Moi ? Rien du tout... Seulement, j'ai connu un type qui s'était fait injecter de la paraffine dans les joues, parce qu'elles tombaient. Ça faisait très bien... au début. Malheureusement, un soir, il est resté devant un bon feu et voilà-t-il pas que le truc s'est mis à fondre !

D'un geste irréfléchi, la princesse porta les deux mains à ses seins. Gee Gee, avec un soupir satisfait, retourna à son problème de mots croisés.

Je savais maintenant pourquoi la princesse avait manqué une représentation.

La seconde matinée avait été aussi éprouvante que le sont généralement les deuxièmes matinées, et peut-être un peu plus. Deux show-girls étaient absentes. On avait eu des pépins avec les décors. La « boîte de Gazeeka » n'était pas encore terminée et nous avions donné la scène devant une toile de fond représentant un palais. Russell, complètement paf, mangeait la moitié de son texte et j'en avais marre. Syndicat ou pas, je me faisais la malle !

Cette fois, ma résolution était prise. On avait reporté mon numéro au deuxième acte. Non seulement la princesse avait la place de la vedette – ma place –, mais c'était elle aussi qui, au final, entrait la dernière.

Moss me rattrapa comme je quittais le théâtre. Il ne me ferait pas revenir sur ma décision. Mes affaires étaient emballées et, si la direction de l'Eltinge était d'accord, il y aurait bientôt là-bas une nouvelle strip-teaseuse. Mais quelque chose dans l'attitude de Moss me contraignit à le suivre quand il ouvrit la porte de son bureau, tout près de l'entrée des artistes.

C'était un cagibi minuscule, avec tout juste assez de place pour une table et deux fauteuils. Moss avait bien « en ville » de splendides bureaux, avec standard téléphonique, peintures à l'huile et tout le bataclan, mais il préférait traiter ses affaires dans cette petite pièce. « Parce que c'est là que j'ai commencé », expliquait-il.

Moss se renversa dans son fauteuil tournant et, me considérant d'un œil rigolard, me dit :

— Alors, qu'est-ce que c'est que cette histoire qu'on me raconte ? Tu nous donnerais tes quinze jours de préavis ?

— Je m'en vais sans préavis. Poursuivez-moi, dis-je, en refusant la chaise qu'il m'offrait. Je ne serai en second sur l'affiche derrière personne, et surtout pas derrière une ruine aussi décatie que la princesse !

Il ne répliqua pas et je me sentis assez mal à l'aise. Bien sûr qu'il pouvait me poursuivre. Il avait retiré ses verres et les essuyait soigneusement avec un petit chiffon rouge. Ses mouvements avaient quelque chose de gracieux et, sans ses lunettes, il ressemblait assez à un artiste. Mais il avait l'air fatigué. Et pas seulement fatigué. Ennuyé…

Je me souvins brusquement de tout ce qu'il avait fait pour moi. Je me revis à Toledo. Combien je pouvais être fauchée, à ce moment-là, avec cette carte de restaurant sur laquelle je n'avais plus qu'un repas à prendre ! Il m'avait fait des promesses et il avait tenu parole. *Vedette*, maintenant, je l'étais ! Je m'assis.

— Je crois, dis-je, que ça me serait égal si elle n'était pas si crâneuse.

Moss remit ses verres et regarda le dessus poussiéreux de son bureau. Je poursuivis :

— Dans le théâtre, maintenant, c'est elle qui commande ! Elle rate une représentation, et personne n'a assez de cran pour seulement lui demander pourquoi elle n'est pas venue ! Elle se balade dans l'établissement comme s'il lui appartenait et elle nous toise du haut de sa grandeur. J'ai du mal à encaisser ça !

Je me mordis les lèvres pour ne pas pleurer de rage. C'est toujours comme ça quand j'essaie de défendre mes droits. Les arguments qui comptent, je les oublie et je raconte des niaiseries sans intérêt. La princesse me snobait ? Et après ?

Très calme, Moss attendait que ma colère soit retombée. Il avait l'habitude des récriminations et sa tactique de silence lui réussissait presque toujours. Je poursuivis sur un ton tout à fait différent, celui d'une femme qui discute posément une affaire.

— Je ne tiens pas à m'en aller, monsieur Moss. Tout ce que je demande, c'est que les choses continuent comme elles étaient ! Je veux rester au programme à mes places habituelles et je ne veux pas qu'au final elle entre en scène après moi. Du moment que les autres entrent sur *Happy Days*, elle peut faire comme elles ! Seize mesures de *Beautiful Lady* pour sa dernière entrée, vous vous rendez compte ? Pour ce qui est de son « strip », elle peut finir en retirant son dentier, ça m'est égal. Ce que je ne veux pas, c'est venir derrière elle. *Et j'ajoute* que je ne m'habillerai pas dans la même loge qu'elle !

Soulagée de tout ça, je me carrai dans un fauteuil et attendis. Moss demeurait muet. Alors, j'éclatai.

— Vous ne pouvez pas savoir ce qu'elle est odieuse !

Sur quoi je me rappelai...

— Excusez-moi, monsieur Moss !... Je regrette... Je...

D'une voix posée, il me dit :

— Tu l'as reconnue, hein ?

Je répondis d'un signe de tête. Il reprit :

— Il y a longtemps et elle a beaucoup changé. Elle était jolie en ce temps-là, n'est-ce pas ?

Il n'y avait pas tellement longtemps. Deux ans, c'est peu. De même, je ne pouvais pas dire que je l'avais jamais trouvée jolie. À l'époque, elle était blonde et tout le monde savait que Moss était amoureux d'elle. Il ne l'aimait pas comme il aimait sa femme et ses deux grands garçons, mais il était tout de même gentiment chipé. Elle ne méritait pas tant. J'avais travaillé avec elle à Toledo. Elle était chorus-girl. Au bout d'un moment, elle avait quitté le théâtre et on m'avait dit que Moss l'avait installée.

— Tu sais, reprit-il, qu'elle est allée en Amérique du Sud ? Maintenant, elle est revenue...

Il avait remis ses lunettes et remuait des papiers sur son bureau.

— Oui, elle est revenue... Des lettres, des chèques, des extraits de registres d'hôtel... Elle... Elle est folle de théâtre !

Je ne saisissais pas. Je répétai :

— Folle de théâtre ?

— Oui. Elle veut quitter le burlesque et que je monte un spectacle pour elle. Je lui ai demandé d'attendre et elle attend.

Il croisa les bras sur son gros ventre et laissa tomber son menton sur sa poitrine.

Qu'elle veuille quitter le burlesque, je comprenais très bien. Mais un spectacle pour elle ! Qu'est-ce qu'elle y ferait ? Elle n'était même pas fichue de parler et, avec sa dégaine de femme fatale, un directeur de troupe ambulante n'aurait pas voulu d'elle dans les ensembles. Je dis franchement à Moss ce que j'en pensais.

— Mais, s'écria-t-il, elle ne veut pas jouer dans les ensembles ! Elle veut la vedette. Je dois lui donner ma réponse demain matin. Sinon, elle ira trouver…

Je l'aidai à finir.

— Votre femme ?

Il hocha lentement la tête et écrasa dans un cendrier son cigare, déjà froid. Je me levai.

— Je vais dire à Sammy que je reste.

Là-dessus, je sortis, fermant doucement la porte derrière moi.

13

Le corps de la princesse Nirvena fut trouvé ce soir-là. Elle avait été étranglée avec un morceau de fil interdentaire. Les strass d'un cache-sexe scintillaient sous son oreille droite.

Ce fut Jake qui découvrit le cadavre. Il avait amené la « boîte de Gazeeka » au milieu du magasin des accessoires. Il voulait la finir rapidement, afin qu'on puisse s'en servir dans les derniers jours de la semaine. Il devait expliquer plus tard qu'il l'avait bien trouvée un peu plus lourde que d'ordinaire, mais que ça ne l'avait pas tellement frappé, à cause des roulettes qu'il y avait dessous et qui permettaient de la déplacer facilement.

Il avait peint un des côtés en rouge vif et il venait de commencer à travailler sur le panneau de devant. Tout d'abord, il avait cru que la peinture avait coulé : un filet rouge sortait du fond de la caisse, à l'endroit où se trouvait la porte. Quand il l'ouvrit, le corps tomba. Le sang provenait d'une blessure au bras, une profonde entaille qui courait de l'épaule au coude.

Je ne vis pas le cadavre. En fait, je n'appris le crime que lorsque les flics vinrent me prier de monter à la loge des hommes.

Le sergent était assis à la même table. La pièce sentait toujours la sueur et le costume de théâtre. Les questions étaient les mêmes. On aurait dit un spectacle que nous avions répété. D'abord, la mort de La Verne. Maintenant celle de la princesse !

« La Verne, me disais-je, c'était la répétition générale. La vraie représentation a lieu maintenant. »

Le badinage de la première enquête avait disparu. Les visages étaient tendus et personne ne se regardait. La police ne nous avait pas laissé le temps de nous débarbouiller. Le maquillage avait coulé sur la joue de Dolly et le faux nez de Mandy était cabossé.

Le sergent interrogeait Biff.

— Vous dites que l'accessoiriste vous a appelé quand il a découvert le corps ? Pourquoi vous a-t-il appelé, *vous* !

— Peut-être bien parce que je passais. Vous comprenez, le final venait de s'achever et les autres étaient déjà montés. Je me préparais à aller dire à Jake de se dépêcher de remettre la « boîte de Gazeeka » en état, parce que, sans elle, le sketch tombait à plat. J'étais à cinq ou dix mètres du magasin quand j'ai entendu la voix de Jake. Il a poussé une sorte de cri, puis il a dit : « Nom de Dieu ! » Là-dessus, il est sorti du magasin, il m'a vu et il m'a dit de me dépêcher ! Il était là avec son pinceau à la main, tout dégoulinant de rouge. J'ai d'abord cru qu'il s'était blessé. Puis, je me suis aperçu que ce n'était pas la souffrance qui l'immobilisait, mais la peur. Il était comme pétrifié. J'ai avancé et je l'ai vue, elle, baignant dans une mare de sang.

Biff se tut et, durant un instant, on n'entendit dans la pièce que le tic-tac d'une montre, celle de Biff, qu'il tenait à la main. Il la regarda et reprit :

— S'il est exact qu'elle a été tuée autour de 5 heures et demie, 6 heures, il y a maintenant quelque chose comme six heures qu'elle est morte.

Le sergent le dévisagea.

— Comment êtes-vous au courant de ce que contient le rapport du médecin-légiste ?

— Je me suis débrouillé pour le savoir.

Le ton était d'une parfaite innocence. Je remarquai que Jiggers semblait mal à l'aise. Biff continuait :

— Je ne m'y connais guère en fait de macchabées, mais, le sang, il se coagule, non ?

Le sergent ne répondit pas. Il regardait Jiggers. Biff, qui n'avait rien remarqué, enchaînait.

— Quand j'ai vu tout ce sang, je me suis dit qu'il s'était sans doute amassé dans le fond de la boîte et que Jake, en la bougeant, avait probablement ouvert la porte, juste un tout petit peu. Alors, pendant qu'il appelait les flics… je veux dire la police, j'ai regardé le corps. La main était sur le côté, la paume en l'air. C'est là que j'ai vu la coupure. Une longue coupure, près du pouce. Mais, celle-là, toute sèche, pas gluante, comme l'autre, la blessure du bras.

Le sergent étudia avec attention un des papiers posés sur la table.

— Cette blessure est mentionnée dans le rapport. C'est bien une coupure, mais elle remonte à un jour ou deux et n'a rien à voir avec l'affaire. Et qu'avez-vous encore… observé, tandis que vous vous trouviez seul avec le corps ?

Biff se gratta l'oreille et réfléchit dur.

— J'ai remarqué le cache-sexe, bien sûr. Mais je n'y ai pas touché. Je n'ai touché à rien.

— N'est-il pas inhabituel qu'une des vedettes du spectacle manque une représentation ?

La question s'adressait à Sammy, qui, adossé à la porte, sursauta quand il se rendit compte que c'était à lui que le sergent avait parlé.

— Hein ?

— Comment se fait-il que personne ne se soit aperçu de l'absence de la princesse à la représentation ?

— Elle en avait déjà manqué une, répondit Sammy, et, pour vous dire la vérité, j'étais rudement content qu'elle ne soit pas là. Elle causait plus de problèmes. À part ça, tout le monde s'est inquiété de son absence. J'ai dit qu'elle prenait un peu de repos...

— Un repos véritable et qui durera, murmura Jannine.

Le sergent lui demanda ce qu'elle avait dit.

— J'ai dit, répondit-elle, qu'elle allait prendre un vrai repos, et qui durerait. J'ajoute que, sapristi, je voudrais bien me reposer aussi ! Qu'est-ce que ça signifie, ça, de nous retenir tous ici ? Si elle a été tuée à l'heure du dîner, comment l'un de nous pourrait-il être coupable ? Nous mangeons tous ensemble ! Gyp, Biff et Dolly savent que je n'ai pas quitté le restaurant et je sais qu'ils ne l'ont pas quitté. Demandez aux autres avec qui ils ont mangé et finissez-en !

Elle s'en allait vers la porte. Personne ne la retint. Au moment de sortir, elle se retourna.

— Seulement, *moi*, je n'attendrai pas qu'on me zigouille !

Au bout d'un instant, Jake se racla la gorge.

— Je voudrais vous dire quelque chose, déclara-t-il d'un ton hésitant. C'est à propos de la « boîte de Gazeeka ».

— Allez-y ! répondit le sergent. Ça m'intéresse. Pour cacher un corps, c'est un endroit excellent. Le magasin des accessoires est très frais et la décomposition ne serait pas intervenue avant un certain temps. Le cadavre pouvait fort bien demeurer ignoré jusqu'au moment...

— Jusqu'au moment où on aurait ouvert la boîte en scène ! s'écria Russell, très pâle.

— Non, dit Jake. Il fallait que je la recapitonne.

Ses doigts jouaient machinalement avec un marteau accroché à son bleu par une grosse agrafe. Je remarquai qu'il y avait de la peinture rouge sur le manche. Ou peut-être du sang ? Je frissonnai à cette pensée.

— Mais, reprit Jake, ce que je voulais dire, c'est que je n'ai pas bougé du magasin pendant toute la représentation. Il y avait un tas de choses qui n'étaient pas prêtes pour le spectacle d'aujourd'hui et tout le monde me relançait. On n'a pas pu mettre le corps dans la boîte. Sans ça, je l'aurais vu.

— Le corps n'a pas été placé dans la caisse durant la représentation, répondit le sergent sans impatience. La princesse n'a pas été assassinée avant 5 heures et demie, 6 heures. Le spectacle a pris fin à 5 heures 12.

Jake secouait désespérément la tête.

— D'accord ! D'accord ! Mais après le spectacle, tout le monde est allé manger. Je ne suis sorti que plus tard, et seulement pour aller au coin de la rue boire un café... Personne n'a pu la mettre dans la boîte à aucun moment. En m'en allant, j'ai fermé à clé.

— Était-ce exceptionnel ? demanda le sergent.

— Non. Il faut que je tienne tout sous clé. On me fauche tous mes accessoires. Il n'y a pas plus de huit jours, quand nous faisions la scène du restaurant, je me suis fait barboter toutes les assiettes dont on se servait. Dans le même temps, j'ai surpris un certain comique – je ne veux nommer personne – qui sortait du théâtre avec un paquet si lourd que c'est tout juste s'il pouvait le porter. Alors, je suis allé le trouver et je lui ai dit « Qu'est-ce que tu trimbales là-dedans ? » Il est devenu pâle comme un spectre. « Ma blanchisserie ! » qu'il m'a répondu. Sa blanchisserie ! Un type qui, de sa vie entière, n'a jamais eu plus d'une chemise à la fois !

Mandy, dont les yeux fixaient obstinément un point dans un coin de la pièce, bondit.

— C'est un mensonge !

— Qu'est-ce qui est un mensonge ? répliqua Jake. Que tu m'as fauché mes assiettes ou que tu n'as jamais eu qu'une chemise ?

Mandy garda un silence outragé. Je savais qu'il n'avait pas vraiment volé les assiettes en question. On finissait toujours par les casser en scène. Il emportait les morceaux, reconstituait les assiettes brisées et, quand les neuves arrivaient, il faisait l'échange.

Quant à Jake, dès qu'il s'agissait de ses satanés accessoires, il devenait tatillon comme une vieille femme. Pourtant, c'était la première fois qu'il accusait Mandy.

— Ce qu'il y a de sûr, reprit-il d'un ton hargneux, c'est que quand ton paquet est tombé par terre, pour du linge, il a fait un drôle de potin !

— Et c'est pour cela, demanda le sergent, que vous tenez fermée la porte du magasin ?

— Pour ça... et parce que j'ai déjà eu des expériences du même genre.

— Vous prenez votre travail très à cœur, n'est-ce pas ?

Jake frappa du poing la table branlante.

— Ça, vous pouvez le dire ! Pour H.-I. Moss, je ferais n'importe quoi. Il a été très chic avec moi, un jour, et je ne l'oublierai jamais.

Le sergent sollicita quelques explications complémentaires et Jake les donna volontiers, racontant comment Moss lui avait fait cadeau de cinq cents dollars pour envoyer sa femme, malade, dans l'Arizona. Jake n'avait même pas eu à demander l'argent : il l'avait trouvé dans son enveloppe de paie.

— Une dette comme ça, conclut-il en toute simplicité, on ne peut jamais la payer.

— Ça dépend, répondit le sergent. Quelquefois, on trouve le moyen.

— Qu'est-ce que vous voulez dire par là ?

— Je veux dire, expliqua le sergent, que, si vous aviez appris que quelqu'un faisait chanter votre bienfaiteur, vous auriez peut-être trouvé très normal de... disons disposer de ce quelqu'un.

Jake avait fait un saut en l'air, comme si on lui avait tiré dessus.

— Ce n'est pas moi ! cria-t-il. Je lui ai dit de disparaître, mais je ne l'ai pas tuée. D'abord, je ne l'avais même pas reconnue. Et après, elle m'a raconté que c'était lui qui l'avait suppliée de revenir. Avec ses fourrures, ses grands airs et tout le reste, je savais bien qu'elle mentait. Je lui ai dit qu'elle le faisait chanter. Elle a éclaté de rire et...

Le sergent interrompit brusquement le monologue.

— À 6 heures, où étiez-vous ?

— J'étais en train de manger. J'avais apporté mon dîner dans ma gamelle.

— Avec qui étiez-vous ?

— J'étais... J'étais seul... Mais je ne l'ai pas tuée !

Il baissait la tête, mais j'étais convaincue qu'il disait la vérité. Jake un assassin ? Jamais !

Le sergent était d'un autre avis. Il bombardait Jake de questions. Jake s'en tenait à son histoire : il avait mangé le contenu de sa gamelle tout de suite après la représentation, il était allé prendre une tasse de café au drugstore du coin et il était revenu au théâtre.

— Et vous avez directement regagné le magasin ?

— Oui...

La scène me devenait insupportable. J'aurais préféré voir Jake cuisiné carrément.

— Excusez-moi, dis-je. Même si vous croyez que Jake avait une raison de tuer la princesse, ça n'explique pas la mort de La Verne. Or, vous avez dit vous-même qu'il n'y avait probablement qu'un seul assassin.

Le sergent donna un ordre à un de ses flics qui vint bientôt poser sur la table une gamelle en fer-blanc.

— Cette gamelle, c'est la vôtre ?

Gee Gee intervint.

— Attends, Jake ! Ne réponds pas ! C'est encore un de ses trucs. (S'adressant au sergent, elle ajouta :) Toutes ces gamelles se ressemblent ! Comment voulez-vous qu'il vous dise si c'est la sienne ou non ?

— J'ai dans l'idée qu'il pourra l'identifier, répondit le sergent.

Il ne se trompait pas. Jake reconnaissait sa gamelle.

— Au coup qu'elle a pris sur le côté, précisa-t-il.

Gee Gee grogna. Le sergent, cependant, retirait du récipient un morceau de carton à peu près grand comme une carte à jouer. Je n'étais pas assez près de la table pour voir de quoi il s'agissait, mais Sandra parla.

— C'est le portrait de la mère de La...

Elle s'arrêta net.

— Exactement, dit le sergent. Nous l'avons découvert dans cette gamelle que Jake reconnaît comme lui appartenant.

Jake essayait de s'emparer de la photo que le sergent tenait hors de sa portée.

— Je l'ai trouvée ! criait-il. Je vous jure que je l'ai trouvée. Dans l'escalier, le soir où La Verne a été tuée. C'est quand je suis monté pour mettre les scellés sur la porte que je l'ai trouvée. J'avais l'intention de la lui rendre, mais, quand j'ai entendu qu'elle avait été volée, j'ai eu peur. Tout de même, vous ne pouvez pas m'arrêter à cause d'une photo que j'ai trouvée sur les marches d'un escalier !

— Nous n'envisageons nullement de vous arrêter, répondit le sergent. Du moins, pas encore... Tout ce que nous voulons, c'est la vérité... la vérité vraie... Voyons un peu...

Il fourrageait dans ses papiers qui commençaient à me faire songer à la fameuse serviette de Russell. J'avais de plus en plus l'impression qu'ils n'étaient que des accessoires dont il se servait pour se donner l'air important.

— Cette photo est la seule chose que vous ayez trouvée dans l'escalier ?

— Oui.

— Vous n'auriez pas vu un cadre ? Ou, peut-être, un papier ?

— Non.

Le sergent était sur le point d'abandonner Jake. Il ne semblait plus, en tout cas, avoir d'autres questions à lui poser. Mais Jake reprit :

— Stachi peut vous le dire. Il était assis près de l'entrée de scène avec l'Ermite. Ils ont dû me voir.

— L'Ermite ? Qui est-ce ?

— C'est le machiniste qui est dans le cintre. Il était là, avec Stachi, en train de parler quand... Mais non, il n'était pas là. Je confonds avec la fois où les deux filles se sont battues...

Jake se gratta l'oreille, puis passa sur son visage émacié une main maculée de peinture.

— Je crois que je deviens cinglé. En fait, cette fois-là, je ne les ai pas vus du tout.

— Tu aurais pu me voir.

Je me demandai d'abord qui avait parlé. Puis j'aperçus Stachi debout près de la porte.

— J'étais dans mon fauteuil en train de faire la sieste...

Il avança dans la pièce. Lorsqu'il entra dans la lumière, je vis les veines de son front gonflées et bleues, son pull marron effiloché au coude. Autour du cou, il portait un morceau de flanelle souillée maintenu par une épingle de nourrice. Une odeur d'acide phénique flottait autour de lui et évoquait l'hôpital.

— Il est passé devant moi, à la porte, dit-il. Comme je vous le disais, je somnolais. Malgré ça, je l'ai vu monter l'escalier. Quand il est redescendu, un moment après, je l'ai vu se baisser pour ramasser quelque chose... C'était peut-être bien la photo.

De petites gouttes de sueur lui faisaient le visage luisant et il avait l'air de ne pas tenir sur ses jambes.

— Tu n'es pas bien, lui dis-je. Je vais aller te chercher quelque chose. De l'aspirine, par exemple...

J'avais à demi quitté mon siège. Stachi recula d'un pas.

— Pas la peine ! Ça va très bien !

Il allait sortir. Le sergent le rappela.

— Un instant, voulez-vous ? N'est-il pas possible que quelqu'un d'autre soit passé devant vous tandis que vous dormiez ? Soit pour entrer, soit pour sortir, bien entendu.

— J'ai dit que je somnolais, et non pas que je dormais. Mon boulot consiste à rester là. Je n'ai donc pas bougé de la porte pendant toute la soirée.

— De sorte que si quelqu'un était passé devant vous, vous le sauriez ?

— Évidemment. Il n'y a eu personne.

Comme Stachi sc remettait en route vers la porte, un policier esquissa un geste pour le retenir, mais le sergent secoua la tête.

— Laissez ! dit-il. Je lui parlerai plus tard.

Le bras du policier retomba. Je le reconnus : c'était le flic d'Alice. Il promena un regard timide autour de la pièce. Il vit Alice et lui sourit. Elle essaya d'en faire autant et fondit en larmes.

— Allons, allons, mon petit ange. Il ne faut pas pleurer.

Il alla à elle pour lui offrir un mouchoir de la dimension d'un drap de lit. Après quoi, s'excusant du regard auprès du sergent, il administra de petites tapes amicales sur la tête blonde d'Alice. Tout en reniflant, elle articula un « merci » plein de modestie, puis releva le front dans une attitude qui était à la fois de triomphe et de défi.

— Elle l'a bien harponné ! murmura Gee Gee pour mon seul bénéfice.

Alice affichait le plus serein des sourires.

14

— Eh ! Un paquet pour Gypsy Rose Lee...

La voix sonore d'un garçon de courses entrait dans la loge avec l'acuité d'un ouvre-boîte.

— Ça vient de chez Dazian, ajouta la voix.

Je me tournai vers le sergent.

— Du tissu pour mes costumes. Je n'en ai que pour un instant. Vous permettez que j'aille voir ?

Le sergent me demanda de faire vite.

En bas, dans notre loge, je trouvai un gosse qui avait du mal à empêcher ses yeux de quitter leurs orbites.

— C'est ici qu'on l'a trouvée ? fit-il.

— Non, répondis-je. D'ailleurs, je ne veux pas parler de ça.

Il eut l'air si déçu que j'ajoutai :

— Elle était dans la « boîte de Gazeeka ».

Il me remit mon paquet et me fit signer un reçu.

— Dans la « boîte de Gazeeka » ? Était-elle ?...

— Ça va ! dis-je d'un ton net.

Il se mit à grommeler.

— Au drugstore, les gars n'arrêtent pas de me poser des questions et je ne sais pas quoi leur répondre ! Je ne sais rien alors que je suis ici tout le temps ! C'est dégoûtant !

Il rouspétait encore en me quittant.

Le lourd paquet était posé sur une chaise. Je savais ce qu'il contenait et cela suffit à me rappeler à la réalité. J'avais quatre costumes à faire pour le prochain spectacle. Je décidai de m'y mettre dès le lendemain. Puis, je me demandai si je serais encore vivante au moment de les porter. Et même au moment de les faire.

Un bruit de pas dans l'escalier me rappela qu'on m'avait recommandé de faire vite. Sur les marches, à peu près à mi-chemin, je rencontrai un flic qui descendait.

— Le sergent demande si…

Il n'acheva pas, il venait d'apercevoir quelqu'un qui descendait par les échelons fixés dans le mur de brique. Il saisit son arme et cria :

— Arrêtez ! Arrêtez ! Ne bougez plus !

Je l'attrapai par le bras, tout en lui disant qu'il ne s'agissait que de l'Ermite, mais il ne m'entendit pas. L'Ermite eut tellement peur qu'il manqua son échelon, une jambe dérapant et l'autre tremblant dans le vide. Il avait l'air d'un de ces jouets qu'on accroche dans les arbres de Noël.

— T'inquiète pas, Hermie ! hurlai-je. Je viens !

Je dégringolai l'escalier pour aller à son secours.

Il s'était ressaisi et terminait lentement sa descente quand j'arrivai sur le plateau. Le flic le couvrit de son arme jusqu'à ce qu'il ait mis le pied sur le dernier échelon. Dans la pénombre, l'Ermite tourna vers moi un visage livide.

— Merci ! J'ai eu une belle trouille ! (Pour le policier, il ajouta :) Alors, quoi ? Un homme n'a plus le droit de rentrer chez lui sans qu'on le menace de lui envoyer du plomb dans les boyaux ?

— Quand il y a eu deux assassinats dans une boîte en quarante-huit heures, répliqua le flic, personne n'a plus le droit de rien !

Empoignant l'Ermite par le bras, il l'entraîna vers l'escalier.

J'allais les suivre quand je vis la lumière dans les cintres. Elle s'alluma une seconde et s'éteignit tout de suite.

— Attendez ! m'écriai-je. Regardez là-haut ! Il y a une lumière qui vient de s'allumer et de s'éteindre.

Les deux hommes levèrent la tête dans la direction que je leur indiquais du doigt. La lumière avait disparu.

— Ça peut revenir ! dis-je.

Le flic me regarda d'un air sceptique.

— Ça ne peut pas être une lumière, déclara l'Ermite. J'ai tout éteint.

Était-ce mon imagination ou était-il vraiment désireux que nous ne restions pas là ? Il s'était remis en route. Le flic, après une seconde d'hésitation, le suivit. J'insistai encore.

— On aurait dit une torche électrique.

Le policier me répondit d'une voix très calme :

— Écoutez, ma petite dame ! Nous avons assez d'ennuis comme ça ! Nous avons un assassin, et peut-être bien deux, à trouver. Alors, disons que c'était une torche électrique et n'en parlons plus. Venez !

Tandis qu'il parlait, je me souvins brusquement de quelque chose que j'avais vu le soir où La Verne avait été étranglée. Bousculant l'Ermite et le flic, je me lançai vers l'escalier. Quand j'arrivai à la loge, j'étais trop essoufflée pour dire un mot. Le sergent m'invita à m'asseoir. Je ne pouvais pas. J'étais trop énervée.

— Le soir où La Verne a été assassinée, je...

Tout le monde avait les yeux fixés sur moi. Je me rendis compte soudain que ce que j'avais à dire ne méritait peut-être pas toute l'attention qu'on m'accordait.

— Bon ! repris-je avec embarras, ce n'est probablement pas grand-chose. Biff et moi, quand on est allés sur le palier pour crier à l'Ermite de venir se joindre à notre petite fête – c'était le soir de la mort de La Verne –, Hermie nous a répondu qu'il ne voulait pas descendre, mais qu'il prendrait bien un peu de bière. Alors, Biff est retourné à la loge pour lui en chercher...

— C'est exact, dit Biff. J'en ai pris deux bouteilles.

— Pendant que Biff était dans sa loge, j'ai vu « l'ascenseur » qui descendait. Il a cogné contre ce mur et j'ai remarqué quelque chose qui brillait...

Le sergent regardait le flic qui tenait l'Ermite.

— Sur le moment, j'ai cru que c'était un bout de frange...

Le sergent ne m'accordait qu'une faible attention, à cause du flic qui lui avait adressé un coup d'œil éloquent.

— Tout à l'heure, elle a vu une lumière ! dit-il. À ce qu'elle prétend. Moi, je n'ai rien vu.

— Cette lumière, je l'ai bel et bien vue ! Et, le soir où La Verne a été tuée, j'ai vu la « pointe » avec laquelle elle a été étranglée !

Je n'avais pas eu l'intention de me montrer si affirmative, mais l'incrédulité que je lisais sur le visage du flic m'exaspérait. Avec assurance, j'ajoutai :

— Ce qui pendait de l'« ascenseur », c'était ça.

Je ne pense pas qu'on m'aurait crue si le cintrier ne s'était effondré.

— Je ne sais rien. Parole !

Et après avoir dit ça, voilà que l'Ermite se replie comme un accordéon et tombe à moitié évanoui dans les bras de son flic ! Il s'arrangea pour bafouiller quand même :

— Il m'a dit que si jamais je rapportais qu'il était là-haut, il me brûlerait la gueule. Il a un pétard et je sais qu'il l'aurait fait. Mais je voulais raconter tout ça ce soir. Je ne pouvais plus y tenir.

Il est toujours là-haut. La lumière qu'elle a vue, c'était ça !

Le sergent attendait la suite, mais le pauvre type, mort de peur, ne pouvait plus que murmurer entre ses dents.

— Il a un pistolet… un pistolet…

— Mais qui a un pistolet ? lui demanda le policier.

L'Ermite le regarda d'un air stupide.

— Je ne sais pas. Je ne l'avais jamais vu avant.

La peur lui tordait encore les tripes quand, un peu plus tard, le sergent donna à ses hommes l'ordre de s'emparer de l'individu qui était dans les cintres.

— Attendez !

L'Ermite s'était repris.

— Pour grimper là-haut, expliqua-t-il, il y a deux échelles, une de chaque côté de la scène. Si on monte à la fois par les deux, on peut le coincer…

Biff et les deux comiques, Mandy et Joey, suivirent les flics. Du palier, je les regardais.

L'Ermite disait maintenant qu'il y avait une passerelle qui, dans le cintre, courait du côté « cour » au côté « jardin ».

— Elle est plutôt étroite, ajoutait-il. Nous ne nous en servons que quand il y a des réparations à faire à des décors. Alors, vous feriez aussi bien de me laisser passer devant…

— Pour un type qui, il n'y a qu'un instant, était paralysé par la peur, me souffla Gee Gee à l'oreille, il se comporte comme un héros. Il n'a pas dit qui c'était ?

Je lui répondis que non. Mais, pour ma part, j'étais à peu près fixée.

Je dus me pencher sur la balustrade pour voir Biff. Il était sur une des échelles montant vers le cintre.

— Biff ! criai-je. N'y va pas ! Il est armé et…

— Écoute !

Les ongles pointus de Gee Gee s'enfonçaient dans la chair de mon avant-bras.

Dans le cintre, une voix tonnait :

— Vous ne me ferez pas rôtir ! Vous ne me mettrez pas sur la chaise !

C'était la voix de Louie !

Le sergent répondit :

— Tu es fait ! Rends-toi et descends tranquillement !

Les policiers montaient à l'assaut du mur.

L'un d'eux cria à Louie :

— Balance ton flingue et rends-toi !

Louie répondit par une balle. C'était la première fois que j'entendais claquer un coup de pistolet. Il y eut seulement un petit sifflement, puis un bruit mat.

— C'est horrible ! dit Dolly, les dents serrées. Il ne peut pas leur échapper.

C'était exact. Il y avait des flics sur les deux échelles.

— La première tête qui se montre, hurla Louie, je la fous en l'air !

Il y eut un second coup de feu. Un juron, un grognement de douleur, puis le silence.

À voix basse, le sergent donna des ordres et, brusquement, toutes les lumières s'éteignirent. Les policiers allaient poursuivre leur ascension dans l'obscurité. Les doigts de Gee Gee pénétraient de plus en plus profondément dans ma chair. Nous entendions les boutons de cuivre des uniformes qui frottaient sur le mur de brique.

Clac ! Clac ! Réfugié sur l'étroite passerelle, Louie tirait dans le noir, à l'aveuglette. Un coup de feu encore, puis un fracas de verre brisé.

— Cette fois, murmura Dolly, il a dégringolé une « casserole ».

Clac ! Puis clic ! clic ! clic ! La voix du sergent emplit le théâtre.

— Il n'a plus de munitions ! Lumière ! Lumière !

Sur le plateau, tout s'alluma d'un coup : la rampe, les herses, les portants, les traînées, toutes les ampoules à la fois, les rouges, les bleues, les « casseroles » aussi. Aux deux extrémités du mur, des uniformes bleus se déplaçaient lentement. On aurait dit des mouches. Ils cernaient un homme seul que j'apercevais sur l'étroite passerelle, les genoux fléchis, les traits contractés, un homme au visage grimaçant qui ne pouvait plus rien espérer.

Venant du côté « jardin », avec des précautions infinies, l'Ermite avançait vers lui. Louie braqua sur lui son arme inutile, pressa vainement la détente – clic ! – puis, avec un juron, lança son pistolet à la tête du cintrier. Il manqua son but. L'arme tomba sur la scène.

L'Ermite approchait. Du côté « cour », un policier approchait, lui aussi. Le regard de Louie allait de l'un à l'autre.

Louie hurla :

— Vous ne m'aurez jamais !

Puis il plongea, la tête en avant.

Gee Gee poussa un cri, tandis qu'après avoir raclé les rideaux, le corps s'écrasait sur le plancher avec un bruit sourd et dans un nuage de poussière. Dolly s'évanouit. Si Gee Gee ne l'avait pas rattrapée, elle aurait dégringolé en bas de l'escalier.

Un flot de lumière baignait le corps brisé qui gisait au milieu de la scène. Une force irrésistible me poussa à descendre. Les flics approchaient, pistolet au poing.

Leurs armes étaient inutiles. Sa main rugueuse crispée sur un lambeau de rideau pailleté d'or, Louie était mort.

15

Nous déjeunions sur le pouce, Biff et moi.

— *Les dix mille dollars n'ont pas été trouvés sur le truand...*

Biff, qui me faisait à haute voix la lecture du journal, s'interrompit et me regarda.

— Je continue, Punkin ?

Du fond du drugstore me parvenait la voix du régisseur. « Bien sûr que j'étais là. Il m'est presque tombé dessus ! » L'attention qu'il recueillait d'auditeurs aux yeux écarquillés me donna encore moins d'appétit que les deux œufs qui, devant moi, me regardaient fixement.

Je repoussai mon assiette et j'acquiesçai.

— *Il n'avait dans ses poches que de la menue monnaie et trois cents dollars seulement dans son portefeuille. Le barman a déclaré que c'est lui qui avait remis ces billets à Grindero. En page 10, un récit de George Johnson, en exclusivité.*

— C'est le nom du barman ? demandai-je.

Biff passa à la page 10, trouva l'article et poussa une exclamation.

— Ça, alors ! Tu sais qui c'est, George Johnson ? Eh bien ! c'est l'Ermite !

L'odeur qui se dégageait de derrière le comptoir, cette odeur infecte où se mêlaient l'eau de vaisselle, le Coca-Cola, la salade d'œufs et la crème glacée, me soulevait le cœur. Biff jeta quelques pièces sur le zinc.

— Viens, Punkin ! On va marcher un peu.

Dans la rue, il roula son journal en boule et le jeta dans un panier. Nous allions vers le parc.

Nous passâmes devant le bar de Louie. Un Noir vidait dans une boîte à ordures la poussière de la nuit avec ses débris de bretzels et ses mégots.

— Maintenant que Louie est parti, me dit Biff, j'aimerais bien savoir à qui va aller son bar.

— Peut-être à Moey, répondis-je. Il m'a dit qu'il était vaguement parent avec Louie.

Nous passâmes devant la salle de billard, puis devant le salon de coiffure et, brusquement, le paysage changea. De superbes immeubles, loués en appartements, s'alignaient le long du trottoir. Il y avait, à droite et à gauche des portes, des arbres qui poussaient dans des coffres en ciment. De loin en loin, un portier au bel uniforme se tenait raide comme au garde-à-vous. On se sentait dans un quartier cossu.

— Quand je serai riche, j'habiterai un de ces immeubles, dis-je.

— Oui, et moi je serais le portier, rit Biff.

Le parc était devant nous. La pluie avait lavé le feuillage des arbres, on aurait dit qu'ils avaient été aspergés de brillantine.

Nous regardions les enfants jouer à travers les barreaux de la haute clôture. Ils étaient apprêtés et peignés et tous avaient des gouvernantes qui les surveillaient.

— Pour des gosses de riches, ils ont l'air anémiques, non ? demanda Biff.

— Quand j'avais son âge, dis-je, le doigt pointé sur une gamine d'environ sept ans, ça faisait des années que j'étais dans le show-business.

Ce à quoi Biff répondit que moi, je n'avais pas l'air anémique.

Nous restâmes un instant silencieux. Pour la première fois depuis bien des jours, j'avais le sentiment d'avoir la paix. Je retirai mon chapeau pour le plaisir de sentir le vent passer dans mes cheveux.

— Biff ? C'est à Louie que tu penses ?

— Pas tellement à lui qu'à d'autres choses. Par exemple, ce n'est pas lui qui a pu me fourrer cette sacrée « pointe » dans la poche. Alors ? Et comment il aurait mis la princesse dans la « boîte de Gazeeka » ? D'ailleurs, pourquoi il l'aurait tuée ? Et pourquoi il aurait tué La Verne ? Je ne le vois pas bien se glissant près d'une fille pour l'étrangler avec un cache-sexe. Tu me parlerais d'un flingue, je dirais oui. Mais étrangler une môme, non ! Avec ça, l'argent, il ne l'avait pas. Alors, qui est-ce qui l'a ?

Nous nous assîmes sur le soubassement de pierre de la grille, Biff alluma deux cigarettes, m'en donna une et nous fumâmes pendant quelques instants sans dire un mot. Je n'avais plus cette impression de paix que je ressentais si fortement tout à l'heure.

— Si ce n'est pas Louie l'assassin, dis-je, qui est-ce ?

L'horloge de l'Edison Building sonna douze fois. Sans répondre à ma question, Biff se leva. Il m'aida à en faire autant, m'épousseta le dos, puis, revenant sur nos pas, nous partîmes vers le théâtre. Nous passâmes de nouveau devant les prétentieux immeubles, avec leurs beaux portiers.

Soudain, Biff s'arrêta net.

— Je viens de penser à quelque chose. Tout à l'heure, quant tu m'as demandé qui pourrait bien, en dehors de Louie, avoir tué la princesse, je n'ai trouvé personne. Mais, d'après toi, qui est le plus content de sa mort ?

— Demande-moi autre chose. Elle a fait plaisir à trop de gens.

— As-tu songé au type qu'elle faisait chanter ?

— Quand La Verne a été tuée, répondis-je, Moss était à Hot Springs et les flics affirment que les deux crimes ont été commis par le même assassin.

— Il a *dit* qu'il était à Hot Springs. Qui est-ce qui l'a vu ? Personne. Tout ce qu'on sait, c'est que *Sammy prétend* qu'il l'a appelé de là-bas. N'oublie pas que Sammy a toujours travaillé pour lui.

— Moss, répliquai-je, n'est pas capable de tuer une femme.

— Je n'ai jamais dit qu'il les avait zigouillées. J'ai simplement dit qu'il devait être fichtrement content qu'une des deux soit morte !

— Une des deux, je te l'accorde. Mais si tu peux m'indiquer une seule raison pour laquelle il aurait pu tuer La Verne…

Biff restait là, immobile, au coin de la 16e Rue et d'Irving Place.

— Exact, Punkin ! Il n'avait certainement aucune raison de tuer La Verne.

Il se remit en route, à larges enjambées. J'étais un peu hors d'haleine quand nous entrâmes au drugstore pour prendre un café.

Jake était assis au comptoir, en train de manger, mais il n'y mettait pas beaucoup de cœur. Russell et les deux comiques, Mandy et Joey, étaient au comptoir, eux aussi. Nous leur dîmes bonjour et ils écartèrent un peu leurs tabourets pour nous faire de la place.

Je me tournai vers Jake.

— Salut, Jake !

Il sursauta.

— Excuse-moi, dis-je. Je ne voulais pas te faire peur.

Il ne me répondit pas.

Mandy me souffla que Dolly sortait du drugstore et qu'elle avait demandé à Jake de mettre un cadenas à la porte de la loge. Il ajouta, toujours à voix basse :

— Elle a été moche comme on n'imagine pas. Elle a dit qu'il y avait déjà trop de choses qui avaient disparu et que ça suffisait. Et puis elle lui a dit que, quand le cadenas serait posé, il faudrait qu'il lui donne la clé… L'air de dire que, si elle ne l'avait pas, ça ne serait pas la peine de mettre un cadenas.

Le garçon de comptoir posait devant moi un café quand Stachi entra, accompagné d'un homme qui était bien le plus vieux que j'aie jamais vu. Je n'attendais pas un bonjour du concierge et je ne fus donc nullement déçue quand il passa près de moi sans avoir l'air de me voir. Son compagnon, cependant, m'intéressait.

Il frappa sur le comptoir avec sa canne. Le garçon, dès qu'il l'eut reconnu, laissa tomber mon café pour aller s'occuper du type d'abord. D'ordinaire, cette façon de faire le service m'aurait contrariée, mais, cette fois-là, elle m'amusait plutôt. Le vieux braquait ses gros yeux sur le menu affiché derrière le comptoir.

— Qu'est-ce qu'il raconte, ton menu ? demanda-t-il.

Sa voix était haut perchée comme celle d'une femme et je veux bien faire quatre semaines au pourcentage dans un bastringue s'il ne pouvait pas déchiffrer lui-même ce qu'il y avait sur la pancarte. Il laissa le garçon lui lire le menu d'un bout à l'autre et, pour finir, commanda un sandwich au jambon.

Le garçon le lui apporta. Quand le vieux s'en alla, Stachi sortit avec lui. Personne dans le drugstore n'avait l'air de considérer qu'ils formaient un tandem peu ordinaire. Biff jouait à pile ou face avec les copains et aucun d'eux ne levait la tête.

— Ce vieux, en l'honneur de qui tu fais de la fantaisie dans le service, demandai-je au garçon, qui est-ce ?

Il regardait avec dépit la pièce de cinq *cents* qu'il avait dans le creux de la main.

— Lui ? C'est le vieux Daryimple. Un type plein aux as. Probablement l'homme le plus riche du monde... Il habite juste en face... Il vient souvent. Radin comme pas un ! Il m'allonge cinq *cents* de pourboire.

La générosité du vieux ne m'intéressait pas, mais je tenais à savoir ce qu'il faisait avec Stachi.

— Ils sont trois qui jouent aux cartes ensemble presque tous les soirs, me répondit le garçon. Le troisième travaille aussi dans votre boîte... Il doit être machiniste... Même quand je lui porte des sandwichs chez lui, le vieux ne me refile jamais plus de cinq *cents* !

— Peut-être qu'il n'est pas réellement riche, dis-je.

— Pas réellement riche ? Presque toute la ville lui appartient. Tout ça, c'est à lui.

Le garçon décrivit du bras un demi-cercle qui couvrait la moitié de la cité.

— Et tout ça aussi.

Le geste engloba le reste de New York.

— Et, malgré ça, c'est toujours cinq *cents*.

Cette insistance à me parler de pourboire me coinçait. Je donnai au type vingt-cinq *cents* pour qu'il se taise sur *mon* compte et je m'en allai. De la porte, je fis signe à Biff.

— Je te retrouve là-bas, Punkin ! me lança-t-il. Le temps de nettoyer ces gars-là et je rapplique.

Il fit voler une pièce en l'air, attendit qu'elle soit tombée et grogna. Quand Biff nettoyait les copains, ça voulait généralement dire que c'était lui qui emprunterait à l'un ou à l'autre les cinq *cents* qui lui permettraient de prendre le bus pour rentrer.

Trois vieux qui jouaient aux cartes tous les soirs, l'un étant l'homme le plus riche du monde, le second portier et le troisième machiniste. Pour être à sa place dans le tableau, je ne voyais, comme machiniste, que l'Ermite, notre nouveau héros.

Je rentrai au théâtre. Sur le plateau, il faisait noir et je ne le regrettai pas. Je ne tenais pas à voir la scène pour le moment. Je savais que si, maintenant, je voyais l'endroit où le corps de Louie s'était écrasé, je serais trop faible pour tenir le coup en matinée.

Quand j'entrai dans la loge, j'entendis Gee Gee qui disait :

— Les catastrophes et les morts, ça va par trois ! (M'apercevant, elle ajouta :) N'est-ce pas que c'est vrai ?

— Je ne suis pas superstitieuse, dis-je.

— Prudente, simplement ? demanda Dolly.

Elle était en train de se faire les yeux de sorte que je ne vis pas sa figure, mais le timbre même de sa voix me parut curieux. Gee Gee ne faisait pas attention à elle. Pour l'instant, elle n'avait qu'une chose en tête : les feuilles de thé. Ou, alors, les cartes. Je ne me trompais pas.

— Tire-moi les cartes, Gypsy ! Pas le grand jeu ! Juste le cercle...

— Plus tard, chérie ! Je ne suis pas tellement impatiente de savoir ce qui se passe dans cette saleté de baraque et...

— Mais c'est justement ce que je veux savoir, Gyp ! J'ai eu un pressentiment et...

Elle baissa la voix et jeta un coup d'œil circulaire pour voir si quelqu'un écoutait. À l'exception d'Alice, qui écrivait avec application, à l'aide d'un crayon mâchouillé à un bout, tout le wagon s'absorbait dans son maquillage. Gee Gee reprit :

— Je ne crois pas que Louie soit l'assassin.

— Qui, alors ? demandai-je.

— Le garçon du restaurant chinois.

Je crus d'abord qu'elle plaisantait. Quand je compris qu'elle parlait sérieusement, je ne pus faire autrement que de lui dire qu'elle était cinglée.

— Cinglée ? Vraiment ? Et les scellés qui étaient sur la porte, c'était de la cire appartenant à qui ? Et qui a pu entrer et sortir dans la loge pendant la soirée ? Et qui la détestait à fond ?

Pour Gee Gee, le garçon chinois n'était pas seulement près de la chaise électrique, il ressemblait déjà à un steak grillé. Ses yeux me disaient qu'elle serait même ravie d'abaisser l'interrupteur.

— Un type ne tue pas une fille simplement parce qu'elle lui a balancé une bouteille sur le crâne, tu comprends ?

Elle me lança un regard franc.

— Et la princesse ? dis-je. Il l'a tuée comment et pourquoi ?

Les yeux de Gee Gee perdirent toute leur assurance.

— Oh ! Gyp ! s'écria-t-elle. Tu gâches toujours tout !

Elle posa les coudes sur la table de maquillage et se prit la tête à deux mains. Je mourais de peur à l'idée qu'elle pouvait être en train de réfléchir.

— Peut-être bien que la princesse était une Chinoise… Ou peut-être que ce Chinois est originaire de la Russie d'Asie. Elle aurait été enlevée et il aurait…

— Chérie, je suis navrée de te décevoir, mais la princesse était polonaise. De son vrai nom, elle s'appelait Yabilowsky ou quelque chose d'approchant.

Gee Gee me regarda avec stupeur. Ce nom-là, c'était trop pour elle ! Tandis qu'elle cherchait la réplique, quelqu'un nous parla d'un autre pays : c'était Alice.

— Est-ce que c'est dans les règles ?

Elle avait fini d'écrire et nous offrait à la ronde sa feuille de papier. Personne n'avançant la main pour la prendre, elle nous donna à haute voix lecture de ses pattes de mouche :

Cher Monsieur Moss,

Ceci est mon préavis de quinze jours. Si vous pouviez me laisser partir avant, je vous en serais profondément reconnaissante.

ALICE ANGEL.

Elle attendit un instant des commentaires qui ne vinrent pas, puis elle demanda :

— Peut-être que « profondément reconnaissante », c'est trop, hein ?

— Non, répondis-je, c'est très bien. Mais pourquoi tu t'en vas, maintenant que tu as un « strip » au programme et que tout marche très bien pour toi ?

Elle rougit.

— Eh bien ! dit-elle, c'est que... je vais me marier et il ne veut pas que... Je ne voudrais blesser personne, mais enfin, il trouve que... que faire du strip, ce n'est pas bien pour une femme mariée.

Dolly posa son crochet et déclara, d'un ton définitif :

— Ce n'est pas moi qui lui donnerai tort.

— Moi, si, répliqua Jannine. Il ne s'agit pas de pudeur là-dedans, mais d'égoïsme. Il y a comme ça des types qui font collection de peintures et qui ne veulent pas les montrer. Ils les accrochent chez eux, dans un corridor...

— Je n'ai pas l'impression que le futur époux d'Alice l'accrochera dans le couloir...

Je mis ma main sur ma bouche, mais il était trop tard : Alice était déjà en larmes.

J'essayai de la consoler, mais ce fut Dolly qui y réussit.

— Est-ce que c'est ce flic qui ressemble à une betterave ? lui demanda-t-elle.

Alice se sentit d'un coup si furieuse qu'elle cessa de pleurer.

— D'abord, cria-t-elle, avec un geste de tragédienne, il ne ressemble pas à une betterave ! Et, ensuite, ce n'est pas un flic ! C'est un policier !

— Mon Dieu ! murmura Jannine. Voilà qu'une de mes copines épouse un Cosaque !

16

Après la matinée, au lieu d'aller dîner, je me fis monter deux hamburgers. Quand je trouvai le temps de les manger, ils étaient froids. Mais, dans mes jours de couture, c'est d'ordinaire mon régime. Donc, tout était bien.

Aussitôt que tout le monde eut quitté la loge, Jake m'apporta Sarah Jane. C'était mon mannequin de couturière et je le conservais au magasin des accessoires quand on n'en avait pas besoin. Jake m'aida à étaler des feuilles de journal sur le plancher et me mit en place la machine à coudre. Puis, tandis que j'épinglais mon velours bleu sur Sarah, il me fit la conversation.

— Parfaitement ! Des assassinats comme ça, il n'y a rien de tel pour découvrir ceux qui sont vraiment vos amis.

Je ne l'écoutais que d'une oreille, mais il me semble qu'il existe des moyens plus faciles de tester la fidélité de ses amis.

— Regarde cette Dolly Baxter, par exemple. Dieu sait si j'ai été gentil avec elle. Eh bien, quand la police m'a accusé, elle n'a pas pipé.

— Elle ne pouvait pas faire grand-chose, dis-je.

— Je suis d'accord, mais pourquoi elle veut un cadenas et pourquoi elle m'a dit qu'elle entendait avoir la clé ?... Je te jure que ça m'a touché au vif.

Il attendit près de la porte, si tranquille que je crus qu'il était parti. Puis, je l'entendis qui parlait de nouveau.

— Tu sais quoi ? Eh bien, moi, je ne crois pas du tout que l'assassin, c'était Louie.

Je fus tellement surprise que je me piquai.

— Alors, qui ? demandai-je, sans le regarder.

J'étais à genoux devant Sarah Jane et, à travers son derrière d'osier, qui me faisait toujours songer à une cage, je voyais les pieds de Jake, avec ce soulier dont il avait enlevé un morceau pour soulager son oignon.

— Ma foi, dit-il, j'ai bien réfléchi. D'abord, personne n'a encore expliqué comment il a mis la princesse dans la « boîte de Gazeeka » et j'ai idée que, si Louie a traîné par ici après avoir tué La Verne, il a été rudement couillon ! Or, bille, il ne l'était pas. Non, pour moi, une fois dans sa voiture, il aurait filé. Ça, bien entendu, s'il l'avait tuée. Ce que je crois, c'est qu'il était dans sa bagnole quand la radio a annoncé qu'il était recherché et qu'il est revenu pour trouver le véritable assassin. Mieux que ça ! Je crois qu'il l'a trouvé. Seulement, peut-être qu'à la dernière minute il s'est dit qu'il manquait de preuves et qu'il aurait un mal de chien à convaincre les flics. C'est pour ça qu'il s'est caché. Il n'a jamais eu l'intention de se tuer, ni comme il l'a fait, ni autrement. Il essayait seulement de se débiner.

— Ça, dis-je, je veux bien le croire.

— Et ce n'est pas tout, Gyp Lee. Je ne veux nommer personne, mais il y a dans ce théâtre une fille qui a menti tout ce qu'elle pouvait. D'abord, en disant qu'elle n'était pas mariée à un certain individu, que je ne nomme pas, lui non plus. Ensuite, en disant qu'elle n'avait pas vu La Verne, le soir où elle a été assassinée. Et elle a encore menti à propos de la princesse, quand elle a dit qu'elle ne savait pas où elle habitait. Elle le savait parfaitement bien.

— Jake ! m'écriai-je. Tu débloques.

— Tu crois ça ?

Il hésita. Mais le désir de prouver qu'il avait raison était pour lui une tentation trop grande.

— Elle savait où habitait la princesse. Un soir je l'ai suivie. Elle filait Russell, qui s'en allait bras dessus bras dessous avec la princesse. C'était le soir où La Verne a été tuée. D'abord, elle était allée chez Louie avec les autres, pour boire un coup. Après, elle a fait semblant d'être schlass, puis, quand elle a vu Russell, de tomber fin soûle. Les deux copines qui étaient avec elle l'ont laissée là. Dès qu'elles ont été parties, elle a retrouvé ses esprits et elle a filoché Russell. Il a rejoint la princesse chez le Hollandais et ils sont partis ensemble à pied. Dolly était derrière eux et moi derrière elle. Russell et la princesse ont pris un taxi. Elle en a pris un aussi. Et, moi, j'ai suivi. En taxi aussi.

— Une seconde, dis-je, l'interrompant de nouveau. Pourquoi suivais-tu la princesse, toi ?

— Moi ? Parce que j'espérais découvrir sur elle des choses que je lui servirais pour qu'elle fiche la paix à Moss. Je l'avais entendue parler de Moss à Russell et je pensais que peut-être, si je pouvais les prendre ensemble, je pourrais…

Il hocha la tête. Avec un soupir, il poursuivit :

— À vrai dire, je ne sais pas bien ce que j'aurais fait. Pour en revenir à mon histoire, j'étais donc dans ce tacot qui suivait les deux autres. On s'est tous arrêtés, à quelques mètres les uns des autres, devant le Lincoln Hotel. Du vrai cinéma. La princesse et Russell sont descendus de bagnole et Dolly a attendu qu'ils soient entrés dans le hall. Moi, je surveillais du dehors. J'ai vu Russell aller direct aux ascenseurs, pendant que la princesse prenait la clé au bureau. Ils sont montés ensemble. Il y a un bar, dans le hall. Dolly s'y est installée, juste en face des ascenseurs. Elle est restée là une bonne heure, l'œil sur les ascenseurs et la main sur sa consommation. À ce moment-là, je me suis dit que je n'avais plus rien à faire là et je me suis tiré.

— Ainsi, dis-je pour moi-même, c'est ce qu'elle voulait me raconter, la nuit où je l'ai trouvée dans ma chambre.

Jake plissa le front :

— Quoi ?

Il n'avait pas compris et je m'en félicitai.

— Je ne dis pas que c'est elle qui a tué, reprit-il, je dis seulement qu'elle protège l'assassin parce qu'elle a le béguin pour lui.

Il ne me laissa pas le loisir de lui répondre. Sur ses derniers mots, il avait tourné les talons et quitté la pièce. Je restai assise, sans bouger, jusqu'au moment où j'entendis claquer la porte du théâtre. Alors, me levant vivement, je courus fermer celle de la loge. Le verrou étant toujours cassé, je calai une chaise sous le bouton. Je n'avais pas peur, mais, seule dans le théâtre, je me sentais mieux la porte fermée. La fenêtre, je m'en félicitai, était verrouillée, elle aussi.

Il me fallut quelques instants pour réparer les bévues que j'avais commises en écoutant Jake. Je travaillais rapidement. Sarah Jane grinçait chaque fois que j'enfonçais une épingle. Elle n'était pas d'un modèle tout récent. En fait, elle datait du temps des jupes cloches et fabriquer sur elle un costume pour Gee Gee réclamait pas mal d'imagination. À la place de la tête, elle avait un bouton doré, qui aurait pu provenir d'une porte. Elle était recouverte d'un mince tissu de lustrine noire et son buste commençait au cou pour finir à la taille. Mais j'étais habituée à elle et nous nous entendions admirablement.

— Je crois qu'en guise de jupe, je vais simplement te coller deux panneaux, un par-devant, un par-derrière. Tu pourras avoir là-dessous un jupon, que tu feras sauter avant la robe.

La bouche pleine d'épingles, je lui expliquai ensuite comment fonctionnerait le boléro.

— C'est la même chose ! Le soutien-gorge saute avant lui. Des souliers rouges et une rose dans les cheveux, et tu peux y aller.

J'administrai une claque amicale sur son gros derrière d'osier, puis, mes repères marqués à la craie, j'enlevai mes épingles et, débarrassant Sarah Jane du costume en cours, j'allai m'asseoir à la machine, qui, bientôt, emplit la pièce d'un ronron reposant.

— Pour l'assassin, Sarah Jane, chacun a son idée. Toi, tu vois qui ?

Le son de ma voix me fit tressaillir. Je retirai mon pied de la pédale et la machine s'arrêta.

« Je deviens aussi idiote que La Verne et l'Ermite ! pensai-je. Voilà maintenant que je parle à un mannequin ! »

Je m'étirai et jetai un coup d'œil autour de moi. Sarah faisait nue, avec son vieux corps en lustrine noire. Je la recouvris donc d'un drap dont nous nous servions pour protéger nos costumes accrochés sur leur cintre. Du coup, elle eut l'air d'être enveloppée d'un linceul. Je retirai vivement mon drap.

— En tout cas, Sarah, dis-je, ce qu'il y a de sûr, c'est que, toi, on ne peut pas t'étrangler !

Elle craqua un peu, en guise de réponse, et je pris une cigarette. Je réussis à me la coller dans le bec, mais, pour l'allumer, ce fut une autre histoire. Ma main tremblait tellement que je compris bientôt que j'allais devoir choisir entre fumer et me griller les cils. La vanité l'emporta et je balançai cigarette et allumette dans un vieux pot de cold-cream qui nous servait de cendrier.

Je remis mon tissu en place sous l'aiguille, mais je n'avais pas encore relancé ma machine quand j'entendis des pas dans l'escalier. Je crus d'abord que je rêvais. Mais il n'en était rien : le verrou déglingué remuait.

Mon cœur cessa de battre. De l'autre côté de la porte, quelqu'un hurlait :

— Qu'est-ce que c'est que cette façon de se barricader ? Ouvrez !

Je ne répondis pas. On poussait la porte avec tant d'insistance que la chaise qui calait le bouton gémissait.

— Allez, ouvrez !

Je reconnus la voix : c'était celle de Gee Gee. Je trouvai le moyen de croasser : « Une seconde ! » et, sur des jambes de caoutchouc, j'allai dégager la porte. Quand je l'eus enfin ouverte, je me trouvai devant une Gee Gee qui avait l'air affolée. Elle soupira en m'apercevant et s'écria :

— Dieu merci ! tu n'as rien ! Pourquoi diable tu ne répondais pas ?

— Je n'ai pas entendu tout de suite. La porte battait tellement, à cause du vent, que j'avais mis une chaise pour la caler.

Le regard de Gee Gee se porta vers la fenêtre fermée.

— Je vois, dit-elle. Ça devait faire un rude courant d'air…

À ce moment-là, elle aperçut le velours bleu posé sur la machine à coudre.

— Oh ! Gypsy chérie ! C'est par mon costume que tu as commencé ! Je peux l'essayer ?

Ça me gêne un peu de le dire moi-même, mais il lui allait à la perfection.

— Ce costume-là, Gyp, je l'adore ! s'écria-t-elle.

Je lui expliquai comment elle pourrait faire son « strip », en commençant par ce qu'elle aurait directement sur la peau.

— Vu ! Et ces fentes sur les côtés, pour onduler de la croupe, ce sera épatant !

Elle allait et venait en cadence à travers la pièce, répétant son numéro sur *Black and Tan Fantasy*, qu'elle fredonnait. Je lui conseillai de faire attention aux épingles. Elle fit d'abord voltiger ses dessous, puis le boléro. Elle marchait à grands pas et, par instants, entre les fentes de la jupe, j'entrevoyais ses longues jambes nerveuses.

— Avec ça, m'écriai-je, sous le coup de l'inspiration, tu devrais mettre une « pointe » rose !

— Magnifique !

Elle répétait encore quand Sandra et Jannine revinrent. Je poussai Sarah Jane dans un coin et je fis un peu de nettoyage, éparpillant du pied les bouts de fil qui traînaient.

— Ce que tu peux faire comme chantier quand tu couds !

La remarque était de Jannine. Elle était à cran, ça crevait les yeux, parce que je ne lui fabriquais rien. J'en étais convaincue bien avant qu'elle n'ait fini d'examiner Gee Gee, paradant dans son nouveau costume.

— Pas mal, répondit-elle quand Gee Gee lui demanda comment elle le trouvait. Il rappelle celui que j'ai, en satin vert.

Gee Gee n'insista pas et, passant aux choses sérieuses, nous entreprîmes toutes de nous faire belles et séduisantes pour la soirée.

Dolly arriva la dernière. Alice lui demanda si elle avait jeté un coup d'œil sur la salle.

— Moche ! répondit-elle. À moitié vide !

Dolly s'assit et, tout en étalant son fond de teint, elle ajouta :

— C'est triste à dire, mais je suis plutôt contente que la boîte ferme. J'en ai marre de travailler dans ce quartier perdu. D'ailleurs, il y a de fortes chances pour que je débute à l'Eltinge, le lendemain même de la fermeture.

Puis, d'un petit air détaché :

— Ils ont aussi l'intention d'engager Russell.

— Bravo, lança Jannine. Rien de tel qu'un changement d'air, quand ça commence à chauffer.

— Qu'est-ce que ça signifie, au juste, ce bla-bla ? demanda Dolly, agressive.

Jannine se tourna franchement sur sa chaise.

— Je ne parlais pas du temps, si c'est ce qui te tracasse.

Puis elle sourit et haussa les épaules.

— Laisse tomber, va. Après tout, ce ne sont pas mes oignons. Et je ne vais sûrement pas prendre la place de La Verne pour être ton *sparring-partner*.

Dolly jugea que, comme excuses, ça pouvait aller et s'empressa de parler d'autre chose. De l'avantage de se produire à Broadway, dans les *Ziegfeld Follies*, par exemple...

— ... J'aimerais mieux ça que l'Eltinge. Une seule représentation par jour... repos le dimanche. Ça, au moins, c'est une combine.

Sandra, qui se massait les seins, répliqua vivement :

— Comme tu dis ! Et une chouette ! Tu répètes pendant un mois, tu te balades tout un autre sur les routes pour rôder le spectacle et tu finis par revenir à New York où il tient l'affiche quatre jours.

Elle poussa sa chaise en arrière et posa les pieds sur la table à maquillage.

— ... Pas pour moi ! Je resterai dans les burlesques.

— Un peu que tu y resteras !

Gee Gee avait lancé ça en se marrant. Sandra ne savait pas trop comment elle devait le prendre. Elle n'avait pas encore eu le temps de se faire une opinion quand Biff entra. Il alla tout droit au lit de camp et s'y installa confortablement.

— Un gentil petit coin que vous avez là, dit-il, les yeux sur le plafond craquelé.

J'aperçus une enveloppe qui sortait de sa poche. Je reconnus l'en-tête : celle du Ringside Bar and Grill.

— Le Ringside t'a encore envoyé une facture ? demandai-je.

— Tu parles de ça ?

Il me tendit l'enveloppe. C'était une invitation pour une « steak party » que le Ringside donnait le soir même. Je jetai un coup d'œil sur le cachet de la poste : l'envoi datait de plusieurs jours.

— Tu veux y aller ? me dit Biff, les yeux toujours au plafond.

J'eus l'impression que cette proposition surprenait Gee Gee.

— C'est à moi que tu demandes ça ? dis-je.

De la tête, il me répondit oui, mais très lentement. Je me rendais compte qu'il ne tenait pas du tout à une acceptation de ma part. Pour cette raison, justement, j'étais bien résolue à la lui donner, quand Gee Gee intervint :

— Gyp, n'oublie pas que tu m'as promis de finir mon costume. Si tu vas faire la foire au Ringside, tu auras la gueule de bois demain et je n'aurai rien à me coller sur le dos !

Un instant, je crus qu'elle allait se mettre à pleurer.

— Ça va. Je le finirai ce soir.

Biff n'ouvrit pas la bouche. Étant donné que toute la loge nous écoutait, il aurait pu me dire un mot gentil. Au lieu de ça, il se leva et sortit. Je le suivis des yeux jusqu'à la porte, puis, quand il eut disparu, je me tournai vers Gee Gee. Elle avait si bien le sentiment de sa culpabilité qu'elle n'osait pas me regarder. Elle se mordit la lèvre et secoua la tête. Ce fut tout. C'était assez, mais, si elle se figurait que j'allais lui donner le plaisir de l'accuser devant les autres, elle se mettait le doigt dans l'œil jusqu'au coude.

Je me remis à mon maquillage, comme s'il m'arrivait tous les jours de voir ma meilleure copine donner rendez-vous au Ringside à mon ami.

De même, je ne fis allusion à rien au cours de la représentation. Je jouai mes deux scènes avec Biff, en faisant le clown, comme d'habitude. Au final, je pris Gee Gee par la main et, comme toujours, elle vint saluer avec moi. Mais, le rideau tombé, je me précipitai dans les toilettes pour y pleurer à mon aise.

Au bout d'un instant, je sortis et commençai à me démaquiller.

— Qu'est-ce que tu as aux yeux ? me demanda Gee Gee.

— C'est mon rimmel, lui répondis-je assez sèchement.

J'empoignai ma serviette de toilette et je me frottai le visage avec une telle énergie que je me demande encore comment je ne me suis pas arraché la peau.

— Je t'ai fait monter une bière, me dit Gee Gee de sa voix la plus douce.

— Merci.

J'avais répondu sans la regarder. Elle reprit :

— Et puis, Gyp, il y a quelque chose que je voudrais te dire. C'est à propos…

— Non, Gee Gee. Tu n'as rien à me dire. Tout ce que tu pourrais me dire, je le sais déjà.

Eh bien ! c'était à mon tour de me mettre le doigt dans l'œil.

17

Gee Gee fut la dernière à quitter la loge. Je l'observai du coin de l'œil, tandis qu'elle mettait les touches finales à sa toilette de ville. Elle portait un simple manteau ajusté agrémenté d'une ceinture de cuir rouge, qui seule lui évitait d'avoir l'air d'une sténodactylo ou d'une vendeuse. La petite plume rouge coincée dans son chapeau vagabond était assortie à sa ceinture. Elle me regarda :

— Tu es sûre, chérie, dit-elle, que ça ne t'ennuie pas de faire de la couture, ce soir ?

— Absolument sûre.

J'avais dit ça en prenant ma figure de martyre. Puis, pour qu'elle ait aussi quelques raisons de se tracasser, j'ajoutai :

— Dis à Biff que je le retrouverai plus tard, tu veux ?

Elle interrompit le boutonnage de ses gants et vint me jeter les bras autour du cou :

— Nous serons toujours amies, Gypper.

Son visage était triste. Elle me quitta brusquement et fila vers l'escalier, qu'elle dévala quatre à quatre. J'avançai sur le palier et je la vis sortir du théâtre. Au même instant, j'entendis des pas derrière moi, puis le bruit d'une respiration. Je me retournai et vis Russell.

— Je croyais que tu étais parti avec Mandy et Joey, dis-je, un peu irritée.

— Oublié quelque chose, me répondit-il.

Sa bouche était crispée. Un morceau de papier à cigarette était resté collé à sa lèvre. Alors qu'il essayait de l'enlever, je vis que ses ongles étaient noirs.

— Qu'est-ce qui ne va pas, Russ ?

Il me faisait de la peine. Il avait tellement changé depuis quelques jours ! Au lieu d'un jeune premier élégant et distingué, j'avais devant moi un pauvre type aux yeux chassieux, plus très soigneux de sa personne, même sale. Son col portait sur le bord la trace rose du fond de teint et il n'avait pas de chaussures, mais des pantoufles trouées.

Sans répondre à ma question, Russell jeta un coup d'œil dans la loge vide, une paupière fermée, comme s'il y voyait mieux comme ça :

— Tu couds, ce soir ?

— Oui. Promis à Gee Gee.

Rien que de la nommer, je sentais renaître ma jalousie. Pour changer de sujet, j'invitai Russell à boire quelque chose en ma compagnie. Presque immédiatement, je le regrettai. Après tout ce que Biff et Jake m'avaient dit, voilà que j'invitais Russell à trinquer !

— Non, merci, Gyp ! Au plaisir…

Tout le plaisir était pour moi.

Tandis qu'il descendait l'escalier, je rentrai dans la loge et j'en fermai la porte. Chose curieuse, j'eus l'impression qu'il était toujours là jusqu'au moment où j'entendis claquer la porte du théâtre. Je remis en place la chaise qui servait de barricade. La fenêtre était toujours fermée et, malgré l'atmosphère étouffante de la pièce, cette fenêtre, je ne l'aurais pas ouverte pour tout l'or du monde.

Tout en manœuvrant Sarah Jane pour la placer dans la meilleure lumière, je pensais à Biff. J'avais peine à croire à sa trahison. Après tout, il ne s'agissait peut-être pas de Gee Gee. Cette idée-là me consola un instant.

Je dépliai mon satin blanc et commençai à épingler la robe de mariée sur Sarah. Elle n'avait pas l'air bien en blanc. La lustrine noire transparaissait et les endroits où sa bourre sortait semblaient se multiplier. Le bouton doré oscillait d'avant en arrière et elle grinçait dans chaque jointure. Il était temps de la mettre à la retraite.

Mes pensées revinrent à Biff.

— Il aurait quand même pu attendre que nous soyons seuls pour me parler, dis-je tout haut. Ça n'aurait pas été la première fois qu'il m'aurait regardée coudre. Ce soir, tout particulièrement, il aurait bien pu rester.

J'attrapai la bouteille de bière, et je bus un bon coup. Je me sentais trahie. J'en bus un second. On se fichait de moi. J'en bus un troisième. Puis, toujours à haute voix, je repris :

— Peut-être bien que ce n'est pas Gee Gee… Peut-être bien que c'est Sugar Bun Kelly ou cette saleté de Joyce Janice !

J'étais plus furieuse que jamais. Posant la bouteille sur la table de maquillage, j'attaquai ma robe de mariée à coups de ciseaux. Clip… Clip… Les morceaux de satin blanc tombaient sur les vieux journaux que j'avais étendus par terre. Je traçai à la craie bleue les coutures à faire, puis je dépouillai Sarah de sa jolie parure.

Je ne saurais dire si je lui donnai un coup de coude fatal, ou si l'usure du temps doit seule porter la responsabilité de la catastrophe. Toujours est-il que brusquement, dans un grincement, Sarah se cassa en deux. Une sorte de ressort de sommier jaillit de son fondement, cependant que toute la partie supérieure s'écroulait sur le plancher. Le bouton doré de sa tête rebondit dans la pièce comme une balle de golf. Sarah n'était plus. Elle roula un peu sur elle-même puis elle se tint tranquille.

Je la regardai, tandis que son ressort détendu chantait encore, puis je la ramassai et l'installai gentiment sur une chaise, où elle finit par rester sage, après avoir oscillé quelque peu.

— Tu ne peux pas me faire ça ! lui dis-je. Il ne me reste plus que toi. Tout le monde est au Ringside, sauf toi et moi. Et voilà maintenant que tu t'en vas en morceaux !

J'avalai une nouvelle lampée de bière, et, considérant Sarah avec attention, je poursuivis :

— Tu sais que, bien fringuée et avec un bon maquillage, tu ferais une petite bonne femme pas mal du tout ?

Mon manteau était posé sur le dos de la chaise. Je le plaçai sur les larges épaules de Sarah. Il descendait jusqu'au parquet. Je reculai de quelques pas pour juger de l'effet.

— C'est bien. Seulement, il te faut une figure !

Je m'envoyai encore un peu de bière avant de rouler une serviette à démaquiller propre en une grosse boule, que j'attachai avec un morceau de ficelle à la vis qui avait supporté le bouton doré. Après quoi, avec mon rouge à lèvres, je lui dessinai une bouche. Puis, utilisant la patte de lapin de Gee Gee, je lui mis un peu de rose aux joues.

— Encore un peu de bonne mine en boîte ! dis-je en la gratifiant de couleurs plus vives.

Avec mon crayon à sourcils, je lui fis des yeux et des cils. Des cils très longs.

— Et une petite touche d'ombre à paupières pour te donner un air de mystère.

J'allai chercher mon chapeau, je l'enfonçai sur la « tête » de Sarah et, d'un coup de pouce, je rabattis le bord de devant sur un de ses yeux, qui ne cilla pas.

— Comme ça, madame, déclarai-je en le baissant un peu plus, vous paraissez dix ans de moins ! Je parie que, si Biff vous voyait en ce moment, c'est vous qu'il emmènerait au Ringside. Celle avec qui il est, d'ailleurs, n'est pas plus intelligente que vous.

Je bus encore un peu de bière.

— Ni plus spirituelle, ni plus jolie, ni plus quoi que ce soit !

La bouteille était vide. Il ne restait dans le fond qu'un dépôt brun et mousseux, pas bon du tout. J'allai me brosser les dents, je me lavai les mains, puis je me remis au travail.

Cette robe de mariée avait l'air de se moquer de moi. Je songeai à toutes celles que j'avais portées : celle du final de la noce polonaise, celle de mon sketch, *Toujours maman, jamais mariée*... Celle-ci était encore pour un final. « Et dire, pensai-je, qu'il y a des filles qui mettent des robes de mariée pour se marier ! » Il fallait que le seul type que j'aurais voulu épouser fiche le camp avec une autre et me plante là, toute seule.

Pour ne pas pleurer, je me plongeai dans mon travail, piquant d'abord un côté de la robe, puis l'autre, mon pied appuyant si fort sur la pédale que la machine s'emballait. Une lumière me donnait dans l'œil et je me souviens d'avoir disposé sur l'abat-jour un morceau de tissu sombre. Peu après, j'avançai un peu la table pour avoir la lumière sur les épaules.

J'étais tournée vers la porte et, de temps à autre, je levais la tête pour m'assurer qu'elle était toujours solidement barricadée. Sarah était assise sur la chaise de Gee Gee et elle regardait fixement sa propre image, qui lui était renvoyée par la glace ternie.

Décidément, on était bien là. Je m'y sentais tout à fait en sécurité. Effectivement, j'étais bien en sécurité. Je devais le rester... jusqu'au moment où j'ouvris la porte.

Seulement, ça, ce fut plus tard. Combien de temps plus tard ? Je l'ignore. Ce que je sais, c'est qu'une fois ou deux je me levai pour me détendre un peu. Je me rappelle aussi avoir écouté des disques. Mon choix fut-il mauvais ? Je n'en sais rien. En tout cas, aujourd'hui encore je ne peux pas entendre un phono sans revoir le visage de La Verne bleu et tout gonflé. Cette nuit-là, ce fut pis. Non seulement je voyais son cadavre, mais si le corps était le sien, le visage, c'était le mien !

J'arrêtai le disque et je me mis à coudre avec une sorte de rage.

C'est à ce moment-là que je m'endormis. La bière m'a toujours donné sommeil. J'avais simplement voulu me reposer les yeux. Poser ma tête sur la table, juste un moment, et me reposer les yeux...

18

Ce qui me réveilla, ce fut une douleur dans le dos et dans la nuque. Quand j'ouvris les paupières, je me demandai tout d'abord où j'étais. Puis, lentement, les souvenirs me revinrent.

Je promenai un regard inquiet tout autour de la pièce. La porte était toujours fermée. La chaise calait toujours le bouton. La fenêtre était toujours verrouillée. Sarah regardait toujours sa vilaine figure de serviette dans la glace. J'étais toujours seule.

Pourtant, ce n'était pas seulement la raideur de mon dos qui m'avait réveillée. Il y avait eu une voix. Ou bien avais-je rêvé que j'entendais quelqu'un chanter ?

Je me levai et j'allai faire couler un peu d'eau froide dans le lavabo. Je mis mes deux mains en coupe et je m'aspergeai copieusement la figure. Le visage ruisselant, j'allai me rasseoir, j'allumai une cigarette et je consultai ma montre-bracelet. Il était 1 heure et demie. Je devais avoir dormi pendant une heure ou plus.

Soudain, de nouveau j'entendis la voix ! Elle venait de la scène.

De surprise, je lâchai ma cigarette. Elle me roula sur la poitrine, me brûlant au passage, pour s'arrêter sur mes genoux. Je secouai mon tablier pour la faire tomber par terre et, tranquillement, je l'écrasai du pied. Puis, j'attendis… le cliquetis du verrou quand on essaierait d'ouvrir la porte… le craquement de la chaise quand elle céderait…

La voix s'était tue et pourtant aucun des bruits prévus ne se produisait. Il est facile, aujourd'hui, de me dire que j'aurais dû rester dans la loge et, dans un sens, je suis d'accord. Mais je ne pus m'y résoudre. Pour moi, il n'y avait pas de doute, j'étais seule dans le théâtre avec l'assassin. Je ne pouvais pas rester là à attendre patiemment qu'il veuille bien entrer et m'étrangler. Non ! il me fallait ouvrir la porte, descendre et crier : « Je suis là ! »

J'éteignis les lumières, ne laissant allumée que l'ampoule que j'avais voilée. La pièce était pleine d'ombres. Je la voulais comme ça, afin, quand j'ouvrirais la porte, de ne pas envoyer sur le plateau un jet de lumière. J'aurais pu faire l'obscurité totale, mais j'aurais eu trop peur.

Je fis un peu de bruit en dégageant la chaise qui calait la porte. J'attendis et, de nouveau, j'entendis la voix. On aurait dit quelqu'un qui faisait des vocalises, mais le timbre était dur et guttural. La porte de l'entrée des artistes était droit devant moi. La seule difficulté, c'était de descendre les marches sans me faire prendre. Une fois en bas, je n'aurais qu'à courir vers la porte.

Je retirai le verrou et, lentement, j'ouvris la porte. Pour une fois, elle ne cria pas. Je sortis et la refermai sur moi. Le plateau était dans le noir. Pas un point lumineux. Il n'y avait que cette voix pour me convaincre que je n'étais pas seule.

Mes pantoufles glissaient sans bruit sur le palier. J'avais empoigné la rampe de fer. Je reconnus d'un orteil précautionneux la première marche, puis la suivante. Je m'avisai soudain que je n'avais jamais compté les marches de l'escalier. J'étais dans ce théâtre depuis vingt-huit semaines et je ne savais pas ça !

Un courant d'air frais me frappa le visage. Peut-être la porte du théâtre était-elle ouverte ? À cette pensée, j'accélérai un peu le mouvement. Oui, mais peut-être était-elle fermée à clé ? Je n'y avais pas songé et quand cette idée me vint, une envie me prit : remonter à la loge en vitesse.

Pourquoi n'avais-je pas pensé à la fenêtre ? Elle ouvrait sur une terrasse et, de là, peut-être aurais-je trouvé le moyen de gagner la rue ? Quelque chose, cependant me forçait à avancer. J'avais perdu le compte de mes marches. En étais-je à douze ou à cent douze ?

J'arrivai au bout de la rampe. « L'entrée des artistes est juste en face ! » Je ne cessais de me répéter ça. Je touchai de la main la planche sur laquelle on placardait les notes de service. Mes doigts rencontrèrent les punaises qui maintenaient l'avis de Moss annonçant la clôture de la boîte.

Ma main toucha le loquet. J'essayai de le lever. Il était lourd et ne bougeait pas. La porte était fermée.

J'aurais voulu frapper dessus, appeler, crier. Au lieu de ça, j'appuyai mon visage sur le fer. Il était froid et je crois que c'est la seule chose qui m'empêcha de m'évanouir.

Je ne sais combien de temps je restai là. Soudain, j'entendis un nouveau bruit. Le bruit, très léger, de quelqu'un se déplaçant sur la pointe des pieds. Il allait en décroissant, comme si l'on s'efforçait de s'éloigner de l'endroit où je me trouvais.

Peut-être croyait-on que c'était moi l'assassin ! Peut-être s'agissait-il de quelqu'un qui s'était laissé enfermer comme moi !

Le bruit cessa. Les bras en avant, je me remis en marche vers l'escalier. J'avais l'impression que ma respiration emplissait le théâtre et qu'avec des souliers à clous je n'aurais pas fait plus de bruit.

Je retrouvai la rampe. C'est alors que je décidai d'essayer de sortir par la descente de charbon. Si je remontais à la loge, j'étais coincée. J'ouvrirais la fenêtre et je passerais sur la terrasse ? Et après ? Est-ce que le restaurant chinois ne serait pas fermé à cette heure-là ? Certainement que si.

Ma main rencontra le réservoir d'eau glacée et cela me rappela la première fois où j'avais essayé de fuir par la descente de charbon. Quelqu'un m'avait saisie à la gorge et des doigts, longs et minces, avaient tenté de m'étrangler. J'étais sûre de ça, quoi qu'en dise Biff. Il aurait dû me croire.

Mon pied trouva la première marche. Brusquement, je m'immobilisai. Quelqu'un avait crié.

— Qui va là ?

La voix venait du plateau. Il me sembla qu'elle m'était familière, mais j'étais trop terrifiée pour l'identifier.

— Qui est là ?

Cette fois, je me mis à courir. Non pas dans l'escalier de la cave, mais vers la voix. Je trébuchai dans le décor. C'était un rideau de peluche dont les machinistes avaient roulé le bas afin de permettre aux femmes de charge de passer leur balai par-dessous. Je me rattrapai à lui pour ne pas tomber et j'enfouis mon visage dans la peluche pour étouffer le bruit de ma respiration. Le rideau sentait le moisi et me donnait envie d'éternuer.

Tout à l'heure, je me tenais sur cette même scène. Le théâtre était rempli d'hommes affalés sur leur siège. Leurs cigarettes brillaient dans le noir tandis qu'un projecteur perçait la fumée pour me suivre dans mes allées et venues. Des musiciens en manches de chemise, des programmes de courses dans leurs poches, jouaient *Sophisticated Lady* cependant que j'envoyais d'une chiquenaude mes épingles dans le tuba et que je laissais tomber mon porte-jarretelles dans la fosse. Puis mon jupon. Qui était allé couvrir le joueur de tuba. Il s'était débattu pour l'enlever et le public avait ri. Je m'étais dit que j'allais garder ça.

C'était il y a quelques heures à peine, et maintenant j'étais là, le visage enfoui dans un rideau sale, seule avec un tueur. Il y avait tellement de choses que je voulais faire avant de mourir. Je voulais vivre dans un de ces immeubles avec des arbres qui poussent dans des coffres en ciment. Je voulais faire partie d'un grand spectacle pour avoir mes dimanches et, surtout, je voulais être Mme Biff Brannigan.

Un rond de lumière m'aveugla. C'était une torche électrique qui venait vers moi. La voix, elle aussi, approchait.

— Pourquoi que tu n'as pas répondu quand j'ai appelé ? demandait-elle.

Je distinguais à peine le visage. C'était Stachi. Il avait l'air stupéfait. Et presque aussi effrayé que moi.

— Tu m'as fichu une rude trouille ! Comment ça se fait que tu es là, dans le noir ? reprit-il.

Je retrouvai ma voix. Pas ma vraie voix, mais quelque chose de tremblotant qui ferait l'affaire pour le moment.

— Je m'étais endormie en cousant, puis j'ai cru entendre quelqu'un qui chantait. Probablement une idée.

Stachi me parut soulagé et quelqu'un se mit à rire stupidement. Je m'aperçus que c'était moi. Je repris :

— Le mieux que j'aie à faire, c'est de m'habiller. Il y a des gens qui m'attendent.

Stachi me colla de nouveau la lumière dans les yeux et, riant toujours, je me dirigeai vers l'escalier. Il m'éclaira jusqu'au moment où j'entrai dans la loge. La pièce était toujours dans une demi-obscurité, mais j'étais trop pressée pour perdre mon temps à donner de la lumière.

J'enfilai vivement une robe, je fourrai dans mon sac mon porte-jarretelles avec les bas qui y étaient attachés, je me chaussai, puis j'allai prendre mon chapeau sur la tête de Sarah Jane. Ses grands yeux ronds semblèrent me regarder fixement quand j'approchai de la glace.

Pour ce que j'éprouvai ensuite, il y a une explication scientifique, mais je n'en sais pas grand-chose. C'est l'impression de vivre des minutes qu'on a déjà vécues. Quand ? On ne s'en souvient pas. Peut-être il y a mille ans ! Cette impression, je l'eus lorsque je me regardai dans la glace pour ajuster mon chapeau.

Inconsciemment, je tendais la main vers la porte des cabinets. Non pas pour l'ouvrir. Pour la toucher seulement. Mon bras restait comme suspendu en l'air. Il me semblait que ce n'était pas moi qui le commandais. Et, brusquement, je me rappelai.

Je savais que la porte de la loge allait s'ouvrir et qu'un homme entrerait dans la pièce. Je ne pouvais rien faire. Je ne pouvais qu'attendre.

Lentement, silencieusement, la porte s'ouvrit. Je vis dans l'ombre une main, puis un bras, pris dans un vieux tricot marron. Je sentis une odeur d'acide phénique que je reconnus.

— Tu étais dans la loge le soir où La Verne a été tuée, dis-je sans me retourner.

Je voyais maintenant dans la glace l'image de Stachi, le concierge. Je repris :

— J'ai reconnu cette odeur de savon. C'est bien du savon, hein ?

— Oui.

— Tu as dit que tu étais en bas, mais ce n'était pas possible. Je me suis cognée dans ton fauteuil.

Il acquiesça de la tête.

— Et tu me guettais pendant que je m'habillais pour le final.

Il ne répondit pas. La porte se fermait. Pourtant, je voyais ses deux mains, l'une qui pendait mollement au bout de son bras ballant, l'autre qui tenait quelque chose qui scintillait. Je me rendis compte qu'il fermait la porte avec son pied.

— Tu les as tuées, n'est-ce pas ?

Il venait vers la lumière et j'apercevais sur son front de menues gouttes de sueur. Il me mit tout près de la figure cette chose que j'avais vu miroiter dans sa main : elle se balançait sous son index. Les strass tiraient sur le fil interdentaire.

— Tu vois ? me dit-il. Il ne faut qu'un doigt pour tenir le costume d'une femme adorable. C'est si peu de chose.

Sa voix, qui s'était attendrie, se fit plus dure.

— Et, pourtant, c'est si dangereux.

— Ainsi, c'est toi le…

J'avais la bouche trop sèche pour parler. Il était maintenant tout près de moi et je sentais la chaleur de son souffle sur mes joues.

— C'est moi l'assassin des strip-teaseuses… C'est un titre amusant. Il me plaît. *Étranglée avec son propre cache-sexe !* Je trouve ça pas mal non plus !

— Mais il n'était pas à elle ! Il était à Jannine. Elle venait de l'acheter. Elle l'avait laissé tomber dans l'escalier et…

— Et c'est moi qui l'ai trouvé.

— C'est bien toi, aussi, qui as essayé de m'étrangler pendant la descente de police ?

— Non.

— Si c'est toi, répliquai-je, insistant, comme s'il avait été très important de tirer cette affaire-là au clair. Quand toutes les lumières ont été éteintes, tu as essayé de m'étrangler de tes propres mains.

— C'est bien moi qui ai fait le noir, mais je n'ai jamais eu l'intention de te tuer. Du moins, pas à ce moment-là. Quand tu as crié, je me suis rendu compte que je m'étais trompé de cou.

Mes paumes étaient moites et poisseuses. Celle de droite pressait sur quelque chose de dur. Je compris que c'était mon bâton de rouge à lèvres. Je déplaçai doucement ma main, rencontrant d'abord ma houppette à poudre, puis un crayon à sourcils, puis le minuscule petit appareil à deux branches dont je me servais pour retrousser mes cils.

Il me fit penser à mes grands ciseaux de couturière. Ils devaient être sur ma table à maquillage. Ils étaient solides et pointus. D'une main tremblante, je les cherchai. J'avais peur, cependant que mes mains se posaient sur des objets qui ne pouvaient m'être utiles, que Stachi ne devine mes pensées.

Il parlait.

— La princesse m'avait vu. Elle est passée devant la porte au moment où j'étais derrière la chaise de La Verne, les mains sur le cou de La Verne. Seulement, La Verne était...

Il s'interrompit et sa physionomie changea. Il avait l'air stupéfait. Au bout de quelques secondes, il hocha la tête et une mèche de cheveux gris lui tomba sur l'œil.

— Maintenant, reprit-il, je comprends.

Il me dévisagea curieusement, comme s'il allait me dire quelque chose, mais il changea d'avis.

— Où étais-tu caché ? demandai-je.

Je n'avais aucun désir de le savoir, mais je tenais à le faire parler jusqu'à l'instant où je trouverais mes grands ciseaux. Mon sang se glaçait quand je songeais à ce qu'il me faudrait faire quand je les aurais. Aurais-je le courage, la force de m'en servir ?

Stachi regardait la tenture qui masquait la penderie.

— J'étais derrière ce rideau-là.

Par endroits, les costumes gonflaient la cretonne comme si quelqu'un, en ce moment même, avait été caché au même endroit. Stachi continuait.

— Le corps était déjà dans les cabinets quand Jake est venu mettre les scellés sur la porte. Je l'ai regardé faire et, une seconde, j'ai même cru qu'il m'avait entendu. J'aurais été obligé de le tuer. Mais il est parti. J'étais prêt à m'en aller à mon tour quand quelqu'un d'autre est arrivé…

À la façon dont il me regardait, je devinai que ce quelqu'un, c'était moi.

— J'ai cru que tu m'avais vu…

Je secouai la tête.

Je sentais, le long de ma main, un objet rond et froid. Mes doigts se déplacèrent lentement. C'étaient bien mes ciseaux !

— Avec la princesse, dis-je, ça a dû être plus difficile.

L'effort que je m'imposais pour parler d'une voix calme me faisait mal à la gorge.

— Pour la princesse, répondit-il, ç'a été facile.

Ma main tenait les ciseaux. « Quand il tournera la tête, pensai-je, je lèverai le bras et… »

— J'ai attendu que tout le monde soit parti pour dîner et je suis allé la voir. « Il y a quelqu'un qui vous demande ! » je lui ai dit. Quand elle a commencé à descendre l'escalier, je lui ai passé le fil autour du cou et j'ai serré. Elle ne s'est même pas débattue. Elle a eu comme un hoquet et elle a commencé à tomber. Si je n'avais pas tenu mon fil solidement, elle aurait dégringolé jusqu'en bas. C'est à ce moment-là qu'elle s'est fait une entaille au bras... Sur un clou qui dépassait du plancher...

— Mais, dis-je, le magasin était fermé. Comment as-tu fait pour mettre son corps dans la « boîte de Gazeeka » ?

Il mit la main dans sa poche et en sortit un trousseau de clés qu'il agita.

— Tous les concierges en ont un, tu sais.

— Bien sûr ! m'écriai-je. Il faut que les flics soient stupides pour ne pas y avoir pensé.

Si seulement il avait pu me lâcher des yeux ! Si j'avais pu distraire son attention l'espace d'un instant ! Soudain, je me souvins d'un film que j'avais vu où l'acteur se trouvait exactement dans ma situation. Il avait vivement regardé par-dessus l'épaule de l'homme qui le menaçait et, quand l'autre s'était retourné, il avait frappé.

Tournant la tête, je fixai des yeux un point derrière Stachi. De ma vie entière je ne m'étais jamais tant appliquée à bien jouer. Je crois même que j'ouvris la bouche comme si j'allais parler.

Et Stachi éclata de rire !

Alors, j'éclatai de rire, moi aussi. D'un rire nerveux d'hystérique. Là-dessus, il me sembla que j'avais devant moi, non pas un assassin, mais deux. Je cessai de rire.

— As-tu pensé, lui demandai-je, à ce que tu feras de mon cadavre ?

— Bien sûr !

Ma tête commençait à tourner. Je réussis pourtant à dire :

— Dans la descente de charbon, peut-être ?

Stachi secoua la tête.

— Sous les décors qui sont entassés sous l'escalier ?

Il me contemplait d'un œil amusé.

— Je vais te mettre sur la voie, dit-il. Qu'est-ce qui ressemble à une femme, s'habille comme une femme et n'est pas une femme ?

Je restai muette.

— Allons ! Ne me dis pas que tu ne devines pas ?

Ses yeux se portaient sur Sarah Jane assise toute raide devant la table de maquillage. Il sourit.

— Tu saisis, maintenant ?

Je hochai la tête d'un air stupide. Il m'expliqua alors qu'il serait très drôle de voir les autres filles découvrir que Sarah était bel et bien un macchabée.

— Il faudra que je trouve le moyen d'attacher ton corps solidement pour qu'il ne tombe pas, mais, quand j'aurai collé un drap par-dessus, il se peut bien que Sarah reste là un bout de temps sans qu'on se doute de rien !

Mes doigts lâchèrent les ciseaux qui retombèrent avec bruit sur la table. Je regardais les deux mains qui approchaient de ma gorge, deux mains longues et fines, avec des veines bleuâtres qui ressortaient. Quelque chose scintillait dans l'une d'elles. J'entendais une voix lointaine qui disait :

— Tu auras sur toi un drap blanc comme une robe de mariée et des diamants tout autour du cou, des diamants qui t'entreront dans la chair...

Après ça, il y eut des quantités de mains, toutes veinées de bleu et qui, toutes, tenaient quelque chose qui scintillait.

— ... Quand les autres te trouveront, ça sera vraiment très drôle...

Je sentis quelque chose qui me touchait la gorge... doucement... une caresse... Un petit rire cascada :

— Très... très drôle.

19

Le théâtre était plein de mains, fines et veinées de bleu. Elles applaudissaient toutes. J'étais en scène.

– *Toujours maman, jamais mariée, c'est mon lamentable destin, je suis bien forcée de le reconnaître…*

— Assez répété comme ça, Punkin. Bois plutôt un petit coup de ce fortifiant.

Je reconnus la voix et l'odeur familière du tabac qui imprégnait le pardessus dans lequel mon nez s'enfonçait.

— Oh ! Biff… Il disait qu'il me mettrait dans un coin comme un accessoire et que ça serait très drôle quand…

J'aurais bien voulu ne pas pleurer, mais c'était difficile. Biff me tapota la figure avec une serviette mouillée et me plaça un verre d'eau sous les lèvres.

— On l'a entendu, Punkin. Seulement, ne pleure plus. Maintenant, c'est terminé. Il n'y a plus de cadavres, plus de meurtres, plus rien. Rideau.

— Alors, tu l'as eu ?

— Oui, chérie, on l'a eu. On passait par là et, juste au moment où on pensait que tu allais avoir des ennuis, on lui a sauté sur le poil.

Je m'aperçus alors que plusieurs visages anxieux me regardaient d'en haut. Je me rendis compte que j'étais allongée sur le parquet. Je me rendis compte aussi d'autre chose. Je me levai et me campai devant Biff :

— Réponds-moi oui ou non, dis-je lentement. Étiez-vous à portée de ma voix quand ce fou me terrorisait ?

Biff cessa de sourire.

— Il n'était pas fou. Il...

— *N'était ?*

Mon regard alla de Biff au sergent, puis à Jiggers. Mike Brannen était là, lui aussi. Reprenant à son compte le sourire abandonné par Biff, il dit d'un ton joyeux :

— Oui. Maintenant, on parle de lui au passé.

Ainsi, je n'avais pas lâché les ciseaux !

Mike, tandis que je m'efforçais de gagner la porte de la loge, me donnait des détails.

— Jamais on n'aurait pensé qu'un type aussi sec pouvait contenir tant de sang ! Sapristi ! Ça coulait comme une fontaine ! Il avait la gorge ouverte en grand...

Sur le palier, Biff m'empoigna le bras.

— Ne descends pas, chérie ! Tu as eu assez d'émotions pour un bout de temps. Ils sont en train d'expédier le cadavre à la morgue et, ma foi, il n'est pas joli à regarder...

Il avait toujours le verre d'eau à la main. Il reprit :

— Il a fait des aveux complets avant de se suicider. On n'en avait pas besoin, mais...

— Il s'est suicidé ?

Je me sentais tellement soulagée que je faillis tourner de l'œil.

Biff me ramena dans la loge et m'installa sur une chaise. Mike recommençait à me donner des détails. Biff lui conseilla d'aller me chercher à boire. Il avança une chaise près de la mienne, posa un coussin sur le siège et mit mes pieds dessus. Mike, cependant, prenait la bouteille de gin derrière la glace et en versait dans trois verres. Puis, songeant que le sergent le regardait, il partagea entre Biff et moi le contenu de son propre verre.

Le gin me fit du bien. Je me sentais heureuse. Le sergent me rappelait de nouveau mon grand-père et Mike Brannen, lui-même, n'était pas laid.

J'avais espéré que le sergent s'en irait avec ses hommes quand il aurait fini de prendre des notes sur son carnet, et que nous pourrions alors trinquer avec Mike, mais, quand il eut terminé, il vint à Biff, la main tendue.

— Et voilà l'affaire classée, dit-il. Jeune homme, je vous remercie.

Ils se serrèrent la main et on n'aurait vraiment pu dire lequel des deux était le plus mauvais comédien.

— Sans votre intelligence subtile, sans votre flair, les choses auraient pu prendre une tout autre tournure, ajouta le sergent.

Ils me regardèrent, l'un et l'autre, de façon significative. Je sais que j'aurais dû prendre un air de circonstance, mais je n'en fus pas capable. Le sergent fut un peu déçu. Il voulait une scène à trois et je lui faisais faux-bond. Il se rabattit sur Biff.

— Et rappelez-vous que, si jamais vous voulez prendre du service dans la police, vous n'avez qu'à vous adresser à moi.

Ils échangèrent une nouvelle poignée de main. Après quoi, le sergent se dirigea vers la porte. La main sur le bouton, il se retourna et prit un « temps ». Je me dis qu'il réfléchissait à sa réplique de sortie. Je ne me trompais pas.

— On vous demandera de comparaître à l'enquête.

— Ben voyons, m'écriai-je. Vous avez joué ça, tous les deux, comme les princes des cabots ! C'est du grand art !

Je riais tellement que Mike dut m'administrer quelques petites tapes dans le dos. Il attendit pour parler que la porte se soit refermée sur le sergent et ses hommes.

— Vraiment, Gyp, vous n'auriez pas dû dire ça au chef. Il n'a dit que la vérité. Parole ! Si Biff n'avait pas été là pour voir clair dans l'histoire, ils n'auraient jamais coincé cette saloperie d'assassin.

Tourné vers Biff, il ajouta d'un ton plein de déférence :

— Biff est un héros ! Voilà ce qu'il est ! Un héros authentique.

Biff se balançait d'un pied sur l'autre.

— Il faudrait aussi, dit-il, rendre justice à Punkin.

— Quelle générosité de ta part !

— Je veux dire par là, précisa-t-il, que si tu ne lui avais pas posé toutes ces questions, il nous aurait donné beaucoup plus de mal.

— J'avais bien compris, chéri.

Mike se rendit compte que les choses se gâtaient. Depuis trois jours qu'il traînait dans les coulisses d'un burlesque, il avait appris la valeur d'une réplique.

— Parlez-lui donc du portrait, Biff. (Pour moi, il ajouta :) Vous allez voir ! Ça va vous asseoir !

Biff prit un petit air modeste.

— Oh ! ça, ce n'était rien... Les flics avaient simplement laissé de côté l'indice le plus intéressant de toute l'affaire... Alors, je m'en suis occupé à leur place...

Se rejetant en arrière sur sa chaise et engageant ses pouces dans ses bretelles, il poursuivit :

— Je me suis dit que, du moment que la photo de la mère de La Verne avait disparu, c'est qu'elle présentait un intérêt. Alors, je me suis tranquillement renseigné sur le vrai nom de La Verne. Devine comment elle s'appelait ?

— Brenda Goldblatt ?

Biff fronça le sourcil.

— Non. Stacciaro. Tu piges ?

— Ma foi, non. Explique-moi.

— Stacciaro, Stachi. Tu saisis ?

— Mais oui ! m'écriai-je, un soupçon d'ironie dans la voix. Le véritable nom de La Verne, c'était Stac... comme tu dis. D'où il suit qu'elle était la fille de Stachi... ou plutôt sa petite-fille. Il était trop vieux pour être son père. Il était donc son grand-père. Sa fille, à lui, avait mal tourné et avait eu une fille naturelle, laquelle n'était autre que notre La Verne. Bien sûr, Stachi, furieux, avait déshérité sa fille et la malheureuse avait crevé de faim avec son enfant, jusqu'au jour où La Verne avait dégotté un job dans les burlesques. Là-dessus, Stachi découvre qui elle est et décide qu'il se trouve dans la nécessité de la zigouiller parce qu'il aime mieux la voir morte que déshonorant la famille.

Je me frottai les mains et me renversai sur le dossier de ma chaise. Si j'avais eu des bretelles, j'aurais glissé mes pouces dessous. Faute de pouvoir le faire, j'allongeai le bras pour prendre mon verre.

— Exact d'un bout à l'autre !

Biff me regardait avec une admiration évidente. Il ajouta :

— Mais comment tu sais tout ça ?

— Écoute, Biff ! Je viens de vivre une expérience qui m'a mis les nerfs dans un état épouvantable. J'ai failli me faire tordre le cou par un individu qui avait déjà tué deux femmes. Je ne suis pas d'humeur à plaisanter.

Puis, ayant prié Mike de me passer mon sac, j'en retirai mon porte-jarretelles, décrochai mes bas et me mis en devoir de les enfiler, après avoir retiré mes pantoufles. Mike me regardait comme s'il n'avait jamais vu une femme mettre une paire de bas.

— C'est la vérité, me dit-il. Tout ça, c'est Stachi lui-même qui me l'a dit juste avant de se couper la gorge avec un coutelas de boucher... Vous savez ? Cet énorme couteau qui est accroché dans les coulisses, sous la pancarte : « En cas d'incendie, coupez ce fil. »

Je ne répondis pas. Il poursuivit, important :

— C'est le fil qui libère le rideau ignifugé... Bref, c'est avec ce couteau-là qu'il s'est suicidé. J'étais là, à côté de lui. Il était si calme, si tranquille, que personne ne se doutait de ce qu'il allait faire. Tout d'un coup, il a sauté sur le couteau et le sang a jailli. Vous parlez d'une surprise !

Biff intervint.

— C'est pas tout ça ! On s'en va. Si on ne se magne pas un peu, on arrivera au Ringside quand il sera trop tard pour se régaler à l'œil.

Je lui jetai un regard de reconnaissance et rapidement nous quittâmes le théâtre. Dans la ruelle, Biff et Mike discutaient un autre point de l'affaire. Je pressai le pas pour marcher devant eux. Ce n'était pas ce qu'ils disaient qui me contrariait. Ça s'explique mal, mais ce qui me chagrinait, c'était Stachi. Je le plaignais un peu.

Biff siffla un taxi. Je sautai dedans dès qu'il s'arrêta. Au même moment, Mike disait :

— Comme on s'y attendait ! Il avait tout dans sa poche.

Je revins sur le trottoir.

— Tout quoi ?

Biff et Mike s'entre-regardèrent comme s'ils se demandaient, l'un et l'autre, si je n'étais pas devenue cinglée. Ce fut Biff qui me répondit :

— Toutes les actions que La Verne possédait dans le théâtre.

— Ah ? dis-je. Dommage. Dommage pour vous, je veux dire. Il y aurait eu de belles tartines dans la presse si ç'avait été de la came. Tout ce que les journaux trouveront à dire maintenant, c'est : « L'étrangleur assassinait pour de l'argent. »

Le chauffeur passa la tête par la portière :

— Alors, c'est pour aujourd'hui ou pour demain ?

— On y va, dit Biff.

D'une main ferme, il me poussait dans la voiture. Mike restait sur le trottoir.

— Je vais retirer mon uniforme et je vous rejoins. Dites à Alice que je serai un peu en retard, voulez-vous ?

— N'oubliez pas d'amener le Chinois ! répondit Biff.

Puis, ayant claqué la portière, il lança l'adresse au chauffeur :

— Au Ringside Bar and Grill, dans la 48e Rue !

Soudain, il se mit à rire.

— Qu'est-ce qu'il y a ? demandai-je.

— J'étais en train de penser à ta manchette : « L'étrangleur assassinait pour de l'argent. »

— Reconnais qu'elle n'est pas tellement mauvaise.

— D'accord ! Seulement, il faudra qu'ils en trouvent une autre.

J'étais trop fatiguée pour piger tout de suite. Je continuai à tirer paresseusement sur ma cigarette.

— Et pourquoi ? dis-je enfin.

— Parce que ce n'est pas Stachi qui a tué La Verne !

20

— Le plus marrant de tout, poursuivit Biff, c'est que Stachi est mort persuadé qu'il l'avait tuée ! Il ne s'est jamais douté qu'il lui avait tordu le cou pour rien, qu'elle avait dans le corps assez de poison pour tuer une armée de...

— Du poison ?

— Bien sûr ! Du cyanure de je ne sais quoi.

D'une voix qui tremblait, je réussis à lui dire que c'était pour moi une grosse surprise. En fait, j'en restais stupéfaite.

— J'ai vu le moment où le sergent allait tout foutre en l'air ! reprit Biff. Moi, j'avais deviné le coup quand il a demandé à Dolly si elles n'avaient pas trinqué ensemble, histoire de se réconcilier. Là-dessus, il ramasse un verre cassé sous la table de maquillage, près de la place de La Verne, et le pose en plein sur le bureau pour que tout le monde le voie bien !

— Il y avait des empreintes ?

— Non. On avait mis des gants.

— Dommage ! dis-je. Pour toi et les flics, bien entendu. Pour l'assassin, ça valait mieux.

— Ça ne changeait pas grand-chose. Le coupable, on le connaît.

Il se tut. Je lui laissai une bonne minute pour me dire ce que j'attendais, puis j'abaissai la vitre qui nous séparait du chauffeur.

— Arrêtez-moi ici, voulez-vous ? dis-je d'une voix très digne. Je descends.

Biff remonta la glace et, d'une poussée, me rejeta sur la banquette.

— Pas du tout ! Tu restes ici.

— Je te dis que non !

— Je te dis que si !

On aurait pu continuer longtemps.

— Monsieur Brannigan, lançai-je, retirez votre main de mon bras !

L'attaque n'était pas fameuse. Alors, j'élevai la voix d'une octave pour continuer.

— Pour commencer, tu me laisses seule dans le théâtre avec l'assassin. Après, tu me dis que je n'y étais pas si seule que ça. Puis, tu m'annonces que l'assassin, ce n'est pas lui. Ce qui n'empêche que tu m'as laissé tout le temps de me rendre ridicule. Quand je pense que je lui ai demandé ce qu'il ferait de mon corps ! Tu as dû bien rigoler, hein ? Alors, fiche-moi la paix !

Biff, tassé dans le coin de la voiture, restait muet. Il me sembla qu'il riait. Je croyais voir remuer ses épaules et entendre de petits bruits qui sortaient de sa gorge.

— Si ça te fait...

Je m'interrompis. Non, ça ne pouvait pas le faire rire. Ç'aurait été plus que je n'en pouvais encaisser. Je préférai ne pas insister et je demandai :

— Du cyanure de quoi ?

Après une petite quinte de toux, Biff me répondit qu'il ne le savait pas très exactement.

— Quelque chose qui vous expédie rapidement, ajouta-t-il.

Toute douceur et gentillesse, je repris :

— Et le Chinois ? C'était aussi une petite-fille de Stachi, c'est ça ?

Il n'eut pas le temps de me répondre : la voiture s'arrêtait. Je descendis. Il était en train de fouiller dans sa poche pour régler la course et j'espérais à moitié qu'il serait obligé de me demander de la monnaie. Mais il me priva du plaisir de le lui refuser et gratifia même le chauffeur d'un pourboire de vingt-cinq *cents*.

Ce que je ne comprenais pas, moi, c'était d'où Biff tenait le rouleau de billets qu'il remettait dans sa poche.

— Ton cheval est arrivé ? lui dis-je.

— C'est tout comme ! Russell m'a rendu le fric qu'il me devait depuis trois mois.

Quelques théatreux qui se trouvaient sous le dais du Ringside nous saluèrent. Nous regardâmes à travers les rideaux.

— C'est bondé ! dit Biff. Allons d'abord nous en jeter un à côté.

J'acceptai avec joie. Je ne savais pas s'il avait ou non aperçu Sugar Bun Kelly, mais elle était là, perchée sur un tabouret du bar, tout près de l'entrée. Elle portait une robe en satin noir et elle avait l'œil câlin. Moi, je n'étais pas d'humeur à me bagarrer pour un homme – en tout cas, pas devant un public pareil – et je savais quel effet le satin noir faisait à Biff.

Le bar de Joe, tout à côté, était vide. Le patron parut surpris de notre visite.

— Quand le Ringside régale, je ne m'attends pas à des masses de clients…

Nous n'eûmes pas à passer la commande. Il connaissait nos goûts. Je vidai mon rye dans un grand verre d'eau que je portai à mes lèvres. Et là, pfftt, Joe dit quelque chose qui provoqua un raz de marée dans le liquide que j'avais dans la bouche et me fit renverser ce qui restait dans le verre.

— Non, ça ne m'a pas étonné d'apprendre que c'était Russell qui avait le fric de La Verne…

Je toussais tellement que je n'entendis pas la suite. Je ne saisis que les derniers mots.

— ... Une fille qui trimbale dix mille dollars dans sa « pointe », quand elle se fait estourbir, elle n'a que ce qu'elle mérite.

Biff, qui ne s'occupait pas de moi, approuva.

— Elle a été stupide de l'affranchir, mais il a été encore plus stupide de faire valser l'argent. Il aurait dû le planquer et attendre que l'affaire soit refroidie. De toute façon, il devait bien se douter que les flics auraient l'œil sur le premier type qui, dans le secteur, semblerait être devenu riche tout d'un coup. Dix mille dollars, ça fait du bruit.

J'en faisais aussi, moi, avec ma toux qui n'arrêtait pas. Joe parut tout juste s'en apercevoir.

— Quelque chose qui ne passe pas ?

— Ce n'est rien, répondis-je. Ça m'arrive tout le temps. Continuez à bavarder.

Ce qu'ils firent. Biff ne me donna même pas quelques petites tapes dans le dos, ce qui aurait été la moindre des choses.

— Russ crevait d'envie de faire jouer sa pièce et il n'a pas pu attendre. S'il m'a remboursé les cent dollars qu'il me devait, c'est uniquement pour que je le lise, son manuscrit. Soi-disant qu'il y avait là-dedans un rôle pour moi qui était de première. Oh, là, là ! Des pièces sans queue ni tête, j'en ai déjà vu, mais des comme celle-là... C'était le pompon. Malgré ça, je lis sa prose et après je lui demande qui financera le spectacle. « Moi, qu'il me dit, j'ai fait un héritage ! »

— Un héritage ! C'est le mot, s'esclaffa Joe.

Ils riaient encore quand Mike Brannen fit son entrée. Pour avoir quitté son uniforme, il l'avait quitté ! Il vous arborait un de ces complets à rayures à faire reculer le plus endurci des cabots de tournée !

Étourdie, je n'aperçus qu'ensuite le petit homme qui se trouvait avec lui. C'était le garçon de restaurant chinois qui m'avait offert le ginseng.

Biff descendit de son tabouret et, se tournant vers moi, me dit de son ton le plus sérieux :

— On y va, Punkin ! Tout ce que je te demande, c'est de ne rien dire. Quoi qu'il arrive, boucle-la !

— Entendu, Biff. C'est toi le patron.

Nous nous dirigeâmes vers la sortie. Joe, qui nous reconduisait, tira brusquement ses clés de sa poche.

— Et puis zut ! s'écria-t-il. Je ferais aussi bien de vous accompagner ! Avec un gars qui distribue sa marchandise à l'œil, qu'est-ce que vous voulez que je fasse comme recette ?

Il ferma la porte à clé et nous suivit.

Au Ringside, la foule s'était éclaircie. Pas assez, toutefois, pour ne pas justifier la remarque de Joe, à son entrée, à savoir que son « enfant de putain de collègue » avait « dégotté une mine d'or ».

Gee Gee était à l'extrémité du bar. Elle avait perdu un peu de sa fraîcheur et son chapeau à plume rouge était rejeté en arrière. Elle m'adressa un petit bonjour timide et, son regard s'arrêtant sur Biff, elle ajouta :

— Alors, le costaud des costauds t'a arrachée aux griffes de l'assassin ?

Biff lui aurait volontiers administré une tape amicale sur le crâne avec une bouteille de bière, mais il se domina.

— J'ai déjà tout dit à Gyp, répondit-il vivement. Tu comprends, Gee Gee, je ne pouvais pas jouer le coup autrement. Si Gyp n'avait pas été furieuse contre moi, elle ne serait jamais restée là-bas de sorte que…

Gee Gee lui coupa la parole.

— De sorte que tu t'es bien foutu de nous ! Que ce cinglé la zigouille ou non, ça t'était bien égal, du moment que tu tenais ta preuve !

Biff, tandis qu'elle parlait, obligeait Gee Gee à descendre de son tabouret. Il nous emmena ensuite vers le fond de la salle. Un petit orchestre, un piano et un accordéon, jouait *When Kansas City Kitty Smiles At Me.*

Je fus très surprise de voir Moss assis à une table. Pourtant, il était bien là, cigare compris. Il avait l'air fort content de l'existence et, tout bien considéré, je ne pouvais pas lui donner tort. Sammy, à côté de lui, faisait tout ce qu'il pouvait pour s'amuser. Dans le temps qu'il nous fallut pour arriver à la table, il trouva moyen de s'envoyer trois verres de whisky pur. Il avait les yeux vitreux, mais il les gardait fixés sur Russell.

Dolly faisait de même. Seulement, elle, elle ne le quittait ni des yeux ni des mains. Elle le tenait par l'épaule et par l'avant-bras.

Ça ne paraissait pas faire tellement plaisir à Russell, d'ailleurs. Ça l'embêtait que tout le monde dans le métier sache qu'il appartenait à Dolly.

Pour Mike Brannen et Alice, c'était une autre chanson. Alice n'était pas commode. Elle trouvait que Mike s'était bien fait désirer, le beau complet de son amoureux ne lui plaisait pas, et elle ne gardait pas pour elle son mécontentement.

Mike, lui, roulait des yeux furibards en direction de quiconque la regardait. Elle avait rudement bien fait de s'offrir du bon temps quand elle était Alice Angel. Quand elle serait devenue Mme Brannen, ça lui deviendrait difficile.

Moss se leva à notre approche. Les autres firent comme lui. Mandy faillit s'étaler en offrant sa chaise à Gee Gee. De sa part, le geste était tellement incongru que Gee Gee le regarda deux secondes, comme s'il était devenu dingue. Finalement, elle s'assit. Joey, pour ne pas être en reste, m'abandonna sa chaise.

Biff et le Chinois se tenaient debout, au bout de la table, avec Moss. Si nos regards les gênaient, ils n'en montrèrent rien. Biff montra son voisin du geste.

— Je vous présente Sam Wing.

Le Chinois salua de la tête, non sans raideur.

— Je lui ai demandé de se joindre à nous ce soir, reprit Biff, parce qu'il a quelque chose de très important à nous dire.

Mandy commença à rigoler. Il s'imaginait sans doute qu'il s'agissait d'une nouvelle blague de Biff. Se rendant compte que tout le monde restait sérieux, il se calma.

Biff attendait. Je me disais, avec une pointe de fierté, qu'il avait admirablement réglé ses effets. Là-dessus, il lâcha sa bombe.

— Sam Wing va nous montrer l'assassin de Lolita La Verne !

— Mais, murmura Jannine, Stachi…

Biff avait entendu.

— Ce n'est pas Stachi qui a tué La Verne.

J'aurais voulu surveiller tous les visages tandis qu'il disait ça, mais toute mon attention se concentrait sur Russell. Sa main droite pressa celle de Dolly avec tant de force que la pauvre fille faillit crier et la gauche brisa le verre qu'elle tenait. Le liquide se répandit sur la nappe souillée, cependant qu'un filet de sang coulait de la coupure que Russell s'était faite.

J'eus l'impression que Biff n'avait rien remarqué, car il poursuivait avec le plus grand calme :

— Ce qu'il faut que vous sachiez, c'est que la fenêtre qui ouvre sur la terrasse était ouverte, de sorte que l'assassin a été vu. Je savais que Stachi n'avait pas tué La Verne, à cause de quelque chose qui a été dit au cours de l'enquête. Quelqu'un – quelqu'un qui se trouve à cette table – a déclaré qu'il avait vu Gypsy entrer dans la loge après le départ de tout le monde, les autres étant à ce moment-là sur le plateau. C'était un mensonge. Dans des circonstances comme celles-là, quand quelqu'un ment, c'est pour sauver sa peau, ou la peau de quelqu'un d'autre. L'assassin était incapable, tel que je le connais, de penser à une autre peau que la sienne !

Je regardais Russell. Sa physionomie m'étonnait. Elle n'indiquait plus la moindre nervosité. Il m'avait d'abord paru intrigué, puis embêté.

Biff, sans hausser le ton, continuait :

— Quoi qu'il en soit, il n'avait pas vu Gypsy ! Il ne le pouvait pas, pour l'excellente raison qu'il n'était pas, lui, sur le plateau, mais au second étage, sur le palier, devant la loge des hommes. Il se cachait, attendant le moment de descendre sans être vu. Mais pourquoi a-t-il menti ? Simplement, parce qu'il venait de faire boire du poison à La Verne dans un verre qu'il lui avait offert. Il avait pris rendez-vous avec elle au cours de la matinée et elle devait, pendant la soirée, lui donner de l'argent pour faire jouer sa pièce. Son erreur, à elle, ce fut de vouloir être la vedette du spectacle. Si elle s'était contentée du rôle de commanditaire, elle serait encore en vie à l'heure qu'il est.

Biff s'interrompit un instant, juste le temps de vider deux petits verres de rye dans un verre d'eau et de s'envoyer le tout. Autour de la table, on restait muet. Les bruits du bar paraissaient venir de très loin. Russell regardait Biff à travers ses paupières mi-closes. Il les rouvrit quand Biff recommença de parler et il continua d'écouter, tout en épongeant sa coupure avec un coin de la nappe.

— Naturellement, disait Biff, il n'avait pas la moindre intention de donner la vedette à La Verne dans sa pièce. Il n'y avait même pas de rôle pour elle. Je le sais, parce que je l'ai lue. Le personnage principal était un homme et c'est évidemment lui qui l'aurait joué. Seulement, il voulait l'argent ! Pourquoi pas l'encaisser et la tuer ? Il se proposait de maquiller l'affaire en suicide, mais il a été dérangé. Quelqu'un montait l'escalier. Il a vivement cassé le verre et filé. L'escalier était noir. II a grimpé au second et est resté près de la porte. Le bruit qui l'avait alerté, ce n'était pas Gypsy qui l'avait fait, mais le concierge, Stachi. Seulement, il n'était pas censé savoir que Stachi était allé dans la loge. Pour Gypsy, il le savait, non pas parce qu'il l'avait vue, mais parce que Mandy et Joey lui avaient raconté comment, Gyp et moi, on s'était amenés au milieu de leur sketch et il savait qu'il fallait qu'elle se change pour le final. Il a dû être très surpris de constater que, quand les petites sont remontées, tout se passait tranquillement et que personne ne criait que La Verne avait été assassinée. Et ça pour la bonne raison qu'elle n'était plus où il l'avait laissée, c'est-à-dire la tête sur la table de maquillage, le corps plein de poison avec, à côté d'elle, sur le plancher, le cache-sexe qu'il avait abandonné là, après avoir pris le fric qui était dedans.

Il se tourna vers Russell.

— Reconnais que tu as été surpris !

J'avais toujours considéré Russell comme un mauvais acteur. À ce moment-là, je changeai d'opinion : c'était un excellent comédien. Tamponnant sa main avec le coin de la nappe, il examina sa coupure, prit délicatement la cigarette que Dolly tenait entre ses doigts et dit :

— Navré, mon vieux, mais je ne marche pas. Je ne suis pas entré dans la loge avant la découverte du corps et je peux le prouver. J'étais dans la loge de la princesse.

— Et c'est son témoignage qui confirmera le tien ?

Comme Russell, Biff souriait.

— J'ai parlé de preuve, répliqua Russell. Je sais qui a empoisonné La Verne. Je l'ai toujours su.

Biff se tourna vers le Chinois, dont l'attitude justifiait la réputation d'impassibilité des Orientaux.

— Voudriez-vous, lui demanda Biff, nous montrer la personne qui a versé le poison dans le verre ?

Le Chinois pointa l'index sur Russell.

— C'est lui !

Russell se leva à demi, puis, se ressaisissant, il se rassit. Ses deux mains restaient cramponnées au siège de sa chaise. Mike Brannen avait fait quelques pas vers Russell.

— Voulez-vous, lui dit-il, que nous allions continuer la conversation dehors ?

Il tenait à la main une paire de menottes.

— Pas la peine, répondit Russell avec calme. On est aussi bien ici. J'ai dit que je connaissais l'assassin de La Verne et je le connais. Je suis bien allé dans la loge du sous-sol. Seulement, j'y étais seul. La princesse était avec La Verne et j'entendais leurs voix par le tuyau de ventilation. Elles jouaient une scène de chantage, mais c'était La Verne qui menaçait. Elle menaçait de…

Il s'interrompit consultant Moss du regard.

— Continue, dit Moss, tirant sur son cigare et la main tendue vers son rye.

— Elles parlaient de vous, monsieur Moss. La Verne savait que la princesse vous soutirait de l'argent et elle en voulait sa part. Elle essayait de faire chanter celle qui vous faisait chanter. Il n'était question ni de moi ni de ma pièce. La princesse savait que La Verne possédait dix mille dollars. Elle savait aussi qu'elle ne pourrait plus rien tirer de vous. Seulement, elle était forte et elle joua admirablement sa partie.

» Au lieu d'entrer en bagarre avec La Verne, elle lui a offert son amitié, en lui disant qu'elles pouvaient très bien être deux sur l'affaire et qu'elle leur rapporterait gros. Elle a terminé en disant : « Maintenant, on est associées ! On va arroser ça ! » Je l'ai entendue qui se levait et, comme sa voix devenait plus distincte, j'ai compris qu'elle se rapprochait du tuyau de ventilation. Elle venait chercher les verres. Je les ai entendues qui trinquaient, puis La Verne s'est mise à rire. Après, j'ai entendu un hoquet, un bruit de verre cassé, puis les pas de quelqu'un qui quittait la loge en vitesse. La princesse n'est pas descendue. Je l'attendais en bas, mais elle n'est pas venue. Après, j'ai entendu quelqu'un qui entrait dans la loge et, après des allées et venues, le bruit de quelque chose qu'on traînait. C'était probablement Stachi. Je suis monté sur le plateau et c'est à ce moment-là que j'ai vu Gypsy grimper l'escalier. Elle a bousculé la princesse, qui était en train de descendre…

— C'est exact, m'écriai-je. Je m'en souviens.

Je regardai Biff. Il me sourit. Je me dégoûtais. Comment pouvait-il me sourire si gentiment, alors que j'avais oublié une chose de cette importance-là ?

Puis, je m'aperçus que ce n'était pas à moi qu'il souriait, mais à Russell.

Russell n'en revenait pas. Puis, lentement, il comprit.

— Salaud ! dit-il. Tu m'as possédé !

— Voyons ! Russell, répondit Biff, tu sais bien que tu ne nous aurais jamais raconté tout ça si tu n'avais pas été forcé de sauver ta peau. Tu savais aussi que le fric t'échapperait si jamais on venait à savoir qu'il venait de La Verne. La princesse aurait même pu t'accuser de complicité postérieure au crime.

Avec une muette stupeur, je m'apercevais que Biff employait des grands mots, empruntés à la langue juridique. Il continuait :

— Quand l'autopsie a révélé qu'il y avait eu empoisonnement, je me suis tout de suite douté que l'assassin était, non pas un homme, mais une femme. J'ai même soupçonné Dolly. Elle avait un mobile et la princesse avait dit qu'elle l'avait vue entrer dans la loge.

Dolly n'avait même pas levé les yeux. Ses deux mains posées sur la table, la paume en l'air, elle regardait dans le vague, fixement. J'aurais voulu lui passer un bras autour du cou et lui dire que rien ne valait qu'elle souffre comme elle le faisait. Mais je me rendais bien compte que toujours elle souffrirait et que tout ce que j'aurais pu lui dire n'y changerait rien.

Biff poursuivait :

— J'ai abandonné cette idée-là à cause de la coupure qu'il y avait sur la main de la princesse. Cette coupure, elle pouvait très bien se l'être faite *elle-même*, quand elle avait cassé le verre. Elle pouvait très bien avoir tué pour se procurer de l'argent. Elle voulait être vedette d'un spectacle. Puisque Moss refusait de le monter pour elle, pourquoi ne pas se retourner vers Russell ? Jake m'avait dit qu'il les avait suivis un soir, tous les deux, jusqu'à l'hôtel de la princesse. Peut-être bien que, cette nuit-là, il lui avait mis dans la tête de jouer sa pièce. Petit à petit, je commençais à y voir clair. Dans son numéro, elle portait de longs gants noirs. Elle pouvait avoir refilé le fric à Russell. Elle faisait chanter Moss. Est-ce qu'elle aurait tué pour protéger cette source de revenus ? Quand j'ai trouvé un de ses gants déchirés, j'ai été fixé.

— Elle m'avait dit, lança Russell, qu'elle les avait détruits.

— Elle était nouvelle dans la boîte, répondit Biff. Sans ça, elle ne serait pas allée les balancer dans le trou des cabinets. Notre chasse d'eau ne fonctionne pas bien. C'était pour ça qu'elle était montée au second, dans notre loge. Quand le sergent nous a dit que l'assassin portait des gants, je me suis demandé comment il avait fait pour s'en débarrasser si rapidement. Et, normal, j'ai pensé aux toilettes. Si elle n'était pas montée là-haut, elle ne se serait pas cognée dans Gypsy en descendant. Elle ne serait pas passée devant la loge où Stachi était, à ce qu'il croyait, en train d'étrangler La Verne. En fait, si elle n'était pas montée au second, elle serait encore en vie.

Je vis Russell frissonner. Je savais qu'il pensait bien plus à l'argent de La Verne, maintenant perdu pour lui, qu'à autre chose. Au fait, cet argent, qu'est-ce qu'il allait devenir, puisque Stachi était mort ? Et ses actions, à qui iraient-elles ?

Les actions ! Je pensai soudain à la photo et à son cadre au dos si épais.

— Est-ce que c'est Stachi qui a volé le cadre ? demandai-je.

Ce fut Moss qui me répondit.

— Oui. On l'a trouvé sur lui. Avec un testament. C'est à ça que tu pensais ?

— Oui, dis-je. Et aussi au bout de papier. Je me demandais si ça n'était pas l'action que vous lui aviez donnée...

— Effectivement. Ses autres actions, elles étaient dans un coffre, à la banque, mais celle-là elle ne devait pas avoir eu le temps de l'y porter. Légalement, Stachi héritait de tout puisqu'il était son seul parent. Dans son testament, il a laissé tout ce qu'il avait à Daryimple et à l'Ermite. C'est légal. Daryimple lui avait parlé de la valeur des actions. Il les raflait par l'entremise de son affaire immobilière, et c'est pour ça que Stachi voulait faire fermer le théâtre. Il voyait là une belle occasion de s'enrichir. Je suppose qu'il espérait vous racheter vos actions, à tous. Une fois le théâtre fermé, elles n'auraient plus valu tripette et vous n'auriez pas hésité une minute à les lui bazarder. Après, il les cédait à Daryimple. Il était rudement fortiche. Rudement fortiche, à part sa faiblesse : il ne pouvait pas encaisser les burlesques. Il déménageait complètement quand il a décidé de tuer La Verne. Pour la princesse, c'est autre chose. Là, il tuait pour se protéger, mais pour La Verne, il a dû positivement devenir dingue quand il a découvert qu'une de ces actrices de burlesque qu'il détestait n'était autre que sa propre petite-fille.

Je me rappelai la physionomie haineuse de Stachi, alors qu'il suivait des yeux le crêpage de chignons entre Dolly et La Verne. Aucun doute, cet homme-là était très capable de tuer sa petite-fille, et simplement parce qu'elle était une strip-teaseuse.

Un long silence suivit. Russell le rompit.

— Je ne me laisserai pas faire ! déclara-t-il brusquement. Cet argent, on me l'a donné ! Je le garde. Je plaiderai !

— D'accord, dit Biff. Seulement avant, on ira faire un petit tour, toi et moi, dans une ruelle bien tranquille et je te filerai une correction dont tu te souviendras. Non pas seulement parce que tu m'avais fourré cette satanée « pointe » dans la poche, mais parce que tu n'es qu'un salaud et un lâche !

Russell fit la grimace. J'aperçus Mike, derrière lui. Sa bouche tremblait. Était-il en train de se dire que la loi était pour lui ? Je n'eus pas le temps de m'interroger : Dolly se mobilisait.

Je savais ce qui allait venir : elle avait sur les pommettes des rougeurs qui me renseignaient. Elles me permirent de prévenir Biff assez tôt pour qu'il puisse esquiver le coup de poing qu'elle lui décocha. Elle hurlait.

— Ces noms-là, tu ferais pas mal de les garder pour toi ! Ils te vont bien ! Essaie seulement de lever le petit doigt sur lui et je t'étripe ! Sale cabot !

L'orchestre avait cessé de jouer. Un curieux silence s'était fait dans toute la salle. Une belle bagarre, c'est l'attraction numéro un dans tous les bars du monde et le Ringside ne faisait pas exception à la règle.

À travers la fumée, Sammy se matérialisa et m'aida à contenir Dolly. Russell vint à la rescousse, lui mettant un bras autour de la taille et une main sur la bouche.

— Tais-toi ! lui souffla-t-il. Rudnick, qui engage pour l'Eltinge, est dans la salle. S'il t'entend gueuler comme ça, sûr qu'on passe au travers !

Mots magiques ! Les yeux de Dolly se firent d'une douceur angélique ; nous pûmes la lâcher et, l'instant d'après, les voir s'éloigner, bras dessus, bras dessous, comme deux amoureux, attendus par un bon contrat de quatre semaines dans la 42e Rue.

Mike les suivit à distance respectueuse. Je demandai à Moss si Russell pouvait être arrêté. Il se contenta de hausser les épaules.

Biff, bien calé sur sa chaise, me regardait, d'un air de dire : « Tu as vu ? »

— J'espère, me dit-il, que c'est comme ça que tu sauras prendre ma défense, quand on sera mariés.

Je n'étais pas sûre d'avoir bien compris.

— J'ai saisi les paroles, mais je n'ai pas entendu la musique.

— Tu ne comprendras donc jamais rien à demi-mot ! s'écria Biff. Je te demande de m'épouser.

Avant d'articuler un « oui » trop précipité, je réfléchis à tous ces théâtres dans lesquels je jouerais jusqu'à la fin de mes jours : quatre représentations quotidiennes, les repas au drugstore, les hôtels de second ordre et le jet de siphon sur le derrière.

Puis, je le lâchai enfin, ce « oui », mais au lieu de dire simplement « oui », je dis :

— Oui, chéri.

Biff me prit la main et murmura :

— Punkin... Mme Gypsy Punkin Rose Lee Brannigan...

J'oubliais que nous étions au Ringside et même que nous n'étions pas seuls. L'orchestre s'était embarqué dans une marche nuptiale. Les félicitations de H.-I. Moss me rappelèrent à la réalité. Décidément, ce « oui », agrémenté d'un « chéri », était un bon texte. Alice pleurait doucement.

— C'est tellement romantique ! Je ne peux pas me retenir...

Si c'était romantique ! J'en avais la chair de poule. Tout le monde m'embrassait et administrait à Biff de grandes claques dans le dos. Gee

Gee parlait de la robe qu'elle porterait au mariage. Sandra mit sa bouche tout près de mon oreille.

— Tu sais, me dit-elle, entre Biff et moi, il n'y a jamais rien eu. J'aurais bien voulu, mais pas lui.

Je fis semblant de la croire. Mais, connaissant Biff, je décidai de garder l'œil sur lui à l'avenir. Pour le moment, il saluait à tout bout de champ, très fier de lui, comme s'il était le premier comique à faire d'une strip-teaseuse une honnête femme.

Siggy faisait un speech. Il nous souhaita toutes sortes de bonheurs, s'extasia sur la chance de Biff, puis posa sur la table sa mallette noire et l'ouvrit. Il en tira une boîte en carton, une de celles dans lesquelles il plaçait ses plus beaux modèles, et en sortit un superbe cache-sexe, orné de rubis.

— Ce sera, annonça-t-il, mon cadeau à la mariée !

J'étais en train de murmurer le traditionnel : « C'était *juste* ce que je souhaitais ! » quand Biff se précipita vers Siggy, qu'il empoigna par le bras. Tout en faisant claquer ses doigts, il s'écria :

— Bon sang !... Je viens de penser à une chose !... C'est sûrement ça ! Siggy, le soir où La Verne est morte, as-tu envoyé quelque chose à l'Ermite ?

Siggy essayait de prendre du champ, mais Biff le tenait ferme par les revers de son veston.

— Lui as-tu envoyé du café ? Ou les journaux ? Ou autre chose ?

Siggy répondit à regret.

— Ma foi ! oui... Ce jour-là, je lui ai expédié un peu de tabac à chiquer...

Biff lâcha les revers de Siggy et l'embrassa sur les deux joues.

— Je t'adore, Siggy ! Tu viens d'éclaircir le dernier point qui me tracassait. Cette satanée frange qui était sur l'« ascenseur » ! Tu devais la balader sur toi… ou elle dépassait de ta mallette. Où elle était, ta mallette ?

Siggy, prudent, restait à distance.

— Je ne la perds jamais de vue, déclara-t-il. Même que, quand je dors, je la mets sous mon lit !

Biff éclata de rire. Nous fîmes tous comme lui : tout nous paraissait drôle.

Siggy pêcha dans sa poche une de ses cigarettes roulées à la main, l'alluma, puis s'empara du verre de Biff.

— Une minute, dit-il, tu m'as fait peur.

Il but, s'assura d'un regard circulaire que tout le monde avait les yeux fixés sur lui, puis il reprit :

— J'ai été embêté d'un bout à l'autre de cette saleté d'histoire. J'avais peur d'être soupçonné. Dame ! Je suis dans les cache-sexes. Les flics auraient pu croire que je les avais zigouillées pour chercher de la publicité.

CET OUVRAGE A ÉTÉ COMPOSÉ PAR BELLE PAGE
ET ACHEVÉ D'IMPRIMER
PAR MAURY MALESHERBES
POUR LE COMPTE DES ÉDITIONS J.-C. LATTÈS
17, RUE JACOB, 75006 PARIS
EN AVRIL 2021

JC Lattès s'engage pour l'environnement en réduisant l'empreinte carbone de ses livres. Celle de cet exemplaire est de :
220 g éq. CO_2
Rendez-vous sur
www.jclattes-durable.fr

PAPIER À BASE DE
FIBRES CERTIFIÉES

N° d'édition : 01
N° d'impression : 253691
Dépôt légal : mai 2021
Imprimé en France